Out of Egypt : A Memoir

André Aciman

出埃及
我的回忆

[美] 安德烈·艾席蒙 著
徐芳园 译

上海人民出版社

评论和赞誉

这是艾席蒙先生的伟大成就，他重新创造了一个已经永远消失的世界，并为我们描绘了一个个讽刺而又亲切的被流放者的肖像。

——《纽约时报》

艾席蒙也许已经走出了埃及，但是，正如这本令人回味无穷、充满想象力的书所表明的那样，他从来没有离开过埃及，埃及也从未离开过他。

——《国际先驱论坛报》

艾席蒙以令人神往的简单和质朴，回忆了他的家人们所熟悉的亚历山大港的生活，他的书中弥漫着这个美丽的多民族城市的诱惑力。

——《纽约客》

美好的回忆，更加美好的文字。

——《洛杉矶时报》

艾席蒙在这本优雅的回忆录中所重现的过去，充满了黄瓜乳液和舒伯特的旋律、帕尔玛干酪和双陆棋筹码的碰击声——所有在离开之前他所知道的亚历山大港的气味和声音。

——《新共和》

对一个已经全部消失的地方、时间和人的奇妙纪念。

——《出版人周刊》

艾席蒙辛辣的散文中充满了有说服力的细节……《出埃及：我的回忆》是一本丰富而感人的回忆录，讲述了他的家族在那里的日子。

——《西雅图邮报》

艾席蒙为一段失落的过去和一个衰落中的家族书写了一首清澈的悼词……

——《科克斯书评》

在这些书页中，在艾席蒙令人振奋的讲述中，读者所发现的亚历山大港美好而清澈，这是人们所能想象的最好的礼物。

——詹姆斯·梅瑞尔（James Merrill）

一本关于一个古怪的家庭、迷人的环境和复杂的世界文化的非凡回忆录。这本书文笔优美，结合了劳伦斯·达雷尔的感性、加西亚·马尔克斯的魔力，以及亲密观察的现实主义。它是一幅令人惊讶的、现已消失的世界的丰富画像。

——《迷失在翻译中》的作者　伊娃·霍夫曼（Eva Hoffman）

献给亚历山大、迈克尔和菲利普，

亨利和雷吉娜，

阿兰和卡罗尔，

和皮耶拉

目录

第一章

士兵、推销员、骗子、间谍

“那么，我们是或不是，*我们是或不是*[1]”，维利舅祖父吹嘘道，那是个夏日傍晚，我们两人终于在花园坐下，从那里能俯视他在萨里郡绵延的地产。

“看看这个”，他指向一大片广阔的绿色。“难道它不美妙吗？”他问，好像他发明了在英国乡间午后散步的概念。“就在日落前和下午茶的几分钟后，它总会降临：一种完满感，几乎是极乐。你知道的——我想要的一切，我都得到了。对一个八十多岁的男人来说不错了。”傲慢的自鸣得意之情洋溢在他的面容上。

我试图跟他谈谈亚历山大港，谈谈逝去的时间和失落的世界，谈谈结局到来时的结局，谈谈科斯塔先生、蒙特费尔特罗和阿尔

[1] 原文为意大利语。——此类注释为译者注，下同，不另标出。

多·康，谈谈洛特和弗洛拉姨祖母以及距今如此遥远的种种生活。他打断了我，做了个轻蔑的手势，像是为了驱除一股臭味。“那毫无价值。我活在当下”，他说，几乎被我的怀旧惹恼。“*我们是或不是?*”他问，站起来伸展肌肉，然后指向夜晚的第一只猫头鹰。

一个人是或不是*什么*，从来不甚清晰，但是对于家族里的每个人，包括那些如今一个意大利语单词都不会的人，这个晦涩的短语依然描绘出这个趾高气扬、胆大妄为、极端自信的士兵兼自夸者，他在第一次世界大战期间自行撤出意大利战壕，然后双手紧握来复枪躲在成排树木之间，本可以把整个奥匈帝国扫平，只可惜用光了子弹。这个短语表达了一个操练军士虚张声势的自信，他身边净是需要日常训练的娘娘腔。“我们是够男人还是不够?”他似乎在说。“我们要继续还是不继续?”“我们到底称不称职?”这是他给自己壮胆、蔑视失败、收拾残局并宣布获胜的方式。说到底，他就是这样打断命运的安排并等待命运赐予更多，同时为一切居功自傲，甚至包括他最倒霉的计划里的意外才智。他把透支的运气错当作先见之明，正如他把勇气误读为与街头顽童的胆量相差无几之物。他有胆魄。他知道，并且炫耀这点。

不受意大利在1917年卡波雷托战役中的丢脸战败的影响，维利舅祖父永远为他曾在意军服役而自豪，也炫耀此事，带着他在君士坦丁堡的意大利耶稣会学校学来的佛罗伦萨式活泼语调。和大多数在临近世纪末时出生于土耳其的年轻犹太男人一样，维利蔑视任何与奥斯曼文化有关的事物，并渴望西方，最终成了“意大利人”，用的是在土耳其的大多数犹太人的办法：通过宣称祖籍在里窝那，那是比萨附近的一个港口城市，从西班牙逃亡的犹太人在16世纪定居于此。一个拥有帕尔多-洛克斯这个西班牙名字的意大利偏门远亲适时地在里窝那被发现——维利自己就是半个帕尔多-洛克斯——于是所有在土耳其的在世“表亲”立刻成了意大利人。当然，他们都是坚定的民族主义者、君主主义者。

当被告知意军从未英勇过，维利舅祖父立刻向一个亚历山大港的希腊人提出决斗，尤其是此前，后者还提醒了他，所有那些意大利奖章和装饰都改变不了维利依然是个土耳其无赖，还是个犹太裔土耳其无赖的事实。这激怒了维利舅祖父，不是因为有人指责了他的犹太身份——他会第一个这么做——而是因为他痛恨被提醒很多犹太人用不正当手段成了意大利人。他们的副手为此场合选择的武器如此落伍，以至于两个决斗者都不会使用。没人受伤，歉也道了，其中一人甚至咯咯笑起来，为培养友爱精神，维利建议去一家俯瞰大海的安静餐馆吃饭，在这个晴朗的亚历山大港六月天，每个人都在那里吃到了多年来最丰盛的午餐。到结账的时候，希腊人和意大利人都坚持付钱，两人都宣称这是自己的荣幸，要不是维利舅祖父，像一个在其他手段均告失败时终于被迫使用魔法的巫师那样，拿出了他精心斟酌的小短语，这场拔河比赛本可以永远进行下去。那个短语在这个场合意味着“现在我是或不是一个正派人士?”希腊人，两人当中较温文尔雅者，让步了。

维利舅祖父知道如何传达那种不可捉摸但又确切无疑的感觉，即他拥有血统——这份起源如此古老如此高贵，以至于超越了譬如出生地、国籍或宗教的琐碎区别。血统的暗示也带来了财富的暗示——即使总是带着模糊的提示，说这份财富令人为难地被捆绑在别处，比如说，捆绑在土地上，外国土地，这东西家族里没人拥有过很多，除非是在说陶土花盆。但血统为他赚来了信用。而这对他来说是最重要的东西，因为他和家族里的所有男人就是依靠信用[1]制造财富、借用财富、失去财富和通过婚姻获得财富的。

血统自然而然地来到维利身上，不是因为他拥有它，也不是因为他模仿它，更不是因为他带着堕落贵族的从容优雅追求它。在他这里，仅仅是因为他相信自己生下来就*更好*。他拥有富人的庄严仪态，与同类人做伴时立刻变甜美的勉强微笑。他在节约省钱、钩心斗角、放浪形骸方面像个贵族，无法忍受坏姿势更甚于无法忍受坏品位，无法忍受坏品位更甚于无法忍受残忍，无法忍受坏餐桌礼仪更甚于无法忍受坏饮食习惯。最重要的是，他厌恶他口中的“返祖现象”，正是这点让犹太人暴露了自己，尤其在假扮*异邦*人时。他嘲笑所有看起来像典型犹太人的姻亲和熟人，不是因为他自己看起来不像，也不是因为他憎恨犹太人，而是因为他知道其他人有多恨。*就是因为他们那样的犹太人，他们才恨我们这样的犹太人*。当一个为传统自豪的严守教规的犹太人斥责他时，维利的回答像一颗在嘴里摆弄了四十年的果核那样从他的舌头滚落：“为了什么而骄傲？到最后，我们全都是或不是兜售者？”

而兜售是他最了解也做得最好的事。他甚至把法西斯主义兜售给了在埃及的英国人，之后又代表意大利人把它兜售给了在欧洲的英国人。他像忠于教皇那样忠于领袖[2]。他每年对德国的希特勒青年团的

[1] 即赊账。
[2] 领袖（Il Duce），对墨索里尼的尊称。

致辞受到高度称赞，也成了家族内一个臭名昭著的冲突起源。“别插手，我知道我在做什么”，他会说。多年后，当英国人开始威胁要围捕所有住在亚历山大港的成年意大利男性时，维利舅祖父突然翻找橱柜，开始叫卖来自君士坦丁堡犹太拉比院的旧文凭，以此提醒他在英国领事馆的朋友们，作为一个意大利犹太人，他不可能被视为对英国利益的威胁。他们愿意让他监视意大利人吗？英国人求之不得。

他表现得如此出色，因而在战后得到了一个乔治王朝风格的萨里郡庄园作为奖励，他余生都以 H.M. 斯宾加恩博士的假名住在那里，过着贵族式的赤贫生活。赫伯特·迈克尔·斯宾加恩是维利小时候在君士坦丁堡认识的一个英国人，他在维利身上激起了两个持续终生的热情：与任何英国事物竞争的黎凡特欲望，和对所有英国事物的奥斯曼鄙视。在我告诉他斯宾加恩本人是犹太人时，放弃他明显的犹太名字然后换成盎格鲁—撒克逊名字的维利舅祖父有点难堪，带着半遮半掩的尴尬。“是的，我记得这样的事”，他含糊地说。“这么说来，我们无处不在，不是吗？稍作调查，你会发现每个人都是犹太人”，这个八十多岁的土耳其—意大利—亲英派—士绅化—信奉法西斯主义的犹太人讥讽道，他的职业生涯始于在维也纳和柏林兜售土耳其毡帽，终于独家拍卖被推翻的法鲁克国王的财产。“埃及的苏富比拍卖行；但还是个兜售者”，他补充道，斜靠在他的椅子上，当时我们两人都在看一群鸟儿降落在曾经必定是个美妙池塘的浑浊死水上。“当然，还是一个伟大民族，那些犹太人”，他会用蹩脚的英语说道，装出一种超脱的纡尊降贵语气，如此故作肤浅，也如此清楚意识到其中的愚笨，好像在暗示，在谈到他的教友时，他说的总是反话。在称赞后，他总是会中伤这些令人钦佩但“无赖的犹太人”，只是为了再次转换语调。“毕竟，爱因斯坦、施纳贝尔、弗洛伊德、迪斯雷利，”他会眼含闪光、半掩微笑地慷慨陈词，“他们是或不是呢？”

■

他离开埃及时——全家人在1905年从君士坦丁堡搬到这里——是一个有冲劲且性格多变的未来军校生。他在德国上过学，在普鲁士军队服过役，在意大利人于1915年参战时变了节。卡波雷托战役后他在塞浦路斯当口译员静候战争结束，在退役四年后回到埃及。一个年近三十的优雅浪子，他傲慢的好相貌泄露了一段充斥着两性斗争中的不光彩交易和无情围困的往事。他的姐妹们对他的征服行为印象深刻，断定他绝对阳刚，因为他像痞子那样歪戴软呢帽，口中不耐烦地说*过来*、*马上过来*，他还会带着屈尊感趾高气扬地上前拿起一瓶你试图拔掉塞子的香槟酒，然后说，*我来*——绝不盛气凌人，但足以表明香槟还多的是。他打过各种仗，为各方战斗过，用过各种武器。他是一个技艺精湛的神射手，一个杰出的运动员，一个精明的商人，一个不屈不挠的花花公子——是的，绝对阳刚。

“我们是或不是”，他会在一场征服后，或在股市发了笔横财后，或在他从一次无望的疟疾发作中突然恢复时，或在他看穿一个精明的女人时，或在打倒一个街头混混后，或在他仅仅想要向世界展示他不会轻易被蒙蔽时，如此吹嘘。它的意思是：我给他们好看了还是没有？他会在谈判完一个困难的交易后使用这个短语：我有没有打包票说他们会来求我报的价格？或者当他把一个勒索者扔进监狱时：我有没有警告他别以为我好欺负？或者当他亲爱的姐姐，玛尔塔姨祖母，在她被又一个未婚夫抛弃后找他歇斯底里地哭诉时，这个情况下他的短语意味着：任何值得尊敬的人都看得出来！我没警告过你吗？然后，为了提醒她，她是用比眼泪更强大的材料做成的，他会让她坐在自己的大腿上，把她的双手握在手里，无比温柔地摇晃她，发誓她很快就会从悲伤中恢复，比她想的更快，因为相思病就是这样的，再说了，她是或不是？

之后，他会给她买玫瑰，安慰她几小时，也许几天。但她不总是轻易被说服，有时，他刚放开她，回到自己的书房，就会突然听到她在公寓另一头歇斯底里地尖叫："但是谁会娶我，谁？"她一边不停地问她的姐妹们，一边啜泣并且用第一块落到手里的破布擤鼻子。

"谁会在我这个年纪娶我，告诉我，谁，谁？"她会问，尖叫着回到他的书房。

"有人会的，你记住我的话。"他会说。

"没人会，"她坚称，"你看不出为什么吗？你看不出我丑吗？连我自己都知道！"

"你不丑！"

"就说出真相吧：丑！"

"你可能不是最美——"

"但是街上没人会回头看我。"

"你应该考虑的是一个家，玛尔塔，不是街道。"

"你就是不懂，对吗？你就知道扭曲我的话，让我听起来很蠢！"

她开始提高她的嗓音。

“听着，如果你想让我说你丑，那好吧，你丑。”

“没人懂，没人。”

然后她会再次飘走，像一个痛苦的幽灵，到生者当中寻求慰藉，却落得被嘘走的下场。

大家知道，玛尔塔姨祖母的*结婚病发作*[1]（它们被这么称呼）会持续数小时。之后她头痛欲裂，因此她下午早早上床睡觉，直到第二天早上才敢露面，即使到那时，风暴也不一定平息了，因为她一下床，就会叫经过她面前的任何人看她的眼睛。“它们肿了，”她会说，“不是吗？看看它们。看看这个。”她会坚持，几乎把眼珠子挖出来。“不，它们挺好的”，有人会回答。“你说谎。我都能感觉到它们有多肿。现在每个人都会知道我为他哭了。他们会告诉他的，我知道他们会的。我太丢脸了，太丢脸了。”她的嗓音颤抖，直到转为啜泣，然后眼泪又流下来了。

当天余下的时间，她的母亲、三个姐妹、五个兄弟和他们的配偶会轮流在她门口偷看，用小碗送冰块给她敷眼睛，而她拿着一块自己设计的敷布躺在黑暗中。“我在受罪。要是你知道我多受罪就好了。”她会如此呻吟，一模一样的话我在五十多年后又听她低语过，当时她躺在巴黎的一间病房里，因为癌症而奄奄一息。外面，和其他兄弟姐妹一起坐在拥挤的客厅中，维利舅祖父再也控制不住自己了。“够了！玛尔塔真正需要的——我们都知道那是什么。”“别说下流话，”他姐姐

[1] 原文为法语。

克拉拉打断他，忍不住笑了出来，当时她站在画架前，正在画又一版的托尔斯泰的灰白面容。“看到了吧？”维利舅祖父反唇相讥。“你们可能不喜欢真相，但每个人都同意我的话”，他继续说道，嗓音里的恼怒愈演愈烈。“这么多年了，这个可怜的女孩还是分不清男人的前后。”他们的哥哥伊萨克放声大笑。“你们真的能想象她和任何人在一起吗？”“够了”，他们的母亲厉声道，她是一个接近七十岁的女家长。“我们必须给她找一个好犹太男人。有钱没钱不重要。”“但是谁，谁，谁，告诉我谁？”玛尔塔姨祖母打断了她，她在去厕所的路上偷听到了他们对话的结尾。“毫无希望。没希望。你为什么让我来埃及，为什么？”她说，并转向她姐姐埃丝特。“这里又热又闷，我总是出汗，男人也都乏味至极。”

维利舅祖父站起来，拢起一只手搭在她的髋上，然后说：“冷静下来，玛尔塔，别担心。我们会给你找到一个人的。我保证。交给我吧。”

“但你总这么说，总是，你这话都不是真心的。再说了，我们在这里认识谁？”

这是维利期待已久的信号。他应答自如，且故作冷漠，因为他是受到逼问才讲出了自己迫不及待想说的话。在这个情况下，这话的意思是：真的会有人怀疑我们人脉不广吗？

这暗指伊萨克舅祖父，他在都灵大学读书时，设法成了一个名叫福阿德的同学的密友，他是未来的埃及国王。两个男人都讲土耳其语、意大利语、德语、一些阿尔巴尼亚语，还在两人之间编造了一种洋泾浜语，充满猥亵词汇和下流双关，他们称之为土耳其大利巴尼意志语，到年老时仍继续讲它。正是因为伊萨克舅祖父把他所有的希望都赌在这份不朽的友谊上，他才最终说服了他的父母和兄弟姐妹卖掉在君士坦丁堡的一切，搬到亚历山大港。

维利舅祖父喜欢吹嘘他哥哥——也暗示他自己——"拥有"国王。"他把国王装在胸前的口袋里"，他会说，指着自己的胸前口袋，里面永远放着一个刻了国王印鉴的银烟盒。最终，正是国王给伊萨克介绍了那个将在他妹妹的生命中扮演非常重要角色的男人。

玛尔塔姨祖母，当时年近四十，最终嫁给了这个男人，一个富有的施瓦本犹太人，家族里的每个人都叫他"施瓦本佬"——他的真名是阿尔多·康，他几乎什么都不干，白天打高尔夫，晚上打桥牌，在两个活动间抽土耳其烟，烟上用细金丝一丝不苟地铭上了他的名字和家族纹章。他是一个正在谢顶的富态男人，玛尔塔十年前就拒绝了他，但他坚定地再次追求她，更好的是他还不要嫁妆，这让每个人都满意。在一次家族聚会上，大家安排好让这对未来夫妇独处一会儿，玛尔塔还没反应过来施瓦本佬要干什么，或者说甚至没时间转身离开，他就抓住了她的手腕，把一个奢华的手镯扣了上去，他的珠宝商在手镯背面铭刻了 M'appari（她显得），来自冯·弗洛托的《玛尔塔》中的著名咏叹调[1]。玛尔塔姨祖母如此慌张，都没发现自己落泪了，这也感动了可怜的施瓦本佬，搞得他也开始哭泣，一边啜泣一边恳求，"别说不，别说不"。安排被作出，很快每个人都注意到一种异

---

[1] 这首咏叹调的完整名字为《她显得太可爱》（M'appari Tutt'Amor），歌词内容表达了对玛尔塔的爱情。弗里德里希·冯·弗洛托（Friedrich von Flotow，1812—1883），德国作曲家，他的爱情轻歌剧《玛尔塔》（*Martha*）在 19 世纪和 20 世纪初非常流行。

常安宁平静的光芒降临在玛尔塔姨祖母红润的五官上。“照这个速度，她会把他害死的”，她的兄弟们窃笑。

施瓦本佬是个非常时髦却安静的男人，曾经学习古典学，他羞怯的态度让他成了家里的笑柄。他看起来被惯坏了而且愚蠢，绝对是个傻瓜，很可能也是*那种人*[1]。兄弟们密切注意着他。但施瓦本佬不是傻子。尽管他这辈子一天都没工作过，大家很快发现在两年时间里，他靠食糖交易让自家财产增长了两倍。当维利舅祖父意识到这个无能、抽抽搭搭的啤酒桶般的姐夫是个“玩家”时，他立刻给他拟定了一份无风险投资项目的清单。但是施瓦本佬把他的财务魔法归功于运气而非技巧，他不愿投资股票，因为他对市场一窍不通。他懂的只有糖，也许还有马。“懂？”维利舅祖父回答，“为什么你要懂股市？有我在这里给你代劳。”毕竟，他们现在是或不是一家人了？

施瓦本佬容忍了好几个星期他小舅子的怂恿，直到有一天，他终于爆发了。而且他做得很有格调：他借用了维利珍视的小短语，让它像大头针那样绕着他转了一会儿，让维利知道他，施瓦本佬，世上其他人眼里的阿尔多·康，更明确地说是康帕夏，也不是好欺负的。维利舅祖父被彻底打败了。他*痛苦*——这是他的原话——不仅因为他姐夫的不信任，还因为他被自己的刀剥了皮，这让人恼火得不堪忍受。如此行事卑劣、没有气度；这不过是阿什肯纳兹[2]两面派的又一个例子。维利舅祖父从此很少再跟他说话。

---

[1] 暗示他可能是同性恋。

[2] 阿什肯纳兹（Ashkenazi），起源于中欧和东欧地区的犹太人，而作者的家族属于源自伊比利亚半岛的塞法迪（Sephardi）犹太人。

一个例外于1930年出现，当时，事情变得很明显，一家人被繁荣的20年代骗了。就在这个时间前后，维利舅祖父建议全家移居别国。美国？犹太人已经太多了。英国？太死板。澳大利亚？太不发达。加拿大？太冷。南非？太远。大家最终决定，日本为他们这样的人提供了理想的前景，作为流动商贩和骗术大师，对财富的追求是他们延续了千年的崇高职责。

日本人有三个优点：他们勤奋，热衷学习和竞争，以及可能从没见过犹太人。兄弟们挑了一个他们从未听说过、但名字听起来依稀有点意大利味因而令人安心的城市：长崎。“你们去了也是兜售小玩意儿和镜子吗？”施瓦本佬问。“不是。汽车。豪华汽车。”“哪种汽车？”他问。“伊索塔-弗拉西尼。”“你们卖过车吗？”他一有机会就尽情取笑这几个抱团的兄弟。“没有。没卖过车。但别的我们都卖过。毯子。股票。古董。金子。更不用说把希望卖给投资人，把沙子卖给阿拉伯人。你能想到的都能卖。再说了，这又有什么区别？”恼怒的维利问。“地毯，汽车，金子，银子，姐妹，都一样。我什么都卖得掉”，他吹嘘道。

整个伊索塔-弗拉西尼事务从家里每个人都急忙投资中东和日本的汽车经销权开始。家里雇了一名日语家教，在星期一和星期四下午，五兄弟——从最大的内桑，他五十多岁，不太信这个项目能成功，到比他小二十岁的维利，这个计划的邪恶提议者——都会坐在餐厅，笔记本上填满了看起来像最潦草的墨水渍的东西。“可怜的男孩们”，每当偷窥那个镶着木板、从那里端茶去教室的昏暗房间时，玛尔塔姨祖母都会对她姐姐埃丝特说。“他们还没掌握阿拉伯语呢，现在又要学这些讨厌的声音。”每个人都吓坏了。“每天都吃生鱼肉和那么多米饭！便秘而死是肯定的了。我们接下来得忍受什么?”这是克拉拉姨祖母的唯一评论。不会有时间绘画了，她被告诫。她必须要帮助家庭生意。“再说了，你画来画去都是托尔斯泰的画像。是时候换个花样了。”伊萨克舅祖父发表意见道。

他们的母亲也很担心。“我们挑错了土地。从前如此，将来依旧。上帝保佑我们。”

出于怨恨，家族里没人叫施瓦本佬给这个项目投一分钱。他的惩罚将是目睹小集团变得极其富有，最终一劳永逸地意识到，谁是而谁不是。

然而，两年后，他的妻子找他商量，叫他为企业当下的开支做点贡献。施瓦本佬除了赌博，不喜欢投资无形资产，但还是同意帮忙，用折扣价买了一辆昂贵的汽车。事实很快显露出来，除了给五兄弟每人一辆车外，刚成立的伊索塔–弗拉西尼亚非公司只卖出去两辆车。三年后，在生意倒闭、样品退回意大利后，埃及只有两个人会被看到坐在伊索塔–弗拉西尼汽车里：施瓦本佬和福阿德国王。

伊索塔–弗拉西尼惨败让家族倒退了十年。小集团继续装出有钱的样子，其成员经常被看到在国王的花园里过星期天，或者坐在有司机的车里抵达高档的斯波尔丁俱乐部，但他们身无分文。过分虚荣而不愿承认失败，也过分谨慎而不敢激怒债权人，他们开始利用能帮他们保守秘密的次等朋友和亲戚。阿尔贝，他们的另一个姐妹夫，一个抛弃了他在土耳其所拥有的一切搬到埃及的曾经富裕的香烟生产商，被要求对家族财务做出贡献。他不情愿地照做了，此前和他的妻子埃丝特大吵了几架，她和她妹妹玛尔塔一样，从未怀疑血缘胜于婚誓。

阿尔贝有充足的理由既不信任他们也不想帮助他们。正是在小集团的保证下，他才于1932年最终不顾一切地变卖了他在土耳其的香烟生意，全家搬到埃及，希望投资妻子兄弟的公司，也希望让他十八岁的儿子亨利免于遭受可怕的土耳其军旅生活。然而，他一到亚历山大港，小集团就明确表示他们不打算让他加入他们的伊索塔–弗拉西尼计划。沮丧并且不知道在亚历山大港做什么，往昔的尼古丁商人拿出他从土耳其偷偷带过来的毕生积蓄，成了一家名叫小滨海路的小台球厅的业主，台球厅对面就是那条全亚历山大港人都称为滨海大道的六英里长的海岸公路。

他从未原谅他们的欺骗。“来吧，我们会帮你的”，他会这样提醒他的妻子，模仿她的兄弟们对他的反复恳求。“我们会给你这个。我们会给你那个。什么都没有！我的祖先重要到足以让世世代代的苏丹去暗杀他们——现在，只剩下台球”，当他每天早上站在厨房门外，等待他妻子在黎明烤的奶酪拼盘和菠菜馅饼时，他会这样小声抱怨。它们卖得不错，很受打台球的人喜欢，他们享受边喝茴香酒边吃点什么。

不仅他自己的境况急剧恶化，阿尔贝还依然被指望着去帮助他妻子的家族。因此维利的司机——完全相信他是来拿欠他雇主的钱——会把车停在小滨海路外，走进去，接收一卷纸钞，并“提醒”阿尔贝他过几个星期会再来。

大概在借了第五次钱后，谦卑的台球厅业主手拿球杆走出来，砸碎了一扇车窗，告诉趁司机办事时躲在后座的妻弟，既然他和王室关系这么好，他也应该利用陛下来“渡过难关”——维利对急需借款的委婉语。

听到丈夫和弟弟之间的对抗，埃丝特吓坏了。“但他以前从没做过这样的事，”她对维利抗议道，“他一点也不暴力。”

“他是个彻头彻尾的土耳其人。”

“你又是哪国人，不会是意大利人吧？”

“是不是意大利人，我都知道不该砸别人的车窗。”

“我会跟他谈的”，她说。

“不，我不想再见到他了。他是个丝毫不知感激的男人。他要不是你丈夫，埃丝特，他要不是你丈夫——”，维利开始说。

“他要不是我丈夫，他一分钱也不会借给你。你要不是我弟弟，我们现在也不会陷入这样的困境。”

▪

维利的教名是亚伦。当在 1922 年停战协议签署四年后，返回亚历山大港时，他不得不弥补失去的时间。在四个哥哥的帮助下，他在一星期内成了一名大米专家。然后是甘蔗检查员。在三个月里，他学会了治疗任何可想到的折磨棉花——埃及最有价值的出口物——的病害。在半年时间里，他不仅游历了埃及的所有角落，还拜访了每个传言说有希望让他娶到一个年轻犹太妻子的富豪的家。他从欧洲回来还不到一年就娶了一个。

如今他成了一个受人尊敬的公民，又回去找他最喜欢的类型：已婚女人。据说他的一些情妇在他抛弃她们时如此心烦意乱，以至于她们会出现在他妻子的门口，求她为她们说情，而可怜的洛拉舅祖母，她的心脏是身体里最大的器官，有时候会做这事。

战争结束七年后，一个叫洛特的女人出现在家族宅邸，带着一张男人的照片，她声称自己在柏林和他订了婚。当大家终于对男人的身份达成共识，女人也收起了她的手帕时，她被邀请留下和一家人吃午餐，大多数成员应该在接近一点钟时到达。维利是最后一个到的，但是他一进门，她就听出了他在门厅的脚步声，站起来，放下她装着雪利酒的玻璃杯，跑出去扯着嗓子大喊，“威利！威利！”

没人知道这个精神错乱的女人用那个怪名字喊他们的亚伦是什么意思，但是在午餐期间，当每个人都多少重新镇定下来时，她解释说，1914 年穿着崭新的普鲁士制服时，他看起来特别像威廉皇帝，让她忍不住给他起了威利的昵称。他的妻子发现“威利”十分恰当且讨人喜欢，如此坚决又如此亲昵，以至于她也开始叫他“维利”[1]，起初带着责备，随后带着嘲弄，最终成为习惯，直到每个人，包括他的母亲，都叫他维利，而这个名字最后获得了希腊—犹太—西班牙形式的昵称：维利科。

“叛徒维利科”，他母亲在一段时间后说。

他抗议。“我那时真的跟她相爱。再说了，那是我遇到洛拉前很久的事。”

“我没说女人。你就是犹大，你一直会是犹大。”

---

[1] 洛拉模仿德语口音，把威利（Willy）读作维利（Vili）。

没人忍心把重现生气的洛特送回比利时。因此洛特成了内桑舅祖父的秘书，给克拉拉姨祖母的艺术班充当临时模特，然后给科西莫舅祖父当销售助理，他最终把她硬塞给了伊萨克舅祖父，而后者最后娶了她。在他们1926年的婚礼上拍了一张全家福，举办地点是女家长位于大斯波尔丁区的豪华公寓，那里可俯瞰阳光充足的地中海，照片上的洛特舅祖母挨着伊萨克舅祖父站在游廊中，右手搭在维利舅祖父的肩上。维利舅祖父眯着眼，我们是或不是分享的男人、索取最大牺牲的男人、女人崇拜的男人。

照片上，伊萨克已经是一个试图掩盖一块秃斑的五十岁憔悴中年人，而内桑，当时接近退休，看起来比他母亲还老，后者在儿子婚礼上勉强装出的兴高采烈没能隐藏她的担忧。

“他是个王子，而她是个农民，”她说，“看看她走路的样子。你还能从她的脚步声里听出巴达维亚[1]木屐的咔嗒响。”

“在他头上你还能看到一顶看不见的无边便帽的痕迹。所以他们扯平了。别管他们了，”她女儿埃丝特斥责道，“他一辈子跟情妇鬼混，从没娶妻。是时候让他结婚了。”

“是的，但不该娶基督徒。”

“基督徒，犹太人，比利时，埃及，时代不同了，”维利说，“已经20世纪了。”

但他母亲没有信服。在照片上，她带着不信任的凝视，像是赫卡

[1] 巴达维亚（Batavia），印度尼西亚首都雅加达旧名。

柏在欢迎海伦成为她的族人[1]。

在人群背后，从游廊的法式窗户后面鬼鬼祟祟窥视的，是三个埃及人的脸。女佣泽纳布，最多二十岁并且已经在家庭里待了十年，正在淘气地微笑。艾哈迈德，来自喀土穆的厨师，羞涩地试图把眼睛从摄影师那儿移开，用右手掌遮住了脸。他的妹妹拉蒂法，一个才十岁的孩子，用顽皮的深色眼睛盯着镜头。

■

在一家人努力从伊索塔-弗拉西尼惨败中恢复时，维利舅祖父忙着从事一项全然不同的事业：法西斯主义。他成了领袖的狂热支持者，狂热到他坚持让家族里的每个人都穿黑衬衫，遵循法西斯的健康养生法，每天锻炼。他一丝不苟地遵循法西斯主义者强加给意大利语的所有变化，还试图清除他的语言、品位和服装中已成习惯的英国风格；当意大利对埃塞俄比亚开战时，他叫家人把黄金首饰都交给意大利政府，以资助领袖的帝国梦。

维利舅祖父的爱国表演背后的讽刺是，尽管一直在宣扬对*法修*[2]的永恒忠诚，他已经成了英国情报机关的特工。他就职间谍部门，这给他提供了从出生以来唯一真正适合他的事业。这也鼓励家族里的其他人都留在埃及，尤其是如今他们陷入了两个帝国的事务中，而非仅

[1] 赫卡柏（Hecuba），希腊神话中的特洛伊王后，她的儿子帕里斯王子把海伦带回家，引发了特洛伊战争，最终特洛伊陷落。

[2] 法修（fascio），意大利语，意为“一束柴棒”，法西斯一词即来源于此。

仅一个。

维利于1936年就职国王陛下的特务机关，这和家族的另一个好运同时发生：他哥哥伊萨克和新国王法鲁克的蒸蒸日上的友谊，后者是福阿德的儿子。不清楚伊萨克是如何获得财政部的局长的任命的，但是在他的婚礼后不久，他还发现自己进入了埃及大部分重要公司的董事会。“兄弟关系”，就像裙带关系给侄子和孙子好处那样[1]，给了兄弟们好处，它搞定了剩下的事，因此我的其他舅祖父——内桑、科西莫和洛伦佐——都被提供了埃及几家银行的肥缺。维利的拍卖生意日渐兴隆；他母亲那间俯瞰绝美开阔海滩的公寓得到了一次急需的翻新；施瓦本佬和玛尔塔生下了阿尔诺；维利终于跟姐夫阿尔贝和好。

起初，维利舅祖父试图隐藏他的新事业的性质。只有洛拉舅祖母和伊萨克舅祖父知情。但这种秘密他是忍不住要泄露的，尤其是因为它们激起了每个人的嫉妒和仰慕。这是最接近再次当兵的事了。他去哪里都带着把手枪，在坐下来跟全家人吃午餐前，他还经常被看到摆弄和解开他的手枪皮套。“他是什么人，”施瓦本佬问，“现在进黑帮了？”“嘘，”玛尔塔姨祖母嘘道，“没人应该知道。”“但他搞得太显眼了，所以他肯定是个幌子。英国人不可能那么蠢。”

但是那时候，打胜仗不是因为一方更有资源和计谋，而是因为另一方更无能一点点。意大利人从没怀疑过维利决心与英国人共命运，并继续接受他在埃及和其他地方的服务。维利经常不在亚历山大港，要么在埃塞俄比亚和意军在一起，要么在意大利，要么在被派去德国

[1] 裙带关系（nepotism）起源于天主教教皇任命侄子承担重要职位的做法，词根 nepos 即意为侄子。

的各种意大利代表团中服务。为了在意大利的利益面前显得更为重要，他让自己作为运输专家和沙漠车队的燃料分配专家出了名。他如何以及在哪里获得了这些学科的哪怕皮毛，这无从猜测，但是意大利人需要他们能找到的任何人。他们利用他蒸蒸日上的拍卖行掩护他在罗马和亚历山大港之间的频繁往来。为了逃过潜在的英国监视，他们鼓励他进口古董家具，因此，在法西斯主义者的帮助下，他设法在意大利以原价的几分之一购进稀有的古董，却把它们高价卖给埃及的帕夏们。

他变得非常富有。随着时间，他不仅积累了英国绅士间谍的很多特权，他的双重生活还允许他实行那些繁复的仪式——从早餐到睡帽——他总是秘密地嫉妒英国人，同时满足他永恒的意大利爱国心，每当他听到法西斯国歌或者当意大利人——并非没有德国人的帮助——终于对希腊人取得一次胜利时，这爱国心就会得到满足。“我们拿下了希腊”，有天他突然大喊，一边挂断电话，嗓音中带着绝对也是土耳其式的欢乐之情。“我们终于进入雅典了”——于是家里的每个人蹦蹦跳跳，激起了埃及仆人和女佣，他们会用最微不足道的庆祝借口大呼小叫，直到有人不可避免地说出对希腊犹太人的担忧，打破欢乐气氛。

听到新闻，维利的声音兴奋地颤抖，就像当一群意大利潜水员偷偷进入亚历山大港的港口，对两艘英国战舰造成严重损伤时那样。维利为英勇的潜水员而欣喜若狂，但又彻底灰心丧气，因为有人提醒他，他必须谴责他们的使命。“旧时光一去不复返”，他会说，指的是你永远知道自己是谁以及自己站谁那边的时光。

然后有事发生了。连他也没完全搞懂。“情况不太好”，维利说。当有人逼他解释时，他只会简单地说，“情况”。被他的回答搞得紧张，他姐姐埃丝特会试图哄骗他：“是你不想说还是你不知道？”“不，我知道。”“那就告诉我们。”“跟德国有关。”“谁都能说跟德国有关。跟德国有什么关系？”“他们在利比亚打探了太多。这不是好兆头。”

几个月后，我的埃尔莎姨祖母到了，带着她的德国丈夫从马赛过来。“非常糟糕。糟透了”，她说。他们不给她出境签证。伊萨克曾用他跟法国外交官的人脉成为法国公民，现在不得不再次利用它们，以安排让他妹妹立刻取得安全通行许可。考虑到她的复杂地位，一个在法国的嫁给德国犹太人的意大利人，还需要额外措施，伊萨克给她和她丈夫取得了盖有埃及国王印鉴的外交护照。埃尔莎姨祖母抱怨她失去了她在卢尔德的宗教手工艺品店，并且在极端贫困中度过了两年。“我就是在那里学会成为吝啬鬼的”，她会说，好像这能减轻自己众所周知的天生贪婪。

不到一个月后，施瓦本佬二十五岁的同父异母妹妹弗洛拉出现在了一家人的客厅。玛尔塔立刻看出了预兆。“如果所有这些阿什肯纳兹犹太人都开始从德国涌入，我们就要完了。城市会充满裁缝、经纪人和多到我们不知道该拿他们怎么办的牙医。”

“我们什么都不能卖”，弗洛拉说。“他们拿走了一切。我们离开时带了能带的”，她继续说。弗洛拉姨祖母是跟她母亲康夫人一起来的，她是一个正在衰老的病中女人，长着清澈的蓝眼睛和略带粉色的白皮肤，法语说得很差，脸上好像总是带着一种吓坏了的恳求表情。“两个月前他们在街上扇了她耳光，”她女儿解释道，“然后她被一个当地店主辱骂了。现在她不跟别人打交道了。”

■

那年初夏的几个星期里，街上谣言四起，说马上要跟德国非洲军团打一场可能是决定性的战役。隆美尔的部队攻下了一个又一个要塞，沿利比亚海岸线推进。“会有一场可怕的战役。然后德国人会入侵。”英国人，维利说，士气低沉，尤其在托布鲁克[1]后。人人恐慌不已。靠近利比亚边境的海岸度假小镇马沙马特鲁落入了德军之手。“他们恨我们犹太人，更甚于对阿拉伯人的蔑视”，玛尔塔姨祖母说，好像这完全无法理解。听说了很多德国反犹主义传闻的伊萨克舅祖父，拼凑出了一个吓人的故事，由谣言和他亲眼所见的 1895 年亚美尼亚大屠杀[2]的瘆人回忆组成。“他们首先找出谁是犹太人，然后在夜里派出卡车，强迫所有犹太男人上车，然后他们把你带去遥远的工厂，留下女人和孩子自生自灭。”

“你这么做是在吓唬人，快别说了”，埃丝特说，她和家族里的其他成员一样，至少在土耳其目睹了两次亚美尼亚大屠杀。

“对，但是亚美尼亚人给英国人当了太久间谍了”，维利抗议，他在这件事上同情土耳其人，尽管他在“一战”期间曾在英国和意大利那边跟他们打过仗，而他的姐夫阿尔贝虽然曾跟着土耳其人打过英

[1] 托布鲁克（Tobruk），利比亚东部港口城市，靠近埃及，1941 年隆美尔率德意联军在此包围盟军，英军大败，史称托布鲁克围城战。

[2] 1895 年，伊斯坦布尔（即君士坦丁堡）爆发针对亚美尼亚人的屠杀，之后蔓延至其他亚美尼亚聚居区，史称哈米德大屠杀。

国人，却谴责这些屠杀是野蛮的。“土耳其人只是不得不停止那一切，用他们唯一知道的办法：流血和更多血。但是犹太人对德国人做过什么？”内桑舅祖父问。“因为某些犹太人做事的方式，”克拉拉姨祖母插嘴，“我会把他们赶出这个世界，赶进下一个。就是因为他们那样的犹太人，他们才恨我们这样的犹太人。”她盯着她弟弟维利，刚引用了他最爱说的格言之一。“那么，他们真的要把我们带走了，你觉得”，玛尔塔打断了她，嗓音已经在颤抖。“现在别开始哭，拜托了！我们在战争中”，恼怒的埃丝特说。“但就是因为我们在战争中所以我才哭啊，”玛尔塔姨祖母坚持说，“你不明白吗？”“不，我不明白。如果他们把我们带走，那就带走吧，这一切就结束了——”

在第一次阿拉曼战役打响的数星期前，女家长决定实施一个古老的家族应急措施。她召集了家族里的所有成员，让他们待在她的大公寓里，只要形势允许就一直住着。没人拒绝这个提议，他们像诺亚的牲畜，两个或四个一组地过来，有的来自开罗和赛德港，有的来自远至喀土穆那样的地方，他们在那里会比在亚历山大港更安全。床垫一个挨一个地铺在地板上，额外的桌板加到了餐桌上，又雇了两名厨师，其中一个为防止食物短缺，养了鸽子和鸡。一头公羊和两头母羊在夜色的掩护下被偷偷带进来，绑在楼上的露台，靠着临时拼凑的笼子。

白天，家族成员会出去照料生意。然后所有人都会回来吃午餐，在那些漫长的夏日午后，有些男人会坐在餐桌旁，列举他们最大的恐惧，而在其他房间里，孩子们午睡，女人们修补和编织东西。暖和的衣物尤为需要；德国的冬天很严酷，他们说。公寓入口立着一排非常小的手提箱，整齐地堆在一个角落，有的可以追溯到它们的主人在土耳其的青年时代和在国外的读书岁月。现在，它们被时光污损，贴着来自欧洲大酒店的泛黄标签，在门厅里温顺地等待纳粹进军亚历山大港并围捕所有超过十八岁的犹太男性。每人允许带一个小手提箱装最基本的必需品。

下午晚些时候，一些家族成员会出去，女人可能会去斯波尔丁俱乐部转转。但是到下午茶时间，多数人已经在家了。晚餐通常清淡快速，由面包、果酱、水果、奶酪、巧克力和自制酸奶组成，反映了埃尔莎姨祖母对家庭财务的严格管理、维利舅祖父的斯巴达式饮食规范和我曾外祖母的卑微出身。晚餐后，咖啡会被端出来，每个人都会挤进客厅，去听收音机。有时他们听英国广播公司（BBC），其他时候听意大利的电台；报道总是令人困惑。

“我只知道德国人需要苏伊士运河。因此，他们必须进攻”，维利主张。

“是的，但我们能阻止他们吗？”

“只能短期阻止。长期的话，谁知道呢？蒙哥马利将军可能是天才，但隆美尔是隆美尔”，维利舅祖父裁决道。

“那我们该做什么？”玛尔塔姨祖母问，随时准备歇斯底里发作。

“做？我们什么都做不了。”

“你说我们什么都做不了是什么意思？我们能逃跑。”

“逃到哪里？”涨红了脸的埃丝特问。

“逃跑。我不知道。逃跑！”

“但是去哪里？”她姐姐追问。“去希腊？他们已经攻下了希腊。去土耳其？我们刚从那里出来。去意大利？他们会把我们关进监狱。

去利比亚？德国人已经在那里了。你没看出来一旦他们占领苏伊士运河，就都完了吗？”

“你什么意思，‘完了’？所以你真的觉得他们会赢？”

“哦，我不知道”，维利叹气。

“就坦白说出来吧。他们会赢，然后他们会过来把我们都抓走。”

维利没有回答。

“那去马达加斯加怎么样？”玛尔塔姨祖母提议。

“马达加斯加！拜托了，玛尔塔，行行好吧！”伊萨克舅祖父插话。

“或者南非。或者印度。一直领先他们一步[1]有什么不好。也许他们会输。”

对话出现了片刻的停顿。

“他们不会输的”，弗洛拉姨祖母最终说道。

“既然你说这话一点也不犹豫，弗洛拉，那么，为什么你还没离开，”玛尔塔问，几乎满腔轻蔑，“为什么你还在这里？”

“你忘记我已经离开一个地方了。”

弗洛拉姨祖母深吸一口香烟，思考了一会儿，然后呼出一口梦幻、惆怅的气息，一边从她坐着的沙发的角落俯向茶几，摁熄了烟。每个人都转过去看她，女人们和男人们总是奇怪，为什么明明绿色最配她的眼睛，她却习惯性地穿黑色。“我不知道”，她补充说，依然凝视着她的手，那只手在她熄灭烟很久后还在继续做缓慢的摁烟动作。“我不知道”，她支支吾吾地说。“没地方可去。我厌倦了东奔西跑。

[1] 1940年，纳粹德国提出“马达加斯加计划”，意在将欧洲犹太人送往该岛，由于英国的海上封锁，最终未实施此计划。

我更厌倦了为跑去哪里而发愁。世界不够大。时间也不够多。抱歉，”她说，转向她哥哥，“我哪都不想去。我甚至不想旅游。”沉默在客厅弥漫开来。“真相是，如果我相信我们有机会，我会躲在沙漠里。但是我不相信。”

“这么悲观，而且年纪还这么轻”，维利插嘴，摆出纡尊降贵的微笑，好像他了解关于担惊受怕的女人的一切，也知道如何抚慰她们。“没有规定说德国人一定会赢，你知道的。他们可能会输。他们的燃料供应低得可怕，他们的战线也拉得太长。让他们攻击埃及，让他们来埃及冒险，想挺进多深就挺进多深。沙子总是最后赢家——记住这点”，他继续说，宣扬汉尼拔的仇敌昆图斯·费边·马克西姆斯[1]——史称“拖延者”，拖延时间的人——的战略牵制。

“‘沙子总是最后赢家。’真的吗，维利”，弗洛拉姨祖母嘲弄地说，走到外面的阳台上，在那里点燃了另一根烟。“他到底什么意思？”她大声嘲笑，扭头看向埃丝特的儿子，他也在阳台抽烟。

“*沙子总是赢家*”，维利带着吃惊的强调重复道，好像这句话第一遍就该让人完全理解。“他们的入侵计划可能毫无破绽，但我们的装备更好，补给更好，我们的人也更多。你会看到几个月的荒漠沙子能对隆美尔的装甲车造成什么损害。所以，让我们别放弃希望。我们会找到办法的。我们以前挨过了更糟的敌人，我们也会活得比这个敌人久。”

---

[1] 在第二次布匿战争中，北非古国迦太基名将汉尼拔（Hannibal）进攻罗马，古罗马执政官昆图斯·费边·马克西姆斯（Quintus Fabius Maximus，一般称费边）采取拖延战术，不正面交锋，而是以干扰补给线、消耗对方为主，挫败了汉尼拔的进攻计划。

“说得好”，埃丝特回答，她虽然是个坚定的现实主义者，但热爱积极的想法，绝不会让自己相信灾难是如此迫近。“我知道*你*最后会想到点什么的”，她边说边用轻蔑和怀疑的眼神盯着她沉默的丈夫，在家族聚会中，她家族中的所有成员都为配偶预留了这样的眼神。

“只要我们有勇气，站在一起，不慌张，不听流传在这个女裁缝和那个理发师之间的无意义谣言，*姐妹们*，”他强调，“我们就能再次渡过难关。”他慷慨激昂地做出这番演说，用他唯一了解的风格：通过借用丘吉尔和墨索里尼的话。

“所以我们等，换句话说”，玛尔塔总结。

“所以我们等。”

它就这么出现了，悬在半空中，在两侧盘旋，就像钢琴家在一次期待已久的出场前把指关节按得噼啪作响，或者像演员边清嗓子边走上舞台。把它领进房间的是他眼中自信的闪光、拱起的背和当嗓音升到完美的音高时里面那种过分熟悉的颤抖：“我们曾经等到事情平息，这次我们也会等到的。毕竟，我们在场的每个人都是有五千年历史的犹太人——*我们是或不是？*”

房间里的气氛活跃起来，略通煽动术的维利转向弗洛拉，叫她弹点戈尔德贝格或勃兰登堡，他不记得是哪个。

“你想说巴赫”，弗洛拉说，一边向钢琴走去。

“巴赫，奥芬巴赫，*都一回事*[1]。*都是莱希利犹太人*[2]，都是阿什

[1] 原文为法语。
[2] 原文为拉迪诺语。莱希利（Lechli）犹太人起源于波兰，公开改宗伊斯兰教但私下依然信仰犹太教，君士坦丁堡是他们的聚居区之一。

肯纳兹犹太人”，他咕哝道。只有埃丝特听到他这么说。她立刻转身，表情严厉地嘘他，“她听得懂！”但是维利无动于衷。“她只懂一件事，而这个房间里的所有男人都知道那是什么。”

施瓦本佬的同父异母妹妹没听到这段对话。她摘下戒指，把它放在琴键旁，开始弹奏舒伯特的曲子。每个人都欣喜若狂。

那天晚上她弹到很晚，直到一个接一个地，大家都去睡觉了，而她每晚都轻柔弹奏，不理会那些逐渐厌烦了熬夜等她的男人们，有天晚上她嘲笑埃丝特的儿子和他肤浅的维特式伤感，那时客厅最后就剩他们两个，她停止弹琴，而他试图用吻来消除战争期间所有关于爱情的无情谈话。在女佣拉蒂法的房间，现在是弗洛拉的了，她再次摘下戒指和耳环，把她那杯干白放在临时床头柜上，说，“现在你可以吻我了”。但她先吻了他。“这不意味着什么，”她补充道，一边看向别处并点亮煤油灯，把灯芯压低，直到它比她的香烟还暗。“只要我们清楚这不意味着什么就好”，她说，几乎在享受这种残忍，她用这残忍把绝望强加于每个人身上。

■

然后传来了大好消息。英国第八军团设法在阿拉曼拖住了隆美尔的攻势，到 1942 年秋天，终于发起了对德国非洲军团的决定性进攻。战役持续了十二天。在夜里，家族里的每个人都会在阳台站数小时，好像在等待节日焰火，竭力望向城市以西，企图瞥到一眼即将决定他们命运的历史性战役。有的人抽烟，其他人相互聊天或者和楼上楼下的邻居聊，他们也待在阳台上，彼此挥手，扮出希望和认命的表情，同时，从空无一人的房间里，传来一个不间断的噼啪作响的短波新闻简报，宣布北非的最新战况。一个遥远、半英寸大的光环在西边的地平线上盘旋，在漆黑的灯火管制中晃动，像一台逐渐靠近的上山车辆那样突然发光，又再次黯淡，一个多雾夜晚的淡琥珀色月亮。他们听到的只是一阵遥远低沉的嗡嗡声，像安静夏夜里的摇扇声或者食品储藏室里的大冰箱运转时的噪音。人们伴着远方的战役轰隆声入睡。

“看到了吧？你老是害怕被带走，到头来不过是白紧张。难道我没跟你说过吗？”当事态表明英国人取得了决定性胜利时，维利对他的姐姐玛尔塔说。

每个人都在为离开老母亲的家做准备。然而准备工作缓慢、不确定甚至拖拉，部分因为每个人都习惯了这种难民生活，不愿抛弃其中的互相扶持，还因为没人想触霉头，宣称危险都过去了。“为什么着急？”我曾外祖母说。“还剩很多鸽子和鸡。再说了，我们永远不知道德国人会怎么做。他们可能在几个星期内回来。”然而，打包继续进行。

作为离别礼物，老母亲决定给每个儿女一个带金色百合花饰的水晶高脚杯。它们是在他们的父亲位于土耳其的玻璃工厂里制造的。

“这是这个公寓最后一次住这么多人了”，老妇人解释道。

“按照如今的世道，我可不这么确定”，埃丝特说。

埃丝特说对了。这个家族于三个随后的场合在老女家长的家中寻求庇护：一次是在苏伊士战争期间的1956年；再是十年后；还有一次在早先的1948年，此前维利被犹太复国主义特工追捕，他们因为他给英国人当间谍，狠狠揍了他，然后威胁要对家族里的其他男人做一样的事。两个月后，维利得到风声，他们又在跟踪他，而且这次想要他的命。他躲到了母亲家中。一天，他拿出了他的好运钟摆，在桌上放了一片他从阿拉曼时期保存至今的氰化物。钟摆说不。

维利被秘密地带到意大利，然后去了英国，他在那里改名换姓，皈依基督教，放弃了之前的所有国籍。但是仅约四年后，他就重新出现在埃及，去干在他作为间谍、士兵和骗子的生涯中被证明是最引人注目的生意：拍卖被推翻的国王的财产。

■

"那是终结的终结，"多年后他在自己位于萨里郡的花园里解释道，"一个时代的终结，一个世界的终结。在那之后一切都分崩离析了。"

现在他八十中旬，喜欢马、糖果和荤段子，用他僵硬前臂末端的拳头辅助说明他喜欢用老办法讲的下流故事：带着粗俗的手势和夸张的表情动作。穿着旧粗花呢衣服、克拉克靴子、宽领带和有污渍的开司米羊毛衫，他看起来像他排练了一辈子的角色：一个维多利亚时代的绅士，毫不在乎次他一等的人怎么看待他或他的衣服。让他的贵族派头尤为可信的是，一看到他，人们立刻想到贫穷。

他带我看了他那从没长过好东西的果园、急需清理的大湖——"但有谁在乎"——马多得装不下的马厩，更远处，还有没人敢进去散步的树林，某种狂野的简·奥斯丁世界。"我不知道，"当我问到他的树林毗邻什么时，他如此回答，“我猜是个邻居。但是话说回来，这些英国贵族，有谁真的认识他们?”

这不是真的。他相当熟悉他们。实际上，他认识每个人。在当地邮局，在银行，在他请我喝啤酒的其中一家酒吧，每个人都认识斯宾加恩博士。“哦，你好”和“再会”从他的舌头滑落，好像他从出生那天起就说英语。他了解关于足球的一切。一天早上，当一辆迷你莫里斯在我们去市区的路上拦下我们时，我意识到他多么彻底地融入了他的新祖国。那是在去伦敦路上的某某勋爵夫人，想知道他需不需要什么东西。“一点也不麻烦”，在他最终同意让她去某个商人那里拿一箱法国红酒后，她这么说。“*不客气*[1]。”她补充道，很高兴能炫耀她的法语，并承诺让亚瑟，勋爵本人，今晚把酒送过来。“*说定了*[2]”，我们听到她一边说，一边摇起车窗，开始在安静的乡村道路上加速行驶，往高速公路开去。

“她就跟去核梅干一样枯燥，那个女人。跟所有英国女人一样。”

“我觉得她非常好心”，我抗议，提醒他这位女士先去了他家，得知他出去散步后，开车出来找他。“非常好心，非常好心，”他重复，“这里的人都非常好心。你什么都不懂。”

在市区，维利向当地的古董商人挥手，并决定拜访他。

“早上好，斯宾加恩博士”，商人说。

“你好，”他回答并介绍了我，“你找到我要的土耳其咖啡壶了吗?”

---

[1][2] 原文为法语。

“还在找，还在找”，商人不断重复，一边继续给一座旧钟掸尘。

“已经九年了，”维利轻笑，“恐怕等你找到时我都死了。”

“别担心这个，斯宾加恩博士。你会活得比我们所有人久的，先生。”

“他们比阿拉伯人还慢，而且是他们的两倍蠢。他们到底是怎么做到曾经拥有一个帝国的？”我们一走出商店，他就说了这话。

回到家里，他的妻子、女儿和已婚的外孙以及曾外孙在等我们。“看到这张餐桌了吗？”他用手掌摩挲食物正在被端到上面的巨大古董橡木餐桌。“我为它付了五磅。看到这些椅子了吗？总共有十二把。全部七磅，还有八把在阁楼里。还有这座大钟？猜猜多少钱？”“一磅”，我猜。“错了！我一分都没花。它是买椅子送的。”他放声大笑，一边把一块厚厚的黄油抹在一片面包上。

“你听起来像个典型的*犹太暴发户*[1]”，他女儿讥讽道。

“如果不是*犹太暴发户*，我们又能是什么呢？”

午饭后，他坚持要和我一起单独喝咖啡，“*就他和我*[2]”，他告诉其他人。“来”，他说，指着厨房，他走进那里煮土耳其咖啡。“你看，你所需要的不过是像这样的一个小壶，最好是黄铜做的，但铝的也凑合。我这个是在曼彻斯特做的。叫一个希腊人做的。但是你觉得我们的古董商人聪明到能搞明白这就是他要做的全部吗？绝不！这就是为什么我偶尔去找他。只要他保持愚蠢，只要我清醒到能知道这点，那么对我来说事情就挺好。你懂了吗？”他对我眨了眨眼，做出串通的

[1] 原文为法语，下句同。
[2] 原文为法语。

眼神。我点了点头但是没懂他的意思。我意识到，在他年轻时的世界里，我可能活不过一天。“*胆魄，永远要有胆魄*[1]，”他回答，“你看，在生活中，重要的不仅仅是知道你要什么。这很容易。关键是知道*如何*要。”我不确定我也听懂了这个，但我再次点头。“但我是幸运的。我的生活不错，”他继续说，“在我们出生时，生活给了我们每个人几张王牌，然后就没别的了。到我二十岁时，我已经浪费了所有王牌。生活又把它们还给我好几次。没有很多人能这么说。”

当咖啡煮好时，他拿出两个小咖啡杯，然后开始倒，把壶危险地高举在杯子上方，对准杯子把咖啡倒进去，像好阿拉伯仆人做的那样，让煮好的咖啡在倾倒过程中多少冷却一点。“愿上帝让他的灵魂安息，但是做咖啡没人比得上你祖父”，他说。“一条蛇，有根分叉的舌头，发脾气时像牛奶那样汩汩冒泡，然后把你撕成碎片，尽管如此，还是世界上煮咖啡最好的人。来!”在我们经过一个不同的走廊时，他示意去起居室。房间装满了古董和波斯地毯。闪闪发光的旧拼花地板上有一片午后阳光，一只喂得过胖的猫在上面睡着了，腿伸得颇不雅观。

“看到这件便服了吗?”他说，“摸摸看。”我俯身靠近他，触摸了翻领上的布料。“至少四十年了”，他说，看起来极其愉快。“猜猜是谁的?”“你父亲的”，我说。“别傻了”，他厉声说，简直发了脾气。“我父亲死了有几百年了。”“你的一个哥哥的?”“不，不，不。”“那我就不知道了。”“我给你个提示。猜猜这布是谁做的? 世上最好的布料。”

---

[1] 原文为法语。

我想了一会儿。“我父亲?”我问。“对。战争期间在他位于易卜拉希米区的工厂的地下室织成的。这件便服属于你祖父阿尔贝。”

“是他给你的?”

“可以这么说。”

“在什么情况下?”

“在他死后。是埃丝特把它给我的。现如今你能在哪里找到这么好的羊毛?这是我珍视的少数东西之一”,他开玩笑说。“来吧,再摸摸!”他命令道。

到底是销售大师,我想。“让我解释”,他说,他的脸令人不舒服地靠近我的。他四处张望,确保没人偷听。

“你记得弗洛拉吗,*罗马美人*[1],我们曾经这么称呼她?”

是弗洛拉教了我关于钢琴家施纳贝尔的一切,我回答。

“没错。战争期间,在阿拉曼时期,我们都待在你曾外祖母的房子里。你根本不知道有多挤。嗯,有一天,走进来这个黑发、美丽但美得让人痛苦的女人,她每晚弹钢琴,总是抽烟,看起来有点疲惫但因此更性感,她跟所有人调情,但你会发誓说她不知道自己在调情。总之,我们都疯狂地爱上了她。疯狂地。”

“这跟我祖父有什么关系?”

“等着,让我*说完*!”他几乎发火了。“好吧,情势如此紧张——你必须意识到房子里至少有七个成年男人,更别说同样虎视眈眈的年轻男人——以至于我们每天都会争吵。毫无缘由,又全是缘由。你祖

[1] 原文为法语。

父和我每天吵架。每天。然后我们会和好，下双陆棋。然后再吵架。你下双陆棋吗？”

“下得不好。”

“我也这么觉得。不管怎样，很明显，弗洛拉对我比较特别。当然，我没有跟她调情，我必须守规矩——在我母亲的房子里什么的，还有我妻子在旁边窥探，你懂的。我不得不非常缓慢地行动。因此我最终对你的祖父说，‘阿尔贝，这个女人想要我。我该怎么办？’他说，‘你想要她吗？’然后我说，‘你不想吗？’他没回答。因此我对他说，‘阿尔贝，你得帮我。’你祖父那个狡猾的坏蛋微笑了一会儿，最终说，‘我尽量’。其他每个人都知道——康夫人、你祖母、伊萨克。每个人，除了我。多年后我发现了真相，当时弗洛拉来这里拜访我们，看到我穿着他的便服。她立刻认出了它。”

“然后呢？”我问。

“你没懂吗？”

我摇了摇头。

“她可能叫人做了这件便服给他当礼物。我觉得自己是个彻底的傻瓜。唯一一个我想要但从没跟她上床的女人。四十年后还这么嫉妒，真是个傻瓜！”片刻时间在沉默中逝去。我很想告诉他，在1942年的那些夏夜，爱着弗洛拉的不是我祖父，而是我父亲，那件便服也是他的，不是他父亲的。我祖父只是从他儿子那里“继承了”它，他用同样的方式“继承了”我父亲不再穿的一切。但我什么也没说，因为我想让我祖父赢维利一回。“不过，你应该看看我们那时的样子，”他继续说，“每个人都叫她弹钢琴，每个人都喝比平常更多的干白，等着其他人困倦、去睡觉。坦白说，熬夜从来不是我的风格。”

我看着他玩味他的意外发现，同时他拿起两个喝空了的小咖啡杯。“来”，他终于说。我还没反应过来，他就把我带进了花园，他的外孙和他的妻子正在里面读当地的报纸。

“你们聊过天了吗？”他妻子问。

“我们确实聊了”，维利回答。

晚餐时发生了一件小插曲。透过餐厅窗户，有人观察到一对吉卜赛人在庭院里漫游。毫不犹豫，维利走进起居室，拿来猎枪，往空中开了两枪，引得狗吠马嘶。“你疯了吗，”他女儿大喊，跳起来试图把枪从他手中夺走，“他们要想的话，可以杀了你。”

“让他们试试。你以为我怕他们？我会追着他们每一个人——”然后它来了，作为一个送别礼物，作为我的英国之旅的纪念品，他对专程来听这话从他口中说出的访客作出的最终让步。“我怕他们？我害怕？你是怎么想的？我是或者不是？”

那天晚上，他来我房间跟我道别。“我坚持说永别，”他说，“因为在我的年纪，谁也说不准。”他凝视我的东西，翻了翻我的书，脸上佯装蔑视地拿起一本。“还有人读这个？”“比以往多得多”，我回答。“另一个犹太人”，他说。“不，半个犹太人。”我说。“不。当你的母亲是犹太人时，你绝不会是半个犹太人。”

也许这就是主题，或许这是他上楼来我房间的原因，但他问起了他的母亲。我告诉他我能记住的事。不，没有疼痛。是的，她直到最后一刻都神志清醒。是的，她依然大笑，也依然做出那些简短、金句式的声明，让人像被踩到的虫子那样不安地扭动。是的，她知道自己正在死去。如此等等，直到我告诉他，她看不清楚，因为她长了白内障，一层发黄的薄膜蒙住了她的眼睛。我是顺带提到的，不觉得白内障是个特别严重的损伤。

“所以她看不见了”，他说。“她看不见了”，他重复，好像试图从词语和音节的韵律中分析出某种秘密含义，寻找命运的残酷和老年的脆弱背后揭露出的某种目的。“所以她看不见了”，他说，像被悲伤攫住了，这悲伤如此强大，以至于他只能重复这些词语，直到它们最终给他的眼里带来泪水。

“你不会懂的，”他说，“但我有时会想起她。衰老、孤独、每个人都不在了，以及你提到的，瞎了，几乎孤身一人在埃及弥留。我会想，要不是我浪费了一生去尝试我所有这些站不住脚的计划，我本可以让她过得更好。但是话说回来，生活就是这样的。现在我有了房子，却没了母亲。然而我要这房子是为了她。有时，我想起她时只把她当作母亲，就像孩子需要某种只有母亲有的东西时做的那样。你会觉得，因为我老得能当曾祖父了，所以我不可能用这种方式想我的母亲。嗯，我依然这么做。很奇怪，不是吗?”他微笑，把书放回我的床头桌，然后，也许意在让我吃惊，他开始以法语引用开头那几句冗长迂回的散文。

“晚安，*博士先生*[1]”，他突然说。

“晚安，斯宾加恩博士”，我回答，决定永远不问他是怎么知道普鲁斯特的这段话的。

[1] 原文为德语。

半小时后，在去淋浴的路上，我被我表弟和他的妻子拦下来。“如果你安静的话，你不会后悔的。”他们解释，每天晚上，在十点和十一点之间，维利会听以色列的法语短波广播节目。我表达了惊讶。“这总是他做的最后一件事。然后他会关灯睡觉。”“那又怎样？”我问。“怎样，你会看到的。”我们在他门外等了一会儿。“每晚都是一样的”，她低声说。他们会敲门然后要求进去，还是仅仅准备打断他？“你会看到的。”终于，我们听到了以色列国歌。随后跟着各种结束的信号。“现在差不多要结束了”，我表弟警告。房间里咔嗒响了一声。维利刚刚关掉收音机。然后我们听到床垫里的弹簧在他的体重下弯曲，之后是床单的沙沙声，突然，门下面传来一条光亮。一切都安静了一秒。然后我觉得我听到了它，一个微弱、尖细、压低的嗡嗡声，从小房间里发出来，像蒸汽那样从钥匙孔、从门底下、从门楣的缝隙中钻出来，像焚香和预兆那样填满我们三人此时站在其中的黑暗沉默；一团怪异、含糊不清的熟悉词语，用我很久以前也学过的一种节奏悄声呢喃，仿佛不可告人并满怀羞愧地被低声说出。

“你问他的话，他会否认的”，我表弟说。

第二章

孟斐斯大道

对于将在某天成为我的祖母和外祖母、首次见面是在1944年的亚历山大港的一个小集市打量一批看起来很老的红鲣鱼的两位女士来说，这确实是一个非常小、非常奇怪的世界。在她们从厚重的口红和体面的帽纱后说出了羞涩、试探性的最初评论之后，某种类似强烈阳光之物从她们的话语中迸发，这两个陌生人，十多年来低头不见抬头见，却从不敢跟对方说一个字，突然开始叽叽喳喳聊了起来，就像接着五十年前没说完的话头往下讲的老同学，带着令人兴奋的欢快之情。每人都有一个男孩仆人做伴，他的主人既不信任他也不对他讲话，他的任务是拖着步子跟在他明智的老*肖姐*[1]身后——有一定年纪

[1] “肖姐”（mazmazelle）是对法语“小姐”（mademoiselle）的错误发音。

和身份的欧洲女士在埃及都被叫做*小姐*[1]或*夫人*[2]——并看她从坏水果里挑出好的，听她用最难以理解的阿拉伯语砍价，如果情况失控了会插手，最终把满载的商品从一个食品摊运到下一个，直到他被打发回家去开始做午餐。*肖姐*们会毫不犹豫地徒手触摸生肝，或者用手指抚弄红鲣鱼的鳃以证明当天的鱼一点也不新鲜；但她们绝不会从粗野的食品摊贩手里拿任何东西。那是男孩仆人的任务。*肖姐*们之后就可以随心所欲地做自己想做的事，直到一点钟左右，她们的丈夫回家吃饭睡觉的时候。

"那就不要鲣鱼了"，一个对另一个总结道。"不过真遗憾。想想这么多年我一直买的是坏鱼，而且蒙在鼓里"，她悲伤地说。

"要看鳃。不是眼睛。鳃一定要是鲜红的。否则就别买。"

"真遗憾"，在她们赶回家的路上，两人当中较温顺者重复道。"这么多年都住在同一条街的正对面，却没打过一声招呼。"

"但是为什么你从不跟我说话？"对鱼了如指掌的那位坚持问道。

"我曾经以为你是法国人"，她温顺的邻居回答，暗指上层法国人。

"法国人？究竟是什么让你觉得我是法国人的？*我是意大利人，夫人*[3]"，她补充道，好像那区别大了去了。

"我也是！"

"是吗？真的吗？但我们是从里窝那来的。"

"可我们也是！多么不可思议的巧合。"确实是个很小的世界，她

[1][3] 原文为法语。
[2] 原文为意大利语。

们用拉迪诺语（两人都坚称其为西班牙语[1]）交流。两人都发现对方讲这种语言是因为在鱼摊那里，当一个人试图解释为什么那天的鲤鱼不好时，彼此突然意识到，在熟练使用的六到七种语言中，除了用拉迪诺语，她们都不知道鲤鱼的名字怎么说。

到该告别时，两人都同意第二天早些时候见面，然后一起去购物。

“她真高贵”，那天，两人中较温顺者向她的丈夫汇报。“高贵个头”，他窃笑。“她丈夫是开台球厅的。”“怎么，你的自行车铺好很多吗?”她反驳。“好十万倍。”他甚至抬高了他的嗓音。

不顾丈夫的宣言，她下定决心把她的邻居称为*一位真正的公主*[2]，而另一个，一定也和她的丈夫进行了差不多的对话，总结道，尽管她的邻居可能不是*非常上层*[3]，但她完全是*一位圣人*[4]。

圣人是一位温柔、忧郁的外祖母，有时自言自语，经常丢东西和忘事。她忘记自己把东西藏在哪里，或者她藏东西是为了躲谁。她丢钥匙和手套，忘记名字、日期、债务和争执。她会忘掉故事的线索，大脑一片空白，摸索想法，串连起无意义的词语，希望自己讲得够快就能装出连贯性，没意识到正是她这一连串快速的无逻辑发言最严重地出卖了她的短暂失忆。有时，感到完全晕头转向，她会承认失败。“没什么，谁都有这样的时候”，她会说，然后深深吸气，试图压抑涌出的焦虑。“我晚点会想起来的”，她会承诺，她知道，在她出身其中的意大利—拜占庭世界，假如话说到一半打喷嚏证实了某人说的话是

[1] 拉迪诺语是塞法迪犹太人使用的西班牙方言，以希伯来字母书写。
[2][3][4] 原文为法语。

真的，那么健忘就是欺骗的象征。她试图消除这种猜疑，用小小的誓言不时打断自己话语中这些突然的暂停，比如*以我女儿的眼睛发誓*或者*以我母亲的墓碑发誓*，但是，通过如此频繁地赌咒，她自己也开始怀疑自己的故事，心想，正如在老人中经常发生的那样，也许她夸张的程度远甚于遗忘。

当她记不住你的名字时，她会在一个由家族里的其他名字组成的复杂迷宫里找它，因此暴露出你在她心中的等级排名：首先是她的儿子罗贝尔，然后是他的三个女儿，我，再是她的聋女儿，她的兄弟们，邻居们，她的丈夫。

有一次，我告诉她我在梦里见到了罗贝尔舅舅时，她哭了。“他跟你说了什么?”她焦急地问。自从他在1956年战争后被逐出埃及，已经过了一年多，到那时她的生活完全动荡不安。“他说他女儿想带一个礼物给你”，我撒谎，想着我的梦会让她开心。但是根据公认的黎凡特传统，梦总是预言其内容的反面，这暗示她在法国的儿子急需资金供孩子们使用。

因此有了疯狂的服装购买，一丝不苟的包裹打包，在邮局队伍里不知疲倦的久站，之后是每天晚上客厅里史诗般的忧虑时间，她，以及任何当时碰巧来访之人，会坐着发愁，用自己能够分泌出的所有胆汁填满自己，等待来消息确认包裹没有落入警察之手，或者某个狡猾的邮政职员没有洗劫包裹内的东西。用钴蓝色的纸和结实的绳子打包，盖着脆而发红、老到印着她的娘家姓的封蜡，她的包裹是一个如此天真如此透明的心灵的产物，以至于它们有可能骗过间谍大师，却骗不过孩童：给孙女们的每人一条的自制工装裤、在法国很难买到的药、用彩色玻璃纸细心包好的不规则冰糖什锦，以及一张折起来的百元埃及镑纸钞，它被小心翼翼地缝进一件儿童衬衫的袖口，针脚巧夺天工。她丈夫迟早会发现，肯定会有几场吵闹。但是孙辈们最重要，她告诉公主，后者如今比以往都确信这真的是个圣人，尽管她注意到——正如那些爱她的人有时注意不到的——她已经开始走神了。“她像只鸽子，”公主继续说，“完全没有怒气。”“也没有脑子”，她丈夫有一次这么回答。

一个月后消息传来，糖果、工装裤、杂志和命运之手编织进去的*小惊喜*[1]安全抵达。“我就知道，我一直知道”，她无比欢喜地喊道。“那你为什么这么担心？”公主问，她花了太多夜晚安抚邻居最大的恐惧，现在却看到它们如此轻易地被驱散。“因为假如我没有担心，它们可能到不了那里”，她回答，好像这是世上最明显的真理。“我不懂”，公主补充道。“如果你不懂，埃丝特夫人，那你就不懂”，她会简短地反驳，意思是她肯定不会泄露仪式的秘密，这些仪式如此复杂如此微妙，仅仅是想到它们，都会让其失去魔力，更别提跟不了解的人讨论了。

“但是请解释一下”，公主会坚持说，等着看哪种精神错乱的逻辑碎片会从她邻居的解释中浮现。然而，就像所有的神秘主义者，圣人拒绝上钩。

“埃丝特夫人，我可能不博学，”她会说，“但我非常敏锐，*非常清醒*[2]。我在事情发生前很久就能闻到它们。”每当她怀疑有人在试

[1][2]　原文为法语。

图取笑她或者欺骗她，她就会抬起一根训诫的食指来指自己的鼻子，好像她的鼻孔通往一种值得尊敬的第六感。“她觉得自己敏锐”，公主的丈夫会嘲笑，有时甚至当着圣人的面。“她只有萝卜的脑子，发疯的蒺藜绕着圈宣布她很敏锐——拜托!”不受身旁的哂笑困扰，她会抬起她那受神启的食指，数次指向自己的鼻子，摆出虚弱而精明的微笑，然后朝我的方向低声说，“随他们去吧。他们觉得我不知道，但我知道”。她会悲伤地四顾然后叹息，因为想起了生活中更悲伤的事。

“我愿意付出一切，看你长成一个年轻男人。但那是为了*下一次到来*[1]”，她会微笑，指的是另一世，即将到来的那次，装满本可发生和从头再来之事的仓库，在那里，生活的所有瑕疵都被擦亮并镶上金丝边。

那是给我的提示，因为一听到她说起*下一次到来*，我就会扑向她，把她抱紧，而她会挣扎，装出恼怒的推搡，像一个要被挠痒痒或者被当众拥抱的人那样，假装问我在做出那样的事后怎么还敢吻她——也就是活得比她长，让她将在某天失去我。但之后，看到我拒绝松手，她会松懈下来，停止战斗，也拥抱我，盯着我的脸，好像要搞清楚我是不是真的值得这么多的爱，最终深沉而陶醉地呼吸，满是要把我整个人吸进去的渴求、预兆和强烈愿望。我要做的只不过是再用力抱紧一点，她努力抑制的啜泣就会释放。

“你爱我，我知道，但你一定要更爱你的祖母”，她会说。

“病态的塞法迪特征”，弗洛拉姨祖母评论道，她目睹了这个情

[1] 原文为西班牙语。

景，对于地中海区域以爱之名做出的这些情感扭转毫无耐心。“没什么比这更不友善了，”多年后她告诉我，“这种疙疙瘩瘩、扭曲的无私，像一笔坏账那样让你窒息，还总让你觉得有点可耻，最终总是无情。”

“但是为什么你不让他说他更爱你呢，阿黛尔夫人？”在那些炎热的夏日午后，弗洛拉姨祖母会半开玩笑地抗议道，那时她们拉上百叶窗，不让阳光照进圣人的客厅，同时这两个女人用四只手弹钢琴。在战争的最后阶段，正是在公主的推荐下，圣人才雇了弗洛拉姨祖母当钢琴老师。现在，十年后，她们变得像母女了。

“你不觉得我想让他更爱我吗？”圣人会问。

“那为什么不让他这么做呢？”

我的外祖母感到厌倦，会回答，“如果你不懂，弗洛拉，那我真的很抱歉”。

在那些夏日午后，圣人的公寓——以及楼下的孟斐斯大道和整个易卜拉希米区——会变得如此安静，以至于当我的外祖父雅克在他的房间睡觉时，我也经常会在沙发上打盹，让这两个女人的闲聊和她们练习钢琴的声音哄我进入一个漫长宁静的午觉。有时，在睡眠中途，我被长勺子在装柠檬水的高脚玻璃杯中的搅拌声，或者两个女人持续不断的窃窃私语，或者一只在我脸上漫步的苍蝇唤醒，这也会进入梦中，伴随着李斯特的音乐和来窗台休息的斑鸠的咕咕声——圣人在窗台给它们留了昨天的剩饭。

“至少我想让他同样爱她”，我的外祖母会坚称，好像在维持一种顽固、有原则的关于爱的平等主义。

“但是为什么叫任何人*同样爱*任何人呢？再说了，对某物的渴求打动过心灵吗？”弗洛拉会问，并补充道，“人很少爱任何人，更别说用好的方式爱了”。很多年后她在威尼斯也说了这样的话，当时我们在一个夏日午后绕着莫罗西尼广场散步。

“你不懂，弗洛拉，”圣人坚持道，“我想让他爱她，好让她不嫉妒我。我担心。你觉得在我走后，她会成为他什么样的祖母？”“你说的‘走’是什么意思？”“走。离开的那个走，弗洛拉。”“你在说什么？你还不到六十岁呢！”“我的意思是去法国，弗洛拉，不是*那种*走了！去英国。去君士坦丁堡。我怎么知道。走了。”她停顿了片刻，可能察觉到另一个意思也不算太牵强。“再说了，你觉得我还剩多少？”她问，指的是年头。

由于害怕公主的愤恨，圣人决心向她马路对面的邻居隐藏我的所有拜访。每次她见到公主，她绝不会不问起我，好让人觉得她很少见我——这一切具有强烈的拜占庭风格[1]，但颇无意义，因为公主从没想过自己不是两人中更受喜爱的那个。

因为公主的日常安排如此一丝不苟，向她隐瞒我的拜访从来不是难事。下午两点，吃完午餐，为夏日午后打扮整齐，公主会在身后关上门，离开房子，从外面把绿色百叶窗一个接一个砰地关紧。她会走到有轨电车站，在那里要么雇一辆马车要么坐两站有轨电车去斯波尔丁，她母亲住的地方，整个家族将在那里喝咖啡，然后出发去斯波尔丁俱乐部。

---

[1] 指复杂而死板的风格。

这是她生活中最惬意的几小时，她从不让任何东西妨碍它们——她的健康问题不行，其他人的也不行。就在那时，午餐刚过的时候，我母亲会带我去她母亲那里。

经常，一个邻居、朋友们、弗洛拉姨祖母或者其他人会坐在圣人家餐厅外的阳台上，每个人都会在条纹凉棚的精致阴凉下轻声说话，几乎没有微风拂过，阳光移动得如此缓慢，以至于要过好几个小时，大家才会搬起椅子，移到相邻的阳台，继续进行始终充满八卦、眼泪、愤恨和自怜的谈话。当其中一个女人感动得哭起来时，她会轻柔地、安静地哭，脸庞埋到胸口，拿一条皱巴巴的手帕捂住嘴，不是因为她耻于在别人面前哭，而是为了不吵醒雅克先生，他不喜欢他的午觉被这些女人打断，他把她们轻蔑地归类为*肮脏的戏子*[1]，不论是否啜泣。

因此夏日时刻徘徊不去，而花很久才端上冰冻果子露五彩什锦的苏丹男孩仆人，似乎又要再等一辈子才会来清理阳台上黏糊糊的盘子。即使在那时，依然要经过如此之多的午后时刻，黄昏才会降临，用弗洛拉姨祖母的话说，埃及有世上最长的时辰。

“时间过得真快”，我的外祖母会在某个不感到担忧的时刻说，想着她要这样了此余生，和她的朋友、家人、家、钢琴一起，在正午太阳的宁静照耀下消磨时光。这就是她所说的为一个健全老年做准备，一个*好晚年*[2]。在她这里，一个好晚年不仅仅意味着健康、精力充沛的老年，不受病痛和世俗忧虑的困扰，有很多时间整理她的事物并绝

---

[1][2] 原文为法语。

不问任何人要任何东西；它也意味着这种老年，允许人被一只友好的手带走，然后，最好是在睡眠中途，被摆渡到另一边，免受死亡的羞耻和侮辱。

■

“她来了”，阳台上的四五个女人当中有人最终打断谈话，因为她们刚注意到公主拐过孟斐斯大道的街角并朝家走去。“已经六点了！”有人会惊呼。出于本能，圣人会叫我进去。“你今天过得怎么样，夫人？”她会大喊，声音飞出阳台，十分热切，就像她总想第一个跟人打招呼那样——这个习惯始终让你觉得自己相较之下疏忽了。这是因为，虽然每当她在街上看到你时，脸庞会洋溢喜悦，其中却裹挟了温和而无言的责备：你看到她比较慢，证明要么你想避免跟她说话，要么如果她总是先注意到你，那只能是因为她想你比你想她要频繁。

这次她带着超常的热情跟邻居打招呼，恰恰在于，我在房子里，她有充足的理由避免跟她打招呼。她过于迅速地站起来，慌张的表情与她故作镇定的倚栏姿势相矛盾。“啊，我没看见你，阿黛尔夫人”，公主说，在阳台正下方停步。从客厅内，穿过敞开的法式窗框到门框的空间，我窥视到她熟悉的手提包和折扇，观察她别扭地抬起一只手给脸庞遮阳。“你晚点要做什么？”公主问。“我？没什么。我之前打算买些布——我的裁缝过几天要来——但是天气这么热，我现在怀疑自己会不会去。”“如果你愿意，我可以陪你去。”“我不知道，也许下次吧。”她们道了别。

“她总是和丈夫吵架，”圣人对客人之一悄声说，“你应该听听他们在夜里对彼此说的可怕的话。”

然后她会改变主意，依然困惑且思绪茫然，从阳台顶端对公主大喊“等等[1]”，而对方已经过了街，正要打开通往花园的熟铁大门。“也许我还是要买布。今年秋天的宴会这么多，而我的衣服又这么旧，埃丝特夫人”，她会悲叹，第无数次暗示她还没收到将在那年初秋举办的公主母亲百岁舞会的邀请。

“那你想让我上楼吗？”

“不，不。我一会儿就下来。”然后，转身面对我母亲，她会说，“等看不到我们了再走。”

五分钟后，两位*肖姐*会被人看到沿街朝恺撒营站蹒跚走去，一个戴着帽檐宽得出奇的帽子，另一个一只手拿折扇，另一只手戴白手套拎手提包，用那门让她们走到一起的语言喋喋不休，尽管她们反复提醒自己和世上所有人说她们毫无共同点，尽管她们互相竞争、说话尖刻、对彼此有琐碎的不信任，这语言总能挽救她们的友谊——它亲密无间，直到人生终点。

■

圣人的谈话多半是哀怨的，保留剧目是不变的抱怨：她的健康，

[1] 原文为法语。

她的儿子，那些对埃及的不安和动荡的日常提醒，仆人，他们把她打劫得连最后一勺糖都不剩，还有她的女儿，我的母亲，后者的耳聋夺走了她一生中最好的岁月。因为她说的话总是断断续续并且模糊不清，一旦抱怨的情绪开始，她会从一个悲哀离题到另一个，编织一根没有尽头的纱线，其中充满了次要情节，大恶人是她的疾病、头痛和羞辱，她自己则扮演尽力抵抗厄运的不幸受害者，被绑在柱子上的中世纪殉道者，四周是不断靠近的巨龙——这一切导致了在夜里把她赶下床的胆结石，令她除了阳台的风，无人可供抱怨。而她整夜坐在阳台，凝视空无一人的孟斐斯大道，留心门厅的钟摆滴答声，听它偶尔压低的鸣锣声宣布她总是害怕的事情：时间依然很早。这些钟头会偷偷潜入黎明，然后她才会听到穆罕默德从仆人门进来的令人愉快的轻柔脚步声。此刻，只有寂静和不知疲倦的叫春声一波波涨落，发光的猫眼在黑暗中闪烁，猫儿穿过孟斐斯大道，带着蔑视和怀疑转向她的阳台，后面跟着一条每个人都害怕的瘸腿*母狗*[1]。“我的夜晚”，她这么称呼它们。

“我知道”，公主说，她试图引导邻居走出不快乐的想法，这并不难，因为正如众所周知的那样，圣人会从一个浅滩漂移到另一个，那么稍做引导，她也可以被人摆动到反方向，寻找阳光下的欢乐岛屿——好像对她来说，她讲话时最终有意义的不是她的悲哀和头痛的详细清单，而是离题的权利、断掉思路的权利、说出闪念想起之事的权利，而这正是其他人，尤其是她丈夫，从不允许她做的。

[1] 原文为法语。

■

有时，在夜晚中间，当她单独坐在阳台上，调理体侧的胆囊疼痛时——在她们因红鲣鱼相遇的多年前——圣人会观察街对面游廊上的灯突然亮起，然后公主会穿着浴袍走出来，一只手拿着一个大杯子，另一只手拿着一个像扁平的热水袋的东西，后面跟着我的祖父，没梳头，在门廊里蹒跚而行，直到他不稳的手抓住栏杆，跌坐进扶手椅里。

隔孟斐斯大道相望，我的未来祖辈有时在想是什么隐疾让对方不睡，因为没人敢说话，更不敢在白天通过邻里谈话打听对方的健康状况。

“那太不慎重了”，当公主的丈夫问圣人为什么在夜里从不挥手时，她这么说。

“我是个有教养的女人”，她补充道，声音里带着轻微的歉意。

“*我是个有教养的女人*”，他模仿说，并立马用拉迪诺语插入一两个词。“坐这儿别动”，他说，自己也受到两个女人间突然出现的亲密的感染。“你是这里少有的拉迪诺语讲得好的人。其他人属于我妻子的家族，他们太古板，不会讲*真正的*拉迪诺语。我好不容易找到能说话的人，你觉得我会让你走吗？”

像“坐这儿别动”这样的短语给这份持续到我祖父去世的友谊定下了基调——他总是假装想要震惊她，她则假装忍受一个过于无赖、没法认真对待的人，而总是擅长对丈夫的举止吹毛求疵的公主，永远急切地保护邻居夫人免受她丈夫的恶意幽默的伤害。这是一种轻松建立的亲近感，既来自他们出生的城市和世界，也来自他们在其中使用的语言。对这三个发现了彼此的人来说，拉迪诺语讲述了他们对君士坦丁堡的乡愁。对他们来说，这是一门关于松开的领带、解开扣子的衬衫和穿过了头的拖鞋的语言，跟人的床单、衣柜、烹饪的气味一样亲密、自然和必需。他们讲完法语后回去讲它，如同一旦进入私人领域就不再被迫用右手做事的左撇子，带着满足的解脱感。

三人的法语都学习和掌握得极好，就像吕西亚斯[1]对希腊语的掌握程度——也就是说，比雅典人还好——轻盈地滑过未完成虚拟式，从容不迫，只要涉及语法，从不出错，而这又是因为不管他们做出多大努力，他们都无法成为母语者。但法语是一门陌生、古板的土话，正如公主本人在多年后告诉我的那样，讲了超过两小时法语后，她会开始流口水。“另一方面，西班牙语，*振奋灵魂*[2]。”她总会插一句谚语来证明她的观点。

圣人和公主每天至少见两次，一次是在早上去市场的路上，还有一次是在公主从她的姐妹们那里回来后。由于她丈夫六点后很少待在他的台球厅里，三人会定期在公主的花园里喝茶，坐在一棵老菩提树下，树的香味弥漫在傍晚的空气中，更晚时他们会移进室内，然后上更多的茶。

圣人的丈夫，一个出生于阿勒颇且不讲拉迪诺语的犹太人，会经常从铺子回家，透过熟铁栅栏窥视凉亭。有时，打开通往公主的花园的大门并穿过番石榴树后，雅克先生会从客厅窗户看进去，带着点

[1] 吕西亚斯（Lysias，约公元前 445—约公元前 380），古希腊雅典演说家，祖籍西西里的叙拉古。
[2] 原文为法语。

不满敲玻璃门。“该回家了”，敷衍地和台球厅老板寒暄过后，他会这么对他的妻子说。“我们才开始玩得开心呢”，有人会说。“西班牙语，西班牙语，”当他和妻子穿过孟斐斯大道回家时，阿勒颇人会低声咕哝，“总是你们该死的西班牙语。”而她为了还没回家而道歉，试图对一个母语是阿拉伯语的男人解释为什么她逗留得超过了平时的钟点。

“但是才七点差一刻啊！”

“我不管。到八点，我要吃晚饭。”

“但是穆罕默德此时此刻正在做晚饭啊，”她抗议，“你怎么了？”

“怎么了？我告诉你怎么了。我不喜欢必须去另一个男人的房子里找我的妻子，这就是原因。”他开始大动肝火，他越感到怒气上升，就越坚信自己是对的。

雅克先生是那种为自己的权威而非妻子吃醋的丈夫，正如他热爱他的舒适，而非那些提供舒适的人。他鄙视拉迪诺语，因为关于它的一切都共谋于把他排除在一个世界之外，那个世界的文化对他来说是陌生的，不论是其习俗和声音，还是其阴险细节和小集团的规矩。他妻子讲起它来越高兴，它就变得越可憎，而她就越乐于提醒他——正如她父亲提醒她去提醒他的——阿拉伯人可能曾是阿拉伯人，但西班牙人永远会是西班牙人！

对他来说，拉迪诺语是一种咯咯声，他把邻居的家叫做鸡窝[1]，把他们叫做“鸡棚”的“主人”，却不知道他们怀着往昔奥斯曼主子的庄严傲慢看待他对于进入他们世界的无能为力。“叙利亚伪君子”

[1] 原文为法语。

和“肮脏的土耳其人”在每个人背后传播，这一切在一个星期天傍晚，当两个男人从各自的咖啡馆回来时，退化成一场面对面的冲突，堕落的*野蛮土耳其人*[1]骂*阿拉伯犹太人*[2]是一个“肮脏的犹太恶棍”。相当虔诚的自行车店老板震惊不已，说了谢谢，谢谢，这是被侮辱者有礼貌地教训辱人者的方式，提醒台球厅老板，他确实想回敬以辱骂。但考虑到土耳其人自己的妻子骂起他来比世上其他人都狠，他决定不这么做，因为当公主发脾气时，整个邻里都听得清清楚楚。

每个人都受到了足够的伤害和羞辱，包括公主，她发现自己被牵连进了一场本应严格限于两个男人间的争吵。雅克先生发誓绝不踏入*野蛮人家中*[3]，阿尔贝先生感谢他待在别人家外面，两人都下定决心，无论何时在孟斐斯大道碰见彼此，绝不说*你好*[4]。只有圣人未被波及，尽管她是四人中最担心的，她会继续尽一切努力给两个家庭带来和解。“你生气时想到什么都可以说，阿尔贝先生，”在事件发生的几天后，她斥责道，“但是那种话——绝对不行！绝对不行！”她重复道，下唇颤抖，泪水盈满双眼。她单纯无瑕的灵魂凝视着一个丑陋粗俗的世界，而那是她严格的教养一直不让她接触的。

“但他说那话不是认真的”，公主对雅克先生说，也试图弥补伤害。“你觉得水壶骂别的水壶黑的时候是认真的吗？本身就是水壶，怎么做得到呢？”

“*怎么做得到*，夫人？很容易。首先，忘记自己是黑的。然后忘记自己本来就是水壶——而它应该为此自豪，考虑到除非有一个好上帝

[1][2][3][4] 原文为法语。

保佑，这样的水壶不会活五千年。再让我告诉你点别的，埃丝特夫人：任何诋毁同类的水壶都不配来我家，更不配进入上帝的厨房！”

“雅克先生，别扯远了。我只是在说一个病得很重的六十岁男人，对他来说，生活只有一丁点的美好，少到让你觉得上帝的仁慈是从滴眼管里挤出来的。他是个非常不快乐和愤恨的男人。他是个老水壶，几乎没哨子可吹了。”

“哨子完好无损，谢谢了”，当圣人把这个对话说给他听时，不信神的土耳其人说，和往常一样，圣人被哄去和他打牌。“我妻子最不应该评判这样的事，因为她是世上最不懂音乐的女人。”

“但她喜欢听我弹钢琴”，圣人回答。

“我说的不是钢琴音乐。”

圣人停顿了一下。

“哦，我懂了”，她说。

“不，你不懂，”他准备回答，但改口说，“你看穿一切，对不对，直至心灵最隐秘之处。然而你从不泄露此事。同时你把我们都看清了，用你那危险的*洞察力*。”对此，她回应以她最爱的小格言。“我可能不博学，阿尔贝先生，但我很敏锐，敏锐到能看出你在拿我打趣。”她理好牌，亮出一把获胜牌面。“感谢上帝，我能赢牌，要不然你会觉得我是个真正的傻瓜了。”

“阿黛尔夫人，我年轻时你在哪里？”

“阿尔贝先生，别这么说。上帝给了我们各自应得的生活。你有你的，我有我的。”

“*你有你的，我有我的*”，他洗牌的时候模仿道。“你觉得在应当启程远行时，我们能说服上帝在我的船舱里给你预留一个铺位吗？”

“等那时候到了，我想回到我父母那里。”

“不去雅克先生那里？”

“雅克先生给了我他的一生。他的来生可以给别人。”

她对着牌思考了一会儿。“你妻子来生会和你在一起吗？”她说，嘴唇上带着轻柔的颤动，移开了双眼。

“尽管她爱吃醋——”

“谁，你妻子？你对女人了解得太少了，阿尔贝先生。”

“你对我妻子了解得太少了！她如此恶毒，如果她死得比我早，她会立刻召唤我，绝不让我有机会忘记我跟她结过婚。”

确实，公主的吃醋与爱无关。她越不喜欢她丈夫，他越从她身边逃离，她就越害怕失去他。她是忠实关怀的榜样，因为她希望他每天死去一点点——这也是他憎恨她的方式，带着虚弱不忠丈夫的周密奉献。她留心他最细微的需要：他的特别烹煮的晨间咖啡，他中午那份定量的菠菜馅饼，配他的特别米饭的特别清汤，配他的瘦肉的干果酱，他的浆洗得稍硬的衬衫和熨得齐齐整整的手帕，上面的皱褶她永远在抹平；一直到晚上他喝拉克酒时她用奶酪什锦、蘸酱和橄榄装饰他的盘子的方式——在这一切上，她是最一丝不苟的妻子，对他毫不吝啬，然而每个动作都提醒他，除了这些他从未要求过的事物，她没给他的生活带来任何东西。讽刺的是，他需要她的爱远远超过她需要他的，她的爱多少有一些，他的却一点儿也没有。

“你真不应该这么说她”，圣人说，她总是急于为任何人辩护，部分因为她善良且不喜欢鼓励诋毁，还因为她的小指责好像总能迫使人们加重对他人的最初控告。

“她是你的完美妻子：你的厨师，你的女佣，你的护士，你的裁缝，你的理发师，甚至你的母亲。有多少次她把你从毁灭边缘救回来？她是孟斐斯大道上最聪明的女人。”

“我知道”，他一边说一边转向圣人，眼中带着阴郁的讽刺。“我知道。上帝给了她世上最大的脑子。但他没给她别的。和她做伴，连冰山都会冻感冒。”

就在此时，公主结束了对兄弟姐妹的日常拜访，回到了家。“你们两个怎么能这样在黑暗中打牌呢？”

“浪漫”，丈夫解释道，头都没抬。

“但是你们没听到消息吗？”

“什么消息？”

“战争结束了。”

■

为庆祝停战，刚和达尔梅迪戈夫人走进来的公主，决定临时制作一顿*真正的下午茶*，有蛋白酥饼、无花果和枣酱、花式甜点和自制饼干，这些都被她妥善地锁在食品储藏室众多橱柜中的一个当中。另一个邻居阿莱特·若昂尼德带着女儿米舍利娜经过他们的游廊，她被拦住告知消息，并立刻被邀请喝茶。半小时后，弗洛拉姨祖母、她母亲、玛丽·坎塔库泽诺斯和福蒂娜·隆布罗索也来了，再晚些时候又来了莫里斯·佛朗哥和莉莉安·阿尔迪蒂——因此，当雅克先生收工到家后，他被女儿告知，她母亲还在马路对面逗留。“那就去找她，告诉她，一次把话说清楚，她的位置在这里”——指他们黑暗无人的客厅——“而不是那里”，指向鸡棚。两家人重归于好，但男人之间总残留着一丝寒意。在看小说的十八岁女儿，往肩膀披上羊毛衫，冲下楼，一秒之内就在按邻居的门铃了。“我来告诉我母亲，我父亲想让她马上回家。”

“进来吧，别傻了。现在是什么时候，中世纪吗？”公主尖叫，她此时学会了理解聋女的话。“我们在喝茶打牌，进来吧。”

年轻女孩进去了，但还在门口附近徘徊。

“你父亲想让我回家，是不是？”一看到女儿尴尬地站在客厅外，圣人就发问。

女孩点头。公主把一套杯碟猛塞进女孩手中，而她心不在焉地接受了。

“一个真正的暴君，他就是这样的人”，公主的丈夫说。

“你们男人都是暴君”，阿莱特·若昂尼德反驳道。

“那女人又是什么？”他问，转向佛朗哥先生。

“和你这样的男人结婚的一定是傻瓜”，一个女人说。

“任何结婚的人都是傻瓜，”公主的丈夫说，“但那些已经意识到他们的错误还保持婚姻的人，蠢得无可救药。”

“别装腔作势地要无赖了”，公主打断她丈夫的话。

“我说错了吗？”他问此时坐在母亲旁边的年轻女孩。

她不作回答。

“多像个女人啊。在不合适的时候不回答。”

“这么多拿女人打趣的话！”一个女人说，“但是当你们需要我们给袖子缝边、好让你们出去打动廉价女服务员时，你们就低声下气地来找我们了。婚姻！”

“婚姻，的确！”公主的丈夫不假思索地说，“连无期徒刑都可以减刑。但是婚姻，你得先死了，他们才会松开索套。”

“哦，别胡言乱语了，出牌吧”，公主说。

此时门铃响了。

“谁能去开门？”公主问。圣人瞥了一眼女儿，示意叫她开门。女孩照做了，发现一个男人站在那里，盯着她看。

“什么事？”她问。

他微笑了片刻。然后他问某某夫人是不是在里面。

他没听懂她说的话，但她用手势叫他在平台上等。然后，他还没反应过来，她就在他面前关上了门，接着冲进去告诉公主，有个男人要求见某人。

“一个男人？”她发问。

当公主终于站起来打开门时，她不禁大笑。“这是我儿子呀”，她喊道。“你女儿不让他进来”，她说，转向圣人。每个人都笑了。

女孩屡次脸红。

“对不起”，她说。

“别担心，亲爱的，他捉弄了你，如此而已”，圣人对女儿说。

公主再次为儿子的行为道歉，而女孩，也许是为了弥补她的失态，沉默地主动接过他的雨衣。然后女孩发现她不知道把它挂在哪里，又把雨衣还给了他，抱歉地微笑，一言不发。不像她父亲，他没有连雨衣一起脱下外套，好把两件挂在一个衣架上。他穿着外套，在五分钟内看了两次表，然后把它塞回背心口袋，看起来非常得意。

“谁是赢家？”他问。

“当然是我”，隆布罗索夫人回答。

仆人给年轻人端上了茶，他接了下来，转身看挂在沙发扶手上的报纸。

“你听说了？”他母亲问。

“是的，我听说了。这意味着英军不会再从我们这里采购了。算不上激动人心的消息。”

“总是看事情的阴暗面”，阿莱特·若昂尼德说。

“这是智慧的象征，夫人”，圣人说，为他辩护。

女孩安静地坐在圣人旁边，越过母亲的肩头往外看，而母亲摊开她的牌。时不时地，年轻女孩会提醒她，父亲叫她回家。“我知道，我知道”，她母亲会回答，好像试图避开一个讨厌的想法。

“看到结婚的下场了吧？”公主的丈夫说，一直盯着他的新牌。“你都不能打牌。”然后，又马后炮似的补充，“或许你只能打牌”。

“出牌”，他妻子的指责来了。

“别，别，让他尽情愤愤不平吧，这改变不了他在输的事实”，弗洛拉姨祖母奚落道。

“输给你从不会让人愤愤不平”，他头也不抬地回答。“但是输给她，”他指圣人，“是件毁灭性的大事。”

“因为他觉得我愚蠢，”圣人说，“让他怎么开心怎么想吧。我可能不博学，但我非常敏锐，我今晚就让他看看谁是蠢货。”

“你今晚运气这么好，假装天才也算不上了不起的成就”，他补充道。

“运气，再加上别的。”圣人指她的鼻子。

“啊，对，鼻子。鼻子，女士们先生们！”

“让他尽情叫嚷吧——但是我在听他的吗？没有。”

“如果我是你，我会为母亲辩护”，公主的儿子对圣人的女儿说。

女孩抬起脸，礼貌地微笑，摇了摇困惑的头，好像在说她没有资格谈论这样的事。

“真慎重”，当晚，在所有客人离开后，儿子评论道。“一个不得体的音节都没有，总是甜美，也非常温柔。这些年他们都把她藏在哪里？”

“你不了解叙利亚犹太人吗？”他父亲一边问，一边帮助妻子把纸牌从桌子上清走。“鬼鬼祟祟到骨子里，每个人都是，包括她，不用你担心。”

“她宁静又珍贵，她是这样的，”公主说，“也有钱。她父亲是做自行车生意的。”

“她令人惊奇”，她儿子继续说。

“不管是不是令人惊奇，你在门口恶劣地捉弄她都是不好的。你应该道歉的。”

“但我道歉了。就算我小小地捉弄了她——”

“*就像*你没注意到似的”，她说。

“注意到什么？”他问。

“注意到她是聋子。”

“但我跟她说话了——”

“还是聋子。你听到的从街对面传来的刺耳声音是她的。”

儿子看起来完全困惑不解。他母亲看着他，读出他的心思，急忙补充道，“离她远点。她是个好女孩”。

很快有人按响门铃；是他儿子等了一个多小时的朋友。

“今晚他们在法国领事馆庆祝。我受到了邀请。”

“但我没有。”

“没关系，我现在邀请你去。快来。大家都在庆祝。”

“但是会不会太拥挤了？”

“当然会太拥挤了，来吧。”

▪

那天深夜回家后，我父亲在日记里写道，他终于遇见了*她*。他没有把她描绘成他的梦中女郎，也不是最美丽的女人，他也没有描述她的任何五官。一如既往地迷信，他甚至避免提及她的名字。她仅仅是她，并且如此清晰，以至于把她描绘在纸上或探查她性格中更难以捉摸的方面，是一个太复杂的任务，因为这个男人仅仅写道：*我要想着她*。他没写第一眼看到她时的感受，也没写每次发现自己的思绪飘向她时的想法。他仅仅描述她的灰裙子、栗色羊毛衫和她坐在母亲旁边时双腿交叉的样子，在她双眼专注于母亲的牌时，她顶着牌桌边缘的膝盖的皮肤。在某一刻，她发现他在看自己，她笑了，一个善良、纵容的微笑，满怀柔情和轻微的歉意。

当天更晚时，在法国领事馆拥挤的露台，她轻拍他的肩膀。人流溢入花园，溢到街上，那里聚集着城里的法国、希腊、犹太和意大利青年，在立着的自行车和汽车喇叭交织成的混乱中，他们歌唱。每个人都来庆祝。同样的事似乎也发生在更远处的意大利和英国领事馆。

“你不跳舞吗？”当他转过身来时，她问。她说的话他一个字也听不懂。

“难道不是太挤了吗？”他说，认为她叫他去跳舞。聋子跳舞吗？他想，在脑海中描绘出一幅把华尔兹跳成探戈的古怪画面。

“真是个美妙的晚上”，她说。她身穿无袖白色棉质连衣裙，戴了一条单薄的项链，脚着白鞋，红润的古铜色皮肤在夜晚的灯光下闪闪发亮。化了少许的妆，湿头发往后梳，她看起来更成熟更有精神，不像那个害羞的邻家女儿，当晚整个来访期间都把她女学生的眼睛盯在她的百褶裙和她母亲的牌上。她举手投足间甚至有一丝自觉的优雅：她双手握着香槟酒杯，肘部几乎放在大腿上。

然而缺少长筒袜和手提包以及她晒黑的手腕上一定是少了一块男士手表的白色轮廓暴露了这身装扮的匆忙或略带随便的本质，像是在沙滩上待了一天后，只剩几分钟就要去参加舞会，她没擦干头发和双脚就套上了抓到的第一件衣服。她的趾缝间可能还塞着沙子。某处，他想，看着昏暗的夜灯与她白色华达呢裙子上的流动光泽争奇斗艳，有一件湿泳衣，被匆忙脱下，在朋友小屋的木长椅上皱成一团。

“你是一个人来的吗？”他问，保证自己说话时正对着她。

“不是，跟朋友一起。”也许她想跳舞。

“我认识他们吗？”他问。

“不，但我会介绍你认识”，她说，没有想到他不感兴趣，拉着他的手穿过人群中一条看似没有尽头的小路，直至他们到达大露台的另一端，那里有一群年轻男人在等她。其中一个倚着栏杆，拿着一件栗色羊毛衫，很像早些时候她在他父母家穿过的那件。他是在帮她拿呢，还是她之前借了衣服然后还给他？她做了介绍，描述她是怎么让邻居的儿子在自己家门外等待的。每个人都笑了——这次不是笑她的错误，而是笑她在他面前关门的样子。

“她干过更糟的事”，其中一个说。

“我们要走了，”另一个插嘴，“人们在英国领事馆等我们。”

“想来吗？”她问。

他犹豫了。

“你可能会开心的。”她再次微笑。

“哦，我不知道。”

“那就下次吧。”

转向拿羊毛衫的年轻人，她打了个要车钥匙的手势。

“不，我开车”，他回答。

“我的车，我开”，她专横地说。

我父亲机械地跟他们到花园尽头。她打开车门，坐进去，俯身去够其他车门，开锁让乘客上来，然后用急促而坚定的动作摇下车窗，一只脚仍踩在人行道上，手摸索着钥匙。“向你母亲问好”，她边说边关门并发动引擎。

一动不动，他看着车从领事馆的地界默默启动，缓慢而安静地穿过乱哄哄的人群、停泊的车辆和排列在小路两旁的高大棕榈树，流畅地下坡，还没到大门就大胆加速转弯，经过看门人的小屋，突然冲出院外，朝滨海大道飞驰而去。

当他站在她的车曾停泊的位置时，她所留下的只有那只踩在人行道上的白色缎鞋的记忆，在她努力打开其他车门的锁时倾侧着身子，当她在黑暗中寻找点火钥匙时重又踩回砾石上。也许，在关门前，她甚至想过丢下鞋子。

也许她想过。因为夜更深时，当他突然发现自己无法想起她时，或当他感觉对她的五官的记忆开始从他的脑海消散时，像人类学家根据一小块骨头碎片重构整个身体那样，他会想那只鞋，从那只鞋构建她的脚，然后从她的脚构建起她的腿、她的膝盖、她发光的白裙子，直到他抵达她的嘴唇，然后，在转瞬即逝间，他会在这张隔着马路看了好几年却总是没能留意的脸上哄出一个微笑。

▪

几天后，一个星期天清晨，他看见她从他的花园走过。

“你要去哪里？”他问。

“去海滩，”她回答，指着北边，“你来吗？”

“也许吧。你和谁一起去？”

“没人。”

“等等，我去拿泳衣。”

他们到得足够早，游完泳、躺在沙子上聊完天再离开，刚好避开了在弥撒后陆续来到海边的教堂常客。在回去的路上，他们在一家小糕饼店停了下来，他给她买了一块蛋糕和一杯柠檬水。她还吃了一个冰淇淋。她说下次轮到她付钱。他被逗乐了，重复了一遍“下次”。到达孟斐斯大道时，他们在她门口停步。他等她消失在黑暗、不见阳光的入口，在那里站了一会儿，然后穿过马路，打开父母家的前门，并吃惊地看到自己依然赶上了早饭。

大约下午两点半，当太阳开始重重砸向游廊地板，而他在想是去午睡几小时还是拿把椅子去树下读一本俄国小说到天黑时，他母亲，看起来相当慌张和吃惊，冲出来告诉他，阿黛尔夫人打电话找他。

她究竟找他干什么？他疑惑。为什么要打电话？然后他想起来了。她真的会无聊到叫他别再擅自带她女儿去海滩吗？她会用“玷污我女儿名誉”这样的可怕短语吗？他开始后悔那个决定性的时刻，当时他看到她拿着一块蓝绿色的大毛巾走路，里面整齐地包着她的泳衣。为什么母亲们非得干涉女儿们的事，而在呼唤他接电话前，这两个母亲又跟彼此说了什么呢？

他喉咙发紧。

“喂”，他说，一块冰冷、沉重的砝码压在他的胸膛。

“喂，是亨利先生吗？”电话那头的声音说。

“是的，夫人。”

“亨利先生，我是阿黛尔夫人，吉吉的母亲。”

所以他终究没想错。最好还是坐下来，他想，知道这会毁了他的一天。这个女人明显要开始一个长篇训诫，就像英国电影里模仿得惟妙惟肖的那样。谁知道这些人还住在哪个蒙昧拘礼的中世纪牢房里呢。据传，她父亲每天早上祈祷，因为儿子娶了一个天主教女孩就跟他断绝了关系。再一次，圣人优雅地清了清嗓子。

“我打电话是因为我女儿。她叫我问你今天下午想不想和她去看电影。”

“今天下午？”他声音颤抖。

“是的，今天下午。她有点突发奇想。不过她就是这样的。”

“今天下午”，他沉思。

“是的，今天下午。”

“今天下午什么时候？”

“让我问问她。”

有片刻的沉默。

“准确时间是三点。”他听见母女低声商议。

“她说什么？”他问。

“她说，如果你去不了，她完全理解。”又过去了片刻的沉默。

“告诉她我五分钟就能准备好。她需要多久？”

“哦，她已经准备好了。”再次，母女在电话那头低声交谈。

“她觉得你会喜欢看《煤气灯下》。就个人来说，我觉得那是部古怪的电影，但谁会问我这样的老太太呢？”那位母亲咯咯笑道。

“可她不是已经看过了？”

“没有。”

电影在一个离孟斐斯大道不远的街区小剧院放映。在售票亭前，他发现她一只手拿着眼镜另一只手拿着两张票等他。“我只有在阅读的时候才戴眼镜，”她解释道，“我需要看字幕。”

之后，在回家路上，她抬头看她家客厅窗户，发现它是黑的。“我母亲一定在你母亲那边。”

他打开大门，他们一起走过凉亭，他知道自己本来会一个人坐在那里，阅读托尔斯泰直到天黑，希望——就像他总在星期天晚上希望的那样——避免遇见他父亲，后者总是催促他放下书，换个过法，出去“生活”。“那么多书，那么多衣服，那么多烟斗，却从没在星期天约过女人！”老人会嘲笑。无疑，今晚看到他和这个女孩，他父亲会走到阳台低声说，“这么说，我们现在和邻居调情了”。

女孩说她很乐意再出去玩。当他问哪些电影她还没看时，她几乎笑出声来，她全都看过了。

▪

“女孩很漂亮，但别忘了她是什么人”，三个月后，当他们在某个晚上沿滨海大道散步时，他父亲说。

“我知道。那又怎样？”

“好吧，如果你说‘我知道，那又怎样？’那我们永远没法理性地讨论这件事。你看，不仅她必须忍受她的不幸，而且你也要。如果你想结婚，总可以找贝尔特·纳哈斯。她漂亮，她崇拜你，她有钱，她父亲可以把你安排得非常、非常好。”他父亲用他的手指逐条列举了纳哈斯小姐的优点。“至于爱情，好吧，要么它自然而然地到来，要么它来得晚一些，要么它压根不来，在这种情况下她会忙着孩子，而你会在别的地方忙碌。

“还有米舍利娜·若昂尼德，阿莱特的女儿。你看到她母亲在看到你跟吉吉说话时做的鬼脸了吧。或者阿尔皮娜·哈察杜里安。基督徒，这倒不假，但她至少听得见。”

“不要阿尔皮娜”，儿子说。

“你说的没错。她那下垂、充满血丝的双眼，就像一对在白土豆汤里游泳的甜菜根——你完全没错。外在丑陋，内心丑陋。”

“到底是谁跟你说我想结婚的？”

“跟圣人的女孩，你只能结婚”，父亲说。

“我确实看见她跟别人在一起，你知道的。”

“他们让她自由闲逛，但是没人上当。他们是吝啬、固执、阿拉伯棚户里的犹太人，模仿欧洲人的飞车加鸡尾酒会的神气。但他们是彻头彻尾的阿拉伯人。他会活在四处乞讨的悲惨境地，直到女儿婚礼那天。到时他就会像一双专利皮鞋那样油光发亮。”

“我知道我在做什么。”

“假设，”父亲说，他们看着海浪击碎在易卜拉希米的海滩上，“假设你想在黑暗中跟她说话。我不是说‘给我递杯水’，而是别的。”

“她比任何人都能读懂我的心思。我甚至没法跟她撒谎。”

“这是情妇的好品质，或者母亲的。但对妻子来说好吗？”

儿子没有回答。他想起了母亲的残酷话语。“她是个宝石般的女孩，但我不想要残废。”

父亲拿出他发旧的银烟盒，从口袋里掏出一把小刀，把一根烟切成两半。“为了少抽点，”他解释道。他正准备把另外半根放回盒子里，突然改变主意，把它递给了儿子。

“还有”，随着吐出第一口烟圈他说道，沉思而冷漠，让他未说完的句子像烟一样绕在身旁。

“弗洛拉知道‘自行车女王’吗?”父亲问。

“知道。”

“她说了什么?”

“她应该说什么?”

某天晚上，在他们从她的音乐学校坐有轨电车回家的路上，他对她宣布消息后，弗洛拉几乎什么都没说。“我本应该知道的，”她说，“我竟然没看出来，太蠢了。”然后，带着那种微笑的顺从语气——她以这种语气祝福别人的生活充满喜悦，而她自己的生活却少有欢乐——她赞美了他的选择，然后，好像被自己的话噎到了，最终崩溃:“但是你得告诉我一件事。我在你家演奏的音乐比世上任何地方都多，我知道它对你有多重要——至少你声称它很重要。然而你现在却跟一个不知音乐为何物的女人在一起，一个压根听不见音乐的女人。”她停顿了片刻，“我跟自己发过誓，绝不对你说这句话。”他几乎要轻声说点什么为自己辩护了，然后她打断:“但为什么是*她*?”

脱口而出残酷或轻浮之语的诱惑几乎无法抵抗。然后他意识到激起他的残酷的是这个问题，而非提出问题的女人。“我不知道。我都不觉得自己足够了解她。但她比我自己还了解我。”

当他开始解释他的意思时，他用了*婚姻*一词，以避免使用更明显的*爱情*。

“那么情况比我想的还糟，”弗洛拉说，微笑中颤抖着挫败的愤怒，“我知道我绝不该问的。我已经听了——和说了——太多了。我希望你能原谅我。”

当他们到达下一站时，她把她没在读的书放回包里，然后站起来。他看起来很吃惊；这不是她的站。

“你不介意的话，我要在这里下车，”她说，“剩下的路我走回去。我需要透透气。”

她挤过满是人的过道，走下有轨电车的台阶，然后站在月台，看起来温顺而沮丧，在旧手提包里翻找手表，而一个穿埃及长袍的男人热切地注视她，显然将要讨一根香烟。他的心头涌上一阵悲伤，看到她望着自己，眼中含着无助的顺从，他感到同情。报复总是来得太晚，他想，而且只有在时间、冷漠或原谅把事情扯平后才到来。

“那么她生气了，”他父亲说，“她永远不会原谅你的。”

“我想要她时，她不确定；现在我心有所属了，她又想要我了。”

“你永远不懂女人！”

“我懂得足够多。”

“你什么都不懂。你连男人都不懂，就这点而言，肯定也不懂你自己。”

他把烟扔进海里，最终说他开始觉得冷。他想回家。一张阿拉伯语报纸被风吹动，缠到他的双脚之间。老人奋力让自己脱身。“这个肮脏的城市和住在里面的肮脏人群”，他说，看着儿子的烟像微弱的火焰那样螺旋打转，随后消失在水中。“从偷窃的阿拉伯人到肮脏的犹太人，你非得找轮子商人的女儿。”然后他对自己轻笑，“无论如何，涉及婚姻时，情况总是往最坏的方向发展。”

■

几天后，在孟斐斯大道另一边也发生过几场家庭争吵后，圣人开始经历体侧的可怕疼痛。莫雷诺医生来看了她，依照他的命令，她被送到医院，在那里，他们让她选择切除整个胆囊还是取出一部分结石。以典型的黎凡特做法，她把决定权交给了丈夫。他支持切除整体。“我想回到我父母那里，这就是我的全部心愿，阿尔贝先生”，她不停地说。

“我想离开，离所有人所有事远远的”，她在几个早晨后说，当时邻居们一个接一个地聚集在她的病房，却发现她可能根本不会动手术。“看吧，连手术都没帮助，”她总结道，“哦，让我结束这个一开始就过得不顺的生活吧。”

“但是所有生活一开始都过得不顺——”阿尔贝抗议。

“别胡言乱语了，你们两个，”公主说，“重要的是休息。”

“是的。休息，夫人，休息很长时间，相信我”，圣人回答。

第二天，当公主的丈夫在下午较早时候单独去看她时，她安静地躺在房间里，耀眼的午后阳光被一块厚窗帘挡住，那是有人在她睡觉时拉上的。

“我打扰你了吗，阿黛尔夫人？”他推开门把头探进来时轻声说。

“谁？你？绝不会，*亲爱的*[1]。进来吧，坐在这里。”

他坐在她的床边，在沉默中两人对视了一会儿，无奈的悲伤笼罩

[1] 原文为法语。

着他们的脸庞。

“别说了”，她感叹，叉起双手。

“别说了，确实。”

“我在等”，她叹气。

“你在等。他们有没有说多久——”他问。

“他们不会说的，但是情况看起来一点也不好，不只是不好。”

“那么说，这就是了。”

“恐怕如此。这就是了。坦白说，阿尔贝先生，我今天一点也不想死。”

“*振作，亲爱的，振作*。”[1]

“但是，阿尔贝先生，”她勃然大怒，“我希望你不要仅仅因为话是我说的，就觉得必须同意我说的所有话。”

“不，不，相信我，我觉得情况确实非常严重。你看起来一点也不好。昨天连埃丝特都这么说。”

“那你也这么想了？但是，阿尔贝先生，”她又停顿了片刻后抗议道，“我还没准备好去死。”

“谁准备好了呢，*亲爱的朋友*[2]，谁准备好了？”过去了片刻的沉默。

“阿尔贝先生，我不想死。”

“别像孩子那样大惊小怪了。没什么好怕的。你会死，而且你都不会发觉。”

---

[1][2]　原文为法语。

“哦，阿尔贝先生，别在我身上煽动死亡了。我说了我不想死。”

“那就别死。”

“你不懂。我想死，但不是现在。”

“婚礼之后，你的意思是。”

两人瞬间沉默了。

“你真了解我，阿尔贝先生。”

“太了解了。你应该和我一起生活的，我跟你说过，而不是像一只老甲壳动物那样在鱼缸里用爪子艰难度日。”

隐喻把圣人逗得咯咯笑。

“胆囊，真是瞎说”，她丈夫在几个晚上后嘟囔，当时他下了班来探望她，却发现病房变成了一个固定沙龙。“所有的疼痛，呻吟，和无眠之夜，和医生，和救护车，和医院，以及这一切加起来的结果，就是咯咯笑。*真是戏子！*[1]而我可怜的母亲，愿她安息，她真的吃尽了胆结石的苦头。她死于胆结石，可怜的人。而且都没吱一声。那时候不像我们现在这样，他们没有止痛药——那时候你攥起拳头，咬紧牙关，不出声地受苦，免得吵醒孩子们。”

“重要的是要吃得好”，公主补充道。

“但我没胃口。我吃得很少。”

“那你为什么在不停长胖？”她丈夫插嘴。

“神经紧张，这就是原因。你进这个房间待了两分钟，我已经开始觉得疼了。”

[1] 原文为法语。

■

在接下来的十年间，她多次回到同一家医院，直到1958年，她将离开埃及的那年，每次她都担心她所恐惧的手术会是她的终结。最终，当她在紧急情况下被摘除胆结石时，做手术的是犹太医院的一位埃及医生。幸运的是，腹膜炎被避免了。她的长期犹太外科医生——她把自己的一生都托付在他手里——被逮捕了，执照被吊销，据谣传，还会作为以色列间谍被审判。

那时她六十多岁，已经开始丧失记忆。她的头用枕头支起，我记得她穿着一件破旧的法兰绒浴袍，戴珍珠项链和她声称有助于治疗风湿的铝手镯。那时她的头发稀疏了不少，像一顶不均匀的假发那样粘在头上。她每次看我的时候都会挣扎着微笑。“这就是终点了，埃丝特夫人”，当公主在一个春天的早晨带我看望她时，她说。

“别担心。再过一星期，你就会跟你女儿坐在阳台上，像往常一样享受阳光，将来也会如此，我和我的兄弟姐妹离世很久后你还在那里。”

“不，夫人，你是钢铁之躯”，圣人说，她记起公主的丈夫曾经抱怨他妻子的骨骼是钢条做的，夜里在床上转身时铿锵作响。“再说了，我们都按照上帝的旨意离世，不早，不晚。”圣人摆出她典型的憔悴而虔诚的小架势，每当她想挫人锐气时就会这么做。

我们起身离开时，圣人依然待在床上，伸出一只瘦而红润的手，轻柔地放在我的颈后，同时低声念叨了一串拉迪诺语。然后，在我用手臂环抱她时，充满爱意地，她咬了我的手臂并吻了它。

“现在我得不到拥抱吗?”公主揉着我的头发，插话说。她还没来得及说完要求，我已经把两条手臂环绕她身上，非常紧地拥抱她，用力抱得更紧，因为我不仅想让圣人放心，我终于遵从她那让我更爱公主的愿望，还想捉弄她，让她觉得在她生病期间我只做了这件事。我等待公主从僵硬的状态放松，屈从于我的拥抱，就像圣人在很多情况下做的那样。我想听她自己的连篇累牍的亲昵话，她的悲伤、她的爱、她的热情的腔调——她回应得越少，我就越用力抓紧。但是她不知道这个游戏，到最后，她所做的只是发出一个受惊的小喊声，半是咯咯笑，半是尖叫。

“瞧瞧他多爱我啊”，她喊道，眉开眼笑。“爱这么多可不好”，公主一边用手指梳理我的头发，一边补充道。

“我也试图教他这点，但他不听。”

正如公主预言的那样，两星期后，圣人再次和她往常的客人坐在阳台上，欣赏傍晚的太阳逐渐没入辉煌的夏夜。她发誓她觉得年轻了许多，因为她的埃及医生施展了一个奇迹。“一代人之前，他不会比给我们端茶到这个阳台的男孩仆人好到哪里去，”她说，“现在他让我起死回生。他的法语说得无可挑剔。你应该看看他的办公室——堪称豪华。对一个不到三十岁的阿拉伯人来说相当不错。如果他代表了这里的新秩序，好吧，向新埃及*致敬*[1]!”

“等他们都掌权了再说。到时候你就会看到新埃及怎么对待你了，阿黛尔夫人”，她的一个希腊邻居插话。

---

[1] 原文为法语。

“我不管。这个人是个真正的绅士。我这条命是欠他的。你可能会惊讶，但是自从动了手术，我变得相当豁达了。我感谢上帝赐予我的一切；我没有的，我不惦记，我得不到的，我不想要。我们不富有，但我们宽裕；我从没爱过埃及，但这里的生活美好；我爱的人几乎每天都来看我至少一次。我无比庆幸我没死。”

▪

“她应该当时就死在那里”，弗洛拉姨祖母在三十年后说，一边坚持要为我们在学院桥附近喝的咖啡付钱。“因为她死时不如一条狗，死于如此的污秽，你会发誓天堂里从来没有过上帝。”

她收起了零钱，但没给服务员留小费。“因为他们是无礼的*懒汉*[1]”，她说。然后，像是为餐馆道歉，她补充说，“我知道这里的食物不是很好，但也不差，我喜欢坐在这张桌旁，在阴凉里听流水声，让我的思绪飘散”。她终于放下她玩弄了半天的牙签。“也许这就是我选择住在威尼斯的原因——因为不管你在哪里转身，附近总是有水，你总能闻到大海的味道，虽然它散发恶臭；因为有时我在早晨醒来，觉得时光倒流，我又回到了滨海大道。”

威尼斯的夏天漫长，她说，有几天，她最爱的就是乘公共汽艇绕着城市转，或者直接去丽都岛，一个人在海滩待一上午。她热爱大海。我也爱大海，我说，提醒她，正是她教会了我游泳。

[1] 原文为意大利语。

我看着她。六十七岁的她拥有我记忆中那双清澈的绿眼睛，她那锥形、沾染尼古丁的指尖也毫无变化，当她弹奏《华尔斯坦奏鸣曲》开头几小节时，它们会在琴键上飞驰。我十年没见她了，前两次见面之间也隔了五年。我们再次谈起孟斐斯大道。

“她的钢琴弹得一点也不坏。她的问题是训练。还有记忆力。尤其是记忆力。而我接受了很多训练；至于记忆力，我一件事都没忘过。我还记得从拉姆雷到维多利亚的所有电车站名。”

我拿了一张餐巾纸，摊开，给她我的笔，叫她把站名写下来。她觉得我可能也想要拉姆雷—巴科斯线的站名，所以她把那些也写了下来。

“注意，我记得是旧名字，不是新政权采用的那些新奇的爱国名字：独立街、自由广场、胜利这胜利那的。”

我们的服务员对着我们的方向愁眉不展，然后把脸转向别处，忙着和篱笆那边的一位同事聊天，篱笆是临时拼凑的，把我们的餐馆和另一家隔开。当他看见一对犹豫的游客夫妇打量我们无人的露台时，他出去招呼他们，在他们来得及撤退前，强拉他们进来，叫他们这边请。

她看着窘迫的游客被引到露台上最差的桌子。“有时我真的讨厌意大利，”她补充说，“但是在有些日子，我又不想住在其他地方。”

我们过了桥，朝莫罗西尼广场走去。除了偶尔有几群毫不畏惧星期天午后高温的年轻游客，威尼斯看起来很荒芜。铺着白色大理石、石灰砖石的安静广场难以让人从阳光中稍作喘息。沿着西侧，两个此刻全空的建筑在炫耀整齐堆放的草编椅子，一张桌子配三把，全都在收拢的伞下炙烤，这些伞印着沁扎诺酒的商标，散布在鹅卵石人行道上。广场上，商店关着门。

她给我买了一个冰淇淋。

“你需要买纪念品或者东西吗？”

我摇头。

“你母亲每次来看我的时候，把所有时间都花在给每个人买礼物上。我以为你也会。书呢？”

“不。我是来看你的。”

“你是来看我的”，她重复道，显然因为有人竟然会做这种事而开心。

我们穿过扎特雷狭窄无人的街道，与此同时太阳沿着倾斜的轨迹，在轮渡街沿街小楼的灰泥门面投下赭色的光晕。人们还能分辨出星期天较晚的家庭午餐后洗盘子的微弱响声。转过几个弯后，我们来到了她家。她住在一楼，尽管那地方低于街面。和大多数威尼斯公寓一样，她的公寓极小，她的卧室有着低矮的天花板和狭小的窗户，差不多可以当作布置简朴的僧侣房间。床头柜上放着一个旧的便携磁带播放器，周围散乱地放着磁带：卡拉斯[1]、德·史帝法诺[2]、旺达·兰多芙丝卡[3]、保罗·安卡[4]。她就像一个住大学宿舍的本科生。在她的梳妆台上，我瞥到了一张画面上只可能是我的照片，但我从没见过它。有一瞬间，我感到困惑，看到自己的一部分千里迢迢来到威尼

[1] 玛丽亚·卡拉斯（Maria Callas，1923—1977），美籍希腊女高音歌唱家。
[2] 朱塞佩·德·史帝法诺（Giuseppe Di Stefano，1921—2008），意大利男高音歌唱家。
[3] 旺达·兰多芙丝卡（Wanda Landowska，1879—1959），法籍波兰大键琴演奏家。
[4] 保罗·安卡（Paul Anka，1941—　），加拿大歌手。

斯，在某人的卧室里待了二十年后才终于被我偶然发现。

在她公寓仅有的另一个房间里放着两架陈旧的大钢琴，紧挨着，没给其他东西或其他人留下多少空间。我不得不从第一架钢琴后面挤过，才能走到第二架。房间看起来更不透气，因为墙上镶着很旧的软木砖。我搞不清人要怎么样走过去开窗。

“我把房间全年关着。它满是烟臭味。但我就是这样学会弹奏的。我的学生里没人抱怨过。如果他们抱怨的话——”

她带我看了她做饭、吃饭、写信、阅读、看电视、改作业的厨房。

她开始清理桌子。

“我能帮忙吗？”我问。

“当然了，告诉我你建议把这些纸放在哪里。”她把一整捆小册子、宣传单、乐谱、报纸和没回的信件扔进我的怀抱。我四处张望，承认失败。

“第一架钢琴顶部。”我能看出她很高兴。

“在此期间，我会烧些水，煮意大利团子。我自己做的。我还烤了些蔬菜。如果说有一件事我知道怎么做，”她说，跪下用火柴点炉子，“那就是做好吃的意大利团子。”她试了另一根火柴。

“你可能会对这个感兴趣，”她说，依然专注于点炉子，“是你外祖母教会我做饭的。我给她上钢琴课，她教我做饭。‘有一天你会需要给一个男人做一顿真正的饭，钢琴音乐当然很好，但是男人需要一*份好牛排，你懂我的意思吧*[1]，弗洛拉？’所以她教了我塞法迪菜的做

[1] 原文为法语。

法，这些菜如今连塞法迪人都忘记怎么做了。鱼、洋蓟、羊肉、米、茄子、韭菜。当然还有红鲣鱼。”

说到这个，我们都笑了。

“你可能会笑，但你的外祖母不是傻瓜。她完全知道如何操纵别人。她操纵得最好的人是大家都觉得可以轻易智胜她的那个。让她觉得她不知道怎么买红鲣鱼，而她、她母亲、她的曾祖母总是煮它们。或者让她觉得她以为她是法国人，她知道这会让她笑个不停，而实际上她们在君士坦丁堡的同一个街区长大。或者让她觉得她如此低人一等、如此谦卑以及如此心烦意乱，而自始至终她都清楚地知道自己在做什么。

“想想吧，他们见面的那个晚上，我就和我母亲在那里。他们决定结婚的那天，我还在等他的消息。我，本应该是第一个知道的人，实际上却是最后一个知道的。

“来吧，”她微笑，宣布晚餐做好了，“我还准备了某样我记得你多年前喜欢的东西。我希望你没变。”

她在旧餐桌上铺了一张绣花丝桌布，但红绿塑料手柄的不锈钢刀跟它不搭，她为此道歉。在她离开埃及后的二十年里，她竟心不在焉地把她的真银器一件件扔进了垃圾堆。“我哥哥的财富的象征性终结”，她说，指她从施瓦本佬那里继承的财产。只有这五把银汤勺留了下来——这是因为她从来不用汤勺，要不然它们也会葬身大运河底。“五把银汤勺”，她重复道，好像这个短句概括了她的人生账簿。

“你父亲对我保密了好几个月”，她说，回到我父母的话题。“我都不知道怎么告诉你我受了多大的打击。我从没显露这点——我甚至和你母亲成了最好的朋友——但我花了很长时间，好多年，才解开心结。就算是现在，我有时还会觉得我从没走出来。有时我会觉得他也没有。你知道的，我们是古怪的一对——我们总是不把门关严，但我们从不让对方进房间。我们彼此合适，只要可以回到其他人身边。就剩我们两个时，我们总是躲躲闪闪，甚至无法单独待在同一个房间而不觉得尴尬紧张。

“即使是今天，我还继续以那种方式生活。我斜穿马路，我总是坐在演奏大厅两侧的座位，我是两个国家的公民但我不在任何一个中居住，我也从不看人的眼睛”，她说，而我，如今意识到了她的努力，移开了我的眼睛。“我跟谁也不坦诚相待，虽然我从不撒谎。我给予的远少于我接受的，虽然我总是什么也不剩。我甚至不思考我是谁，我了解自己的方式就像我了解邻居那样：从街对面观察。我在这里的时候，我渴望去那里；当我在那里时，我渴望来这里”，她说，指的是她在亚历山大港的岁月。

“‘你看，弗洛拉，’圣人曾经对我说，‘你想得太多了，你也问了太多问题。在生活中，人必须不顾别人的想法，笔直向前看，还有，最重要的是学会忘记。*摆脱*[1]。你要是做自己的当铺老板，是活不下去的。’”

“你也看到了，我只学会了如何摆脱我的银器。仅此而已。剩下的一切都忠实地分门别类，整齐地存放在我带到这里的账簿中”，

---

[1] 原文为法语。

她说，指着她的额头。“我什么都不忘记——不忘记事物曾经的样子，也不忘记我希望它们成为的样子。我就像花数小时筛选物品的老寡妇，怀疑那些东西已不再有多少意义，但继续珍视它们，因为取代或丢弃它们要比清洁它们更花时间。”她沉默了一会儿。“也许我记得比较多是因为我活得——和爱得——比实际年龄看起来要小很多。”

她站起来，把藏在冰箱顶部的东西拿下来，亮出她的惊喜，一大块用山羊奶油做的奥斯曼甜品，名叫“王家面包”。

“现在想起来，最可悲的是，遗忘是可怜的圣人做得最好的事。她忘记了如此之多，以至于到最后她忘了自己是谁。在1958年政府没收了她丈夫的资产以及他们被迫逃往国外后，她以世上最值得同情的样貌到达法国：她在那里，孟斐斯大道的*大资产阶级*[1]——过去她有她的孙辈、她的钢琴、她的茶话会——站在奥利机场，跟五岁孩童一样害怕而困惑。

“去接她的罗贝尔多年后告诉我。她在人群中搜寻他时看起来多迷茫，甚至在他走到她面前说了‘母亲，我在这里！’后依然如此。他试图拥抱她，但她不停把他推开，用她那优美的教科书法语高喊，‘*但我不认识你，先生*[2]’。‘是我啊，伯蒂科[3]’，他说。”

弗洛拉继续告诉我，当圣人终于认出她儿子时，她所做的只是摸摸他的脸，说他看起来真老。然后她道歉，说这是因为她没戴眼镜；她把眼镜忘在家里了。但不用担心——她会派男孩仆人去拿。到那时

[1][2] 原文为法语。
[3] 伯蒂科（Bertico）是罗贝尔（Robert）的昵称。

罗贝尔才意识到损伤的程度。他离开时，她是一个臂膀结实的女人，散步时可以两边各抱一个孙辈。面前的是一个衣冠不整、挫败的老太太，连一个通顺的句子都说不出来。飞行之旅是灾难性的；她哭喊了一路。

当他们到达巴黎的巴士终点站，等着拿行李时，我的外祖母做了最出人意料的事：她突然逃跑，走丢了。当罗贝尔跟行李搬运工带着行李箱返回时，他发现他父亲完全惊慌失措。“怎么了?”他问。“你母亲不见了。”

他们立刻联系了警察。但找人花了他们好几天。最终，他们找到了她——在巴黎的另一端，克利尼昂库尔门[1]之外，没戴眼镜，没戴假牙，也没穿内衣。她是如何到那里的，或者她在那七天七夜里遭遇了什么，我们永远不会知道了。在医院里，她拒绝说法语，当她不啜泣时，她会用拉迪诺语咕哝几个音节，说她作为一条狗回到了孟斐斯大道，却发现家里空无一人。

“他们告诉我她什么也不抱怨，”弗洛拉继续说，“她总是说她很舒服，修女和护士对她很好。但她拒绝进食。发生了好几次关于食物的可怕争吵。夜里，她会在睡梦中嚎叫，一个漫长、哀怨、令人心碎的嚎叫，他说他永远无法忘记。她会呼喊她的母亲和她的儿子。然后她会醒来，想起某事，咕哝一串无意义的词语，然后再次睡去。”

沉默在厨房弥漫开来。我望向窗外，看到外面已经天黑。

“我之前不知道”，我说。

---

[1] 克利尼昂库尔门位于巴黎市区北沿，而奥利机场位于巴黎南郊。

“没人知道。罗贝尔在多年后才告诉我。”停顿片刻后她问，“现在要来点咖啡吗？”

“好”，我说。然后，试图打破降落在厨房的巨大沉默，我问当晚我应该乘坐几点的公共汽艇。

她说我有充足的时间。此外，还要看我想在哪里坐。

“所以，那么，我们现在能听舒伯特了吗？”我问道，像一个没忘记说好的奖励的男孩。

“舒伯特是你真正想听的吗？”她问，暗指我的信，在信里，为了在这么多年没见她后博得她的原谅，我写道我依然记得她在那些温暖的夏日午后在孟斐斯大道弹奏的舒伯特。她回信说我外祖母从没喜欢过舒伯特。“但如果舒伯特是你记得的音乐，好吧，也许我们当时真的弹了舒伯特。”我回信说弹的是降B大调奏鸣曲。“如果你坚持的话，”她勉强承认，“也许我是在独自练习而你偷听到了。”

她可能继续怀疑这是我编的。我不确定我有没有编造。

“不管怎样，你会听到我弹奏的舒伯特，跟我在德国人兵临亚历山大港以及房子里的每个人都觉得世界末日已到来时弹的一样。我每晚都弹它。一开始他们觉得很烦，因为他们对音乐一窍不通。但在一段时间后，他们逐渐爱上了它——然后爱上了我——因为舒伯特就像暴风雨中最后的灯塔，屹立不倒，宁静而忧伤，是我们认为自己所属的古老世界的回声，因为我们不属于任何其他地方。有时就好像我们和隆美尔之间只隔着一张乐谱，别无其他。十年后，他们夺走了那张乐谱。最终他们把其他东西也夺走了。而我们任其发生，正如犹太人总是任由事情发生，因为，在内心深处，我们知道自己会在一生中至少两次失去自己所拥有的一切。

“我在那些夜晚弹奏舒伯特，是因为我知道，对我来说，战争虽然可怕，但它不过是一个借口，让我免于承认自己已经搞砸了人生。

“我现在会用施纳贝尔的方式弹奏舒伯特，因为你的祖父以及之后你的父亲就是听我这样弹奏它的，如果我有一个儿子，他也会在今晚听到我这样弹奏它。坐在这里。”

▪

当晚我没有在扎特雷乘坐公共汽艇。相反，我步行穿过多尔索杜罗区，走到学院区。我刚到达灯光昏暗的浮动站台，一个乞丐，目之所及唯一的活人，跟我说我错过了去丽都岛的公共汽艇。“*你得等*[1]”，她说。

还剩整整四十分钟，我决定穿过木桥回到莫罗西尼广场。桥也是空的，从我站着的地方看去，毗邻的通往圣斯德望教堂的圣维大广场，既黑又荒凉。我发现一只老鼠沿着运河边的一个凹陷大理石台阶偷偷前行，发灰的毛在背上结成一团，在它快速涉过浅水和小心翼翼地穿过裂缝的时候带着一种敏捷和果断。

“所以她也给你弹奏了她的舒伯特”，他们会说，男人们窃笑，尽管每个人都会觉得高兴。我想了一会儿德国人兵临亚历山大港时的大斯波尔丁的拥挤公寓，我所有的舅祖父和姨祖母都聚在那里寻求保护

[1] 原文为意大利语。

和团结，每天晚上在英国广播公司的新闻后听弗洛拉的舒伯特。“等别人都走了，你留下来”，她告诉我父亲。“我有话对你说。”

我往对面的站台望去，看到老乞丐拖着脚步走开了。

我再次想起弗洛拉姨祖母，想起她多年前是怎样来到威尼斯的，以及她为什么一个人待在这里，她的人生*被浪费*了，因为她从没学会*重整旗鼓*，在德国后没有，在埃及后也没有。我想起战争期间在亚历山大港的她，晚上和我父亲一起乘有轨电车，在城里举办小型音乐会，他们在夜里如何沿滨海大道走回家，看向漆黑的大海，疑惑为什么，虽然死亡如此临近，谈话却依然如此困难。我想着他们今晚在一起会说什么，这么多年后手挽着手散步，沿着这些漆黑并且闹鬼的威尼斯小巷，她会带他看她最喜欢的夜间咖啡馆、她最喜欢的冰淇淋摊、多尔索杜罗区周边她最喜欢的地点——在那里俯瞰威尼斯星光照耀的运河并注视这一个水上城市唤起另一个的景象。像往常两人在一起时那样沉默，她艰难地穿过时间的浅滩，如同叹息桥上被俘的幽魂。为什么她今晚向我敞开心扉?

随着我往前走，莫罗西尼广场的蓝色石板人行道在黑夜中熠熠生辉。是个热风天气，我记起来。靠近广场，我辨认出一家即将打烊的饮食店逐渐暗淡的灯光。一个衣领解开、领带松散的服务员正在卷一个带长曲柄的条纹凉棚；另一个在叠椅子并将其搬进室内。更远处，两家我们下午早些时候曾路过的路边咖啡馆现在挤满了游客。高大的塞内加尔小贩，背着大粗呢包，正忙着给玩具鸟上发条，他们把玩具鸟往广场上空放飞，让游客们瞩目观赏。

我离开广场，回到站台，当天第一次分辨出拍打城市的空洞水声。没一会儿，一辆几乎无人的公共汽艇到了。一上船，我就朝尾部甲板走去，坐在扇形船尾边缘的弧形木长椅上。然后引擎猛一发动，船夫解开绳结。我们一开始移动，我就把两条腿都抬上长椅，像亚历山大港的小男生乘坐有轨电车的露天层那样，我凝视周围的广阔夜色以及大运河中央的航迹后面拖曳着的银光闪闪的翠绿河段，与此同时，我们劈开水流、愈加深入夜晚，安静地沿古兵工厂的围墙滑行，像一艘关掉引擎或收起桨的间谍船。前方，点缀着潟湖的分散灯柱在海平面上方歪着脑袋，而在我瞥见海关大楼美术馆的模糊轮廓和更远处笼罩在深夜薄雾中的昏暗圣马可钟楼时，没有月亮的城市在我身后渐行渐远。被我们的公共汽艇的搜索光束唤醒，壮丽的威尼斯宫殿突然从睡眠中起身，一个接一个，从黑夜中升起，像但丁笔下的地狱中的幽魂，急于和活人交谈，在耀眼的几瞬间里展示它们发光的拱、阿拉伯式花饰和上釉的织锦窗扉，等我们的船一经过，就重新陷入黑暗，恢复它们猫头鹰般的呆滞。

过了圣扎卡里亚，公共汽艇猛地大转弯，穿过潟湖朝丽都岛开去，船速加倍，吵闹地突突突前进，一阵凉爽的风吹拂着我们的脸，舒缓了凝滞的热风天气，而我往后靠，把头后仰。所以我们见过威尼斯了，我想，模仿我祖父的幽默，一边转身观看城市沉入永恒的夜晚，想起弗洛拉也想起我这一生中去过的所有城市和所有海滩以及经历过的所有夏天，想起那些在我来之前很久就热爱夏天的人，想起那些我爱过然后不再关心并且忘记哀悼而此刻希望他们在同一个世界、同一个城市、同一条街、同一个家里和我在一起的人。

明天，一大早，我就去海滩。

第三章

百岁舞会

起初，会有言语的混战，有人喊叫，另一个回喊，然后是片刻的沉默，平静已恢复的幻觉。然后它就来了。

很多年来，我父亲听到那声尖叫在破晓时分响起并上升，越过孟斐斯大道和易卜拉希米区的日常喧闹，撕扯着冲出强有力的肺，像一声嚎叫般的古老悲鸣，令人入迷。

他将在某天发现，这是聋子的嗥叫，当聋子痛苦时，当聋子吵架时，当他们尖叫时，当言语派不上用场时，发出来的只有这串混乱的惨叫，听起来更像一队巴士在安静的适合去海滩的星期天刺耳地停下，而不像他娶的女人的嗓音。

街上的人们叫她*塔莎*[1]，聋女，在集市里的阿拉伯人之间，她家

[1] 原文为阿拉伯语，即后面所说的聋女，此处音译。

的每个人和每样东西都以跟*塔莎*的关系而为人所知：聋女的父亲、聋女的家、她的女佣、她的自行车、她的汽车、她的丈夫。她在40年代初于滨海大道的公开赛上赢得、后来卖给一个邻居的摩托车依然被称作*塔莎的摩托车*[1]。当我大到能单独走在易卜拉希米区的街道上时，我发现我也作为*塔莎*的儿子而为人所知。我在易卜拉希米区的阿拉伯理发师——曾经是阿勒柯的助手，现在是阿勒柯理发店的主人——总是问候我母亲，从不问候我父亲。有时，一见到我，街上的商贩、店主或者在咖啡馆无所事事的人会小心翼翼地抬起一根食指，指向自己的耳朵。他们在谈论我母亲。但他们也很可能指的是太阳穴，因为很多人把聋子和疯子混为一谈。她朝他们几乎所有人都尖叫过，每个人都知道她的脾气。

一些人用中东的慵懒仁慈原谅了她并同情她。其他人嘲弄聋子不和谐且刺耳的嗓音，加上扭曲的鬼脸和扭曲的手语符号，看起来像滴水兽和乡村白痴。一天，在一家拥挤的杂货店，我母亲发现一个年轻的埃及人在模仿她说话。她分辨不出他在说什么，但她认出了在人们用嘴做夸张动作时爬上他们脸庞的嘲弄微笑。他一边抬眼向朋友们望去，一边冲她傻笑，肯定是他无礼的凝视惹恼了她。她停下手中在做的事，叫我站在收银台旁别动，没给年轻人留下眨眼的时间，就扇了他两巴掌，非常重，然后，不等他恢复过来，就抓住他的头，把他扔在地上，继续殴打，先是用拳头，然后抓到什么就用什么。

当她最终起身放开他时，年轻人的衬衫撕破了，嘴巴流血，哭得

[1] 原文为阿拉伯语。

像个孩子。

“现在我们回家”，她一边说，一边转身走出商店，紧拽着我的胳膊。

听说此事的公主，对我父亲抱怨道，他妻子的举止比伴随她成长的阿拉伯人好不到哪里去。“如果他整天听到的都是她的聋子牢骚和跟阿拉伯人的不断争吵，你儿子怎么学得会正确的行为方式?”既然溅出了几滴水，她索性让话语如激流喷涌，继续说道：

“不到两个月后我们就要庆祝我母亲的百岁生日了，我想让他知道在那里怎么举止合规。我不想把勋爵夫人或维多利亚·库策里介绍给一个犹太*塔莎*的儿子，懂吗?”

我祖母指的是几天前发生的另一件事。我母亲正在和屠夫讨价还价，突然的争吵最终在他们之间爆发。这不是第一次了，肉店和周围店铺里的每个人都放下手中的事，过来看热闹，旁观聋女砍低肉价，一旦她的要价达到了，她又改主意，要求更低的价格，屠夫尖声喊天杀的，叫她再也别来了，但最终还是再次降价，一边低声咕哝着脏话，一边带着十个阿喀琉斯的愤怒劈砍他最精挑细选的肉块，把肉排一块接一块地掷进秤里，最后把肉全部用厚厚的灰纸包好，她吩咐他别用脏手把纸染上血污，因为她那温顺地站在旁边的儿子，喜欢在上面画画。乐于见到她离开的屠夫答应了要求，多给了一张纸，同时我紧跟母亲偷偷溜了出去，害怕我们一转身就会发生最坏的情况。

那天晚上的晚餐期间，我脑中只剩下屠夫威胁当场杀掉犹太婊子时大喊大叫的回声，跟着我母亲令人眩晕的狂怒尖叫，她问他敢不敢杀——如果他够男人——还主动把他桌子上的剁肉刀递给他。然后，过了一会儿，爆发出一阵笑声，因为两人和解了，彼此都感到抱歉，她放下自己以戏剧化的自卫姿态拿起的剁肉刀，他指着自己的双耳，暗示如果他没有做出谋杀的事，只是因为上帝已经给她带来了病痛，因为她说到底是一个值得同情的好女人，一个*可怜的女人*[1]。就是这个男人，有一天会哭泣和拥抱她，把她抱在手臂中摇晃，也不管沾血的脏围裙了，当时她告诉他我们要离开埃及。

但是那天晚上，她的尖叫声不会消失。那是一个难听、沙哑、发狂的尖叫，不管我怎么努力，没有其他想法、没有哪个想象出来的声音能掩盖它在我耳中持续不断的可怕回响。

我多么羡慕其他男孩啊，他们听得见声音的甜美母亲，能接电话，会帮你开门然后总是说一些动听的话，谈谈你的衣服，或者当天的事，或者一部每个人都看过的电影。见老师时不需要别人翻译的母亲。弹钢琴、和你握手并听你说话然后用雕琢过的小句子回答的母亲。从不和仆人吵架而是解雇仆人的母亲，轻柔道出几个词语来挫你锐气的母亲，迅速而尖刻的词语，而非疯女人的嚎叫，期待别人向自己道歉的母亲，把“我爱你”说得像赞美而非索取的母亲，你想要炫耀而非隐瞒的母亲。

比大多数人的嗓门都大都高，我母亲的嗓音会飘得很远。当她在早晨望向窗外喊出再见时，我登上校车，盯着反方向，假装没听到她；或者当她发现我从海滩回来，倚在游廊扶手往前探，大喊我

---

[1] 原文为阿拉伯语。

的小名时，我刚与之交上朋友的男孩们看起来困惑不已，没人知道她是我母亲，没人怀疑他们刚听到的是我的小名，因为人们必须习惯她的说话方式才能听懂。我会抬头，因某人说的某事而微笑，我会用那个微笑和远处的母亲打招呼，她完全知道为什么我的微笑看起来这么模糊，也已经原谅了我的微笑。在那些夏日午后，当我们坐在家里餐厅因为热得吃不下其他东西而吃水果时，她会发出无人能懂的爱的词语，因为它们甚至不是词语，只是可追溯到她遥远童年、在她还不会说话时发出的声音——当我们一起游泳时她偶尔会在水中喊出半词半语，嗓音被波浪声压低，削弱了沙哑，如海鸥叫声般温柔。

▪

不知道在把她介绍给我的朋友时如何解释她的嗓音，我会干脆不跟他们打招呼。在电影院的中场休息期间，我会试图在我们之间保持距离或把我的手从她的手中挣脱，或当我瞥到一张来自学校的熟脸时突然停止跟她说话——我几乎总是这么做，因为亚历山大港的每个人都在星期五去看电影。因为我没有勇气说她是我的阿姨，当我发现一个同学朝我们走来时，我能做的只是一动不动，在脸上摆出模糊且走神的表情，假装我没看见他。

电影一放完，我总想要冲出电影院，远离拥挤的大厅，人们在里面乱转，试图决定接下来去哪里。但是我的父母并不着急，总是在座位上磨磨蹭蹭，谈论电影，或者坚持叫我现在就穿上毛衣，而不是晚点再穿，或者继续在座位下寻找我母亲声称她掉下去的东西，总是等到过道没人了才走。他们叫我别动，而我想做的只有消失。

然后颤抖开始了。

“看看他，他全身发抖”，她会一边对我父亲说，一边帮我把胳膊伸进毛衣。我能感觉到我的下巴颤动，手肘僵硬。“一定是学校里的什么人。他又看到学校里的人了。”我母亲总能读出我的想法、我的恐惧。

我父亲会严厉地观察，在人群里搜寻我奋力躲避的脸。“你不能继续这样下去了。没人会咬你的，你知道。”

“我知道”，我咕哝道。

“那到底怎么了？”

我不知道。但他能做的最糟糕的事，就是在学校的人听得见时用那种语气跟我说话。

“他以我为耻，”我母亲总结道，把自己的羊毛衫扣起来，“我知道是这样。”

“胡说，没人以你为耻”，我父亲脸上带着倦怠而恼怒的表情回答，他每次就是这样试图平息她的愤怒的，假装气恼和疲倦。

“你知道什么？你也以我为耻。”

“把声音放低点，拜托了！”

“‘把声音放低点’——我要做什么，变得又聋又哑吗？”

“来吧”，她会说，拉住我的手。“至少他还不知道怎么撒谎，但是对你，我能说的就没这么多了”，她说，朝他的方向抛去一个会意的表情。带着那个表情，她气冲冲地穿过人群，在我父亲前到达出口，低声自言自语，而人们看着她挤过电影院外等待六点场的人潮。

■

每个人都说我是她的耳朵。因为她不能接听电话，我不得不帮她打电话。有时，为了避免这个任务，我会撒谎，说她朋友的线路正忙。为了戏弄她，我会发誓有人在按门铃，尽管我知道她清楚我在撒谎。

我的想法是她的想法，正如她的想法是我的想法。当我因为害怕深夜而触摸她的手，把她弄醒时，她还没在黑暗中分辨出我的嘴唇，就早早知道我在说什么。我也知道，通过她因为客人的笑话而发笑的样子，她完全没听懂，只是为了礼貌而笑，尽管在场的每个人都会发誓说她理解了每个细节。有时在晚上停电时，是她而不是厨师阿卜杜，跑去查看保险丝。当我听她修理电线，把东西拉出来又塞回去，用恳求——叫我不要动，免得我们在她爬下梯子时相撞——回答我未问出口的问题时，我所能想到的只是母亲对我撒了谎，其他人也对我撒了谎，她绝不像她所表现出来的那么聋。我希望这个黑暗永远持续下去，像一个无眠的长夜。

只有到夜更深时我才会想起关于她耳朵的真相，她永远是聋子，从来听不到音乐，从来听不到欢笑，从来听不到我的说话声。只有到那时我才意识到孤独于世是什么意思，然后我会跑去找她，在这栋于夜里变得如此安静、如此空旷也如此黑暗的大房子里，因为亚历山大港我们这块的夜间总是阴郁昏暗，尤其加上我父亲每天深夜还在外面。我们会打开房子里每个地方的灯，不是为了防止想象中的小偷，而是为了望向窗外，看到自己倒映在窗玻璃上的脸。

从那片黑暗中，每晚传来酸奶小贩那令人毛骨悚然的嚎叫，他反复扯着嗓子喊拉长的“*酸安安安安安奶……酸安安安安安奶*[1]”直到他走到街区的尽头，上坡朝小军营走去，在那里，人们有时会听到防空炮噼里啪啦的演习。那时，当我听到我母亲的声音在夜里升起，我多么感激啊。她在厨房冲阿卜杜大喊，后者正要回家，但是因为忘记清理烤箱，被多留了一小时。

■

随着我曾外祖母的百岁舞会迅速临近，公主终于认为我跟聋子以及家里的阿拉伯仆人待的时间太多了。尽管我们居住的索莫哈区离易卜拉希米区只有十五分钟的马车路程，对我祖母来说，它依然是曾经的沼泽，其中新建的住房和芬芳种植园的安静风景对她的品位来说总是太*新*[2]了点，不是一个可接受的地址。

一天早上，她告知我母亲，她想亲自照顾我，托辞是在我母亲的异常语音的影响下，人们发现我读错了太多词语。看到我母亲几乎畏缩在这样的控告前，公主继续施压，叫她也告知她的聋子朋友，他们应该稍微缩短他们的拜访，尤其是阿齐扎，一个穷困的年轻女人，也给我们当女佣、厨师助手、清洁工和裁缝，在我祖母的眼里，她犯了耳聋和身为“无知阿拉伯人”的双重罪过。

她建议我隔一天早晨去见她一次，然后跟她在我曾外祖母家吃午餐。被这个提议震惊，我母亲一言不发，但我发觉她的瞳孔在快速转

---

[1][2] 原文为法语。

动，那是不耐烦和被压抑的怒火的标志。“他和你在一起时我做什么呢，跟我的聋子朋友们一起补袜子吗？”

“完全不是。哦，我完全没想让你这么觉得，吉吉”，公主回答，带着那种受惊吓的无辜神情匆忙撤退，让你觉得自己易怒以及不公正地怀疑了她的动机。“我只想让孩子认识我这边的家人，听听友好的对话。他必须学习如何正确说话。”

“但我已经出于完全相同的目的，每天带他去我父母家了”，我母亲抗议。

“这很好，吉吉。但是，那不是一回事”，她抬起食指说。公主没有邀请我母亲的父母参加即将到来的庆祝会，这是因为两个家族间所谓的地位差异——更别提叙利亚问题了。“我想让他变得高贵，”公主说，“像我的兄弟们那样，你知道的，他们*举止优雅*[1]。”

不假思索，我母亲投降了。

等我父亲当天深夜到家时，他做的第一件事就是表示他对于发现阿齐扎还在这里感到极其不快。

“我不想让她整天在这里。你的大部分聋子朋友每天来这里还不够吗，我们还需要聋仆人吗？”

我母亲花了一秒钟就读出了意思。

“最后是不是每隔一天就由你母亲照顾他？”她指着我说。

“为什么不？”他回答，既然她已经发现了，就采取攻势。“我不想让他在成长中认为自己是聋子或阿拉伯人。”

[1] 原文为法语。

我母亲以沉默应对这句话。

“同时，可怜的阿齐扎待得比平常晚，就为了熨你的衬衫。”她猛地打开一个橱柜，指向两堆叠得整整齐齐的衬衫。

“我才不关心衬衫呢！”他大喊。

他拿起一件衬衫，仔细检查，好像在寻找一条褶皱，但没找到，然后把它拿到鼻子旁边。他找到了他要找的东西。

“我说得非常清楚：别再让我见到阿齐扎，”我父亲说，发起了脾气。“我不想在我家里听到她蛤蟆般的哇哇叫，我不想让她在我的东西旁转悠，我也绝对不要她的恶臭在房子里徘徊不去，她打扫后总有臭气。拿着”，他说，几乎把衬衫戳到我母亲脸上，让她尝试这气味。

“这是今天早上才洗的”，她说。

“再闻闻！它散发着葫芦巴的臭味！葫芦巴！葫芦巴！”他一边大喊大叫，一边拿起每件衬衫、用力闻一下然后把它扔在地上。“把她赶走！”

▪

我父亲说对了一件事：阿齐扎身上总是萦绕着葫芦巴的刺鼻气味。这是一种赤褐色物质，埃及人为了它所谓的医疗功效而大剂量饮用，它染红了他们的手掌，让他们的身体散发出在欧洲人闻来令人作呕并且肮脏的气味。我父亲称其为*阿拉伯人的气味*[1]，他讨厌发现它

[1] 原文为法语。

沾染在他的衬衫、他的亚麻衣物、他的食品上。

这种气味无法弄错、势不可挡，因而人们可以立刻把使用浓郁须后水的西化埃及人和假装西方左派但思想、住所和养生法依然浸泡在葫芦巴宇宙中的埃及人区分开。即便一个埃及人完全采用了西方的生活方式，抛弃本土习俗以成为我祖父母口中的*文明人*[1]，每天穿西装，学会了餐桌礼仪，每次问候*肖姐们*时都吻她们的手，对葡萄酒、奶酪和要求背诵的拉封丹寓言篇目了然于心，但是只要他的衣服发出一丝一毫那种露馅的气息，人们就会质疑他自称的对西方的喜爱，并怀疑在他家里——包括他本人——并不是每个人都摆脱了阿拉伯卫生习惯的邪恶阴暗面。

但我父亲对葫芦巴的本能厌恶还有一个原因。和他母亲一样，他憎恶所有可辨认的种族气味，认为一个家庭越西化，其住所、衣物、烹饪就越没有气味。

他们两个永远不会想到，所有住所都带着种族气味，任何生于亚历山大港的人都会轻易嗅出像我们家这样的塞法迪家庭，它带着帕尔马干酪、煮熟的洋蓟和犹太式油酥馅饼的残余气味，正如他们自己也能靠无法避免的熏牛肉味辨认出亚美尼亚厨房，靠没药[2]味辨认出希腊客厅，以及靠炸洋葱和洋甘菊的味道辨认出意大利人。工人阶级的意大利人散发出炸辣椒的味道，希腊人散发出大蒜和发油的味道，当他们出汗时，他们的腋下闻起来像酸奶。

“闻起来好像一个阿拉伯车队在这里扎营过了夜，”公主在某天上

[1] 原文为法语。
[2] 没药，一种橄榄科植物，可制成药材和香料。

午拜访我们时说。“我能闻到她，我知道她来过这里。”尽管我父亲宣布了对阿齐扎的禁令，但它从未被执行。

“至少在我来的时候，把她限制在厨房里”，我祖母会说。“既然你去说了，让那个奥姆·拉马丹也别让人看见——还是说你想让我邀请她参加百岁舞会？”最后这句话是个尤为残忍的命令，因为奥姆·拉马丹，我们的洗衣女工，在我外祖父的家庭里服务了四十年。

▪

奥姆·拉马丹是一个非常高、非常瘦的女人，每星期来两次，整个上午跟一个装满脏温水的大钢桶待在浴室，她在桶里洗我们的衣服，又揉又拍又拧，直到把衣服里的生命和颜色都给挤出来——这个操练需要剧烈的动作，像著名指挥那样，这解释了她的长寿。她又丑又老，可能七十多了。她的头发不是白色的，而是金色的，带点浅褐，不是染的就是漂的。她的皮肤非常白，尤其是她的胳膊和双手，有人说因为她洗衣服时用了太多漂白剂，它们失去了天然肤色。

奥姆·拉马丹只有一只眼睛。她从不遮挡她那只坏眼睛，而且为了开玩笑，她会用手指扒开眼睑，给我看看眼睑后面缺了什么。

“有一天这只眼睛也会变坏，然后他们将不得不把它摘掉”，她会说，好像在谈论脚上的一颗小痣。“但我还会继续在这里洗衣服。”为了证明她说的话，她会把头稍微上仰，把好眼睛翻上去，只露出眼白，用一张抬起的痛苦脸庞茫然地盯着我的方向，继续用机械的手部动作拧我的衬衫，一边吟诵着，“可怜可怜瞎子吧，可怜可怜瞎子吧”。

奥姆·拉马丹的洗衣方式最简单也最古老。她会蹲在大脸盆前，两脚平放在地上，削瘦的膝盖在埃及长袍里凸起，差点够到下巴。有时候她穿约两英寸高的木屐，蹲着不停抽烟，并从一个绝不离身的高玻璃杯里喝滚烫的浓茶，阿卜杜整个上午不停帮她添茶，而她头也不抬地祝福他的善行，他也祝福她的。

到上午十点左右，奥姆·拉马丹会开始唱歌，尽管家里的每个人都取笑她的嗓音和它哀乐般的单调嗡嗡声，但是从我们的窗外，从邻居家，仍有另一个女佣或洗衣女工，紧接着是旁边的再一个，随声附和同一首歌，因为这时她们都在辛勤地洗衣服，蹲在各自阳光照耀的高处，那里充满了地中海沿岸大浴室里特有的平静。在位置上一动不动，看不到其他人，她们却了解彼此的名字，会大声将其呼唤，互相讲述整个生平，就像在雾中交换信号的船只。

洗完衣服后，奥姆·拉马丹会坐在厨房，跟阿卜杜一起吸根烟。然后，体内有了更多茶后，她会回到浴室，在一个大柳条筐里装满湿衣服，把框放在头顶，走上通往屋顶的五段环形仆人楼梯，缓慢而慎重地移动脚步，在我们这层上方的平台处停下喘气，在那里，另一个邻居的仆人会递给她一杯水。然后她会继续爬楼梯，我在她旁边，我们越接近顶部，楼梯就变得越亮，越来越多的光线照射在六楼、七楼以及最终的八楼的墙上，在那里，一阵突然且令人目眩的高温和阳光刺痛了我们的感官。

露台上悄无声息。只有下方远处交通的若有若无的飕飕声。我触碰到的一切都是滚烫的，随着我在空旷的露台上游荡，视线跨过索莫哈区所有其他建筑的屋顶向外望去，它就在那里，和往常一样广阔，那种蓝色映衬着无垠的地平线，平静、安宁、永远令人心动：大海。

棋盘状的晾衣绳等待着我们。下垂的灰绳子因使用而磨损，上面还插着一团团被舍弃的没用过的别针，就像在电线上无所事事的小麻雀。

现在将会开始地球上最恬静和最引人深思的工作。撅嘴在唇间夹几根别针，奥姆·拉马丹会开始把床单一条又一条地旋转摊开，在一根晾衣绳上挂一条，然后在旁边挂另一条，然后在第一条对面的绳子上再挂一条，就这样展开一排排有帘子并且有香味的通道，人们可以在里面奔跑和迷路，想必天堂的走廊也不过如此，上有天空，下有岑寂，伴随着正在阳光下烘干的干净床单的气味，有的仍在滴水，落在呼出夏天和海水之咸味的灰色水泥地面。

数小时后，奥姆·拉马丹和阿齐扎会上楼，收走晾干的衣物，接下来折叠不用熨烫的那些。通常，高高一大堆挺括的干净衣服会聚积在某人的床上，在那些温暖的午后，我会跳进那一大堆香喷喷的阳光中，伴随着两个女人折白色和浅蓝色大床单的轻柔窸窣声闭目养神，两人都使出最大的力气往自己那边拉——她们之间有过节。折叠、拉扯，直到拿起最后一张床单，也就是我躺在上面的那张，她们会不得不把我叫醒。

■

“奥姆·拉马丹让我毛骨悚然，”公主说，“我每次来这里，就好像走进了一家精神病院。总有一个畸形的人晃来晃去。这不是动物寓言集，这是我儿子的家。”

除了奥姆·拉马丹，我们家的精神病院里还有希沙姆，他是*索弗拉吉*[1]——服务员——讽刺的是，他只有一条胳膊，每次端大盘子都坚持不了太久，给八个人上菜必须中途休息一会儿。然后还有厨师阿卜杜，一个酒鬼。以及比他大得多的表哥，一个白化病患者，也叫阿卜杜，他讲流利的土耳其语，偶尔临时过来帮忙，但一条腿上溃疡严重，我祖母怀疑那是麻风。还有玛格丽塔，我们的意大利邻居的弱智女儿，她来我家熨衣服。最后还有法蒂玛，跑腿的女孩，有一天在帮助两个阿卜杜把地毯挂在阳台上掸尘时，失去平衡摔到了人行道上，结果，她在仆人的楼梯一瘸一拐地上上下下，直到最终由于找不到丈夫，回到了南方的赛德。

但是我祖母最鄙夷的人还是阿齐扎——阿齐扎，那个惹人厌、眼神邪恶的扫把星，在我们客厅属于她的角落里自己偷笑，在你最不防备的时候给你下咒；阿齐扎，那个阴险的杂役，她织我们所有的毛衣，补我们所有的袜子，帮忙打针、放血和灌肠，还每月一次给所有女人实施哈拉瓦。“野蛮的仪式！”公主厌恶地说，如此称呼这个把糖水煮成一个浓稠、焦糖化的黏团，然后敷在女人身体上用来除体毛的阿拉伯做法。在“做哈拉瓦”之前，阿齐扎，众人一致同意的哈拉瓦专家，会揉这个黏团，朝里面吐好几次唾沫，直到它获得想要达到的黏稠度。坐在她面前，女人们会伸出腿，而阿齐扎弯腰敷上黏团。然

---

[1] 原文为阿拉伯语，意即后文的服务员，此处音译。

后，伴随着短暂而坚定的拉扯，听起来像是把纸从笔记本里撕下来，她会扯掉黏团，好像它是一条大绷带，留下一块光滑的红斑。她会再次揉黏团，然后敷到其他地方。

好像没什么比哈拉瓦更痛，尤其是在女人的腋下。有一次我看到母亲疼痛得狠咬自己的指关节，足以留下一星期都消不掉的淤青。最终被说服尝试这个仪式的公主，极为痛苦地号叫。阿齐扎笑了，说，“一点也不痛”。“野蛮人！”公主大喊。

■

阿齐扎原本属于我母亲在佐苏夫人的耳聋女子寄宿学校上学时结交的小圈子里的人。在佐苏夫人警惕的平等主义下，没人被允许区分贫富、区分希腊人和阿拉伯人，因为女孩们都不准有零花钱，所以也没有任何特权可享受，除了偶尔的一罐果酱，里面的东西也会被公正地舀给餐厅里的所有人。学校相当成功，富裕的学生从地中海周边过来，唯一的目标就是像听人[1]那样说话和行事——最好是用法语，并通过法语，让自己摆脱这个可怕的*苦役*[2]，这个沉默的重负。

作为一个固执的中产理想主义者，佐苏夫人认为成功的毕业生应该更喜欢跟听人而非聋人交朋友，应该觉得自己没有实际上那么聋，应该本能地厌恶那些只知道用手而非用嘴说话的人。她最珍视的成功故事是女孩嫁给了听人，这是类似女佣嫁给地主儿子的罗曼史。但是

[1] 和聋人相对，听力没问题的人。
[2] 原文为法语。

我母亲班级里结了婚的七人中，只有一个拥有成功的婚姻，而她是唯一一个嫁给耳聋男孩从而让佐苏夫人失望的。

每星期好几次，这些年轻女人中的四五个会来喝茶——我祖母对此深恶痛绝，她此时比以往更憎恶我从中成长起来的世界。她会烦躁不安地坐着，抱怨她不得不跟营养不良、截肢和脑膜炎的幸存者共享她的来访，她们中没有一个值得她付两分钱给马车夫，让他在她探望完姐妹后送她到儿子家。连她们的对话，当她能听懂的时候，也是无法忍受的，因为它通常会沦为闹剧、八卦和食谱。有时她们开始互相大喊大叫，过一会儿又和好，用更大的活力重新开始她们让人困惑的咯咯笑，这迫使她断定，在她认识的所有人中，花最多时间说话的非聋哑人莫属。

我母亲的朋友中有一个叫苏菲的年轻女人，她来自希腊贵族家庭，他们失去了在士麦那[1]的一切，现今保留下来的只有例行下午茶里残存的特点，在那些下午茶里你会在勺子上尝到甜的希腊果酱。苏菲和我母亲经常回忆她们可怕的寄宿学校时代，那时候，每次她们忘记关水龙头，佐苏夫人就会把她们关在黑暗中——这是听不到水声的聋子常犯的错误。“但是看看我把她们培养成了什么样的女人啊，她们入学时只是两个既不能读也不懂写、更不会说话的瘦长小女孩”，佐苏夫人会说。

苏菲嫁给了一个希腊汽车修理工，一个汗毛重、自负的水手型家伙，头发油腻，指甲很脏，星期天骑摩托车在亚历山大港呼啸而过，

[1] 士麦那（Smyrna），古希腊城市，现为土耳其的伊兹密尔。

炫耀金手镯、背心和后座上的美丽少女苏菲。科斯塔有着亚历山大港希腊人的活泼亲昵感，是个涉猎二十多行的万事通，一个*肮脏的机灵鬼*[1]——“经理人”，他会稍稍使眼色说道，意思是交易赃物、黑市商品和假货的商人。

在所有人中，唯一喜欢他的竟然是公主。

“他是个真正的野蛮人，但有一颗金子般的心”，她会说。我母亲并不知道，科斯塔经常探望我祖母，并给她带礼物，从鱼子酱和香槟到从贝鲁特抢劫来的香水和鹅肝。作为回报，他只要求老妇人的倾听，他说她就像自己的母亲，比他的苏菲更懂自己，苏菲在交配季节——他这么称呼——只知道挤他额头上的痘痘。“男人能这样生活吗，夫人？告诉我，能吗？”他会问，声音中满溢着恼怒。

“你能做什么呢？这些女人是不幸的。”

“但是我再也不能这样下去了。”他会激动起来，哽咽片刻，然后突然放声啜泣。

“好了，别这样生气了，科斯塔”，我祖母会说，假装把他的哭泣误解为愤怒，免得让他尴尬。

“生气？这不是愤怒的泪水。这是羞愧的泪水，愚蠢的泪水，我的，她的，以及每个看着事情发生在我们身上却一言不发的人的。”

“耐心点，科斯塔，耐心点”，我祖母会如此劝导。

“为了什么？”他会大喊，这次真的暴怒了。“我是科斯塔，科斯塔是个男人，科斯塔需要激情、火焰、情趣，夫人，不是这个——”

---

[1] 原文为法语。

他一边说一边指着额头上的一颗痘痘。“我不喜欢在孩子面前这样说话，”他继续说，朝我的方向看去，“但她展示给我的是一条绦虫的激情——而科斯塔，夫人，需要一条母老虎。”

▪

我祖母认识科斯塔，是在他过来接妻子苏菲的一天晚上。由于他们两个是房间里仅有的听人，他们开始谈话，很快发现两人都出生于君士坦丁堡。男人展现出了水手应该给予来自君士坦丁堡的公主的所有必不可少的敬重，而她在这个饶舌的希腊民兵——战士——身上发现了一个渴望善良的温柔灵魂。

当听到他拥有一辆摩托车，并且每天早上在易卜拉希米区跑腿时，我看见我祖母吃了一惊，说“啊呀，科斯塔先生——”然后求他每隔一天早上把男孩带去她家。男人轻松地同意了。

“科斯塔先生，上天保佑你的灵魂。”

他脸红了。

“不，夫人，”他严肃地说，“科斯塔这辈子做了很多坏事，对于某些坏事，夫人，你甚至不知道它们的名字。科斯塔会偿还。”

因此每隔一天的早上，科斯塔先生会开着全世界最响的摩托车到来。他会把两根手指都放进嘴里吹口哨，等我一坐上他的后座，就命令我抓紧他的腰，然后我们出发，疾驰而过，穿过西迪·贾比尔区，经过克莱奥帕特拉区，然后是大斯波尔丁区，和有轨电车赛跑，打败有轨电车，将其抛在身后，最终到达小斯波尔丁区，减速朝易卜拉希米区开去。这一切都在几分钟内发生，因为他一直在做大幅度且越来越复杂的转弯，左转再右转——咆哮着“抓紧了，*孩子*[1]”——然后尽可能低地倾斜摩托车，靴子摩擦沥青，一直用“反应真快，科斯塔，反应真快!”恭喜自己，一路加速开到恺撒营，几乎到了沙特比区，然后再次掉头开回易卜拉希米区——“为了找乐子”——并减缓车速，就像在沿孟斐斯大道庄严慢步，最终把我放在祖母的房子前，而祖母在那里等我，拿着一块削好皮、我一跳下摩托车就可以吃的新鲜水果。

我到访一个小时后，我祖母绝不会不评价说我已经看起来好多了。“看，他在笑”，当我们坐在花园里的餐桌边上时，她会对她丈夫说。“他只有和我在一起时才笑，这难道不是真的?”

“来，我们在花园里散散步”，我祖父会说，总是乐于离开妻子的他把我带入凉亭，那里鸟儿歌唱，空气里弥漫着炎热、干燥、甜得发腻的花香，来自迷迭香和甜美、蔓生的杜鹃花。远离我祖母的凝视，他最终会伸进口袋，亮出一份礼物：一个钥匙扣，或一支钢笔，或一把小刀——我们的秘密，他会说，因为她总是不赞成他给我的东西，声称它们危险或不得体。“很快我就不得不教你打台球了”，有一天他说，从条纹睡袍的口袋里掏出三个光滑的象牙台球。然后，用他的手杖和一根台球杆，我们会从一棵果树上摘番石榴。

十点半左右，祖母和我会雇一辆马车，一路坐到斯坦利海滩，她的兄弟姐妹和母亲在那里有一个夏季小屋。在车厢里坐在她旁边，我

---

[1] 原文为希腊语。

会辨认出阿内尔夫人的杏仁霜、香水月季膏和黄瓜乳液那有益健康的舒缓香气——这三样东西永远融入了那些晴朗上午的记忆。有时我们在易卜拉希米区坐有轨电车，在鲁什迪区下车，然后才雇马车。马车会沿着一条安静的林荫道奋力上坡，很久才到顶，而我祖母一路讲述关于亚美尼亚大屠杀的吓人故事，讲述一名亚美尼亚牧师在反抗三个土耳其兵时被砍掉一只手、随后被前者砍头，赶来搭救这位老人的食品杂货商也同遭厄运——突然，毫无预警，迎面传来逐渐升高的来自海滩的喧哗声，我们知道自己到山顶了，在那里，以一片令人目眩的广阔青绿色和蓝绿色在我们面前闪耀的，是大海，从最后方的格莱门诺普罗斯区延伸到强大的凯贝要塞[1]。

“啊，今天的海水真棒”，她会惊叫，兴奋地轻拍我的大腿，因为在跟大海面对面之前，你绝对不会真正知道水到底会是汹涌还是平静。

斯坦利的小屋坐落于三层木板人行道上；每个小屋都有自己的门廊或门厅，更像剧院包厢，而非更衣区域，并且用横向隔布和相邻的门廊分开，而在头顶上方，一个系在公共木板人行道沿路矮墙上的白色长凉棚总是在飘动，因此在拥挤而晴朗的日子，三个木板人行道在视线中都几乎完全被隐藏，在阳光下发出白光，像西班牙大帆船上的帆那样啸叫和飘动。

在海滩上，我的姨祖母们被说服，相信自己依然生活在 19 世纪末的亚历山大港，远离索莫哈区的世界，远离爱发牢骚的女佣和

[1] 此处海岸线为东北—西南走向，格莱门诺普罗斯区位于东北方，而凯贝要塞位于西南方的一个岬角。

残废男仆的世界。女人们从来不穿泳装，而是穿白色或奶油色的带很多蕾丝的短袖亚麻或棉纱裙，戴华丽的大帽子，一有微风吹起，她们就用手去按。在海滩上，四姐妹、她们的母亲、朋友和维多利亚·库策里夫人——后者的别墅俯视整个海湾——会坐在彩色条纹折椅上，永远在重复避免日晒有多重要，她们肿胀的脚挤进很紧的鞋里，每当有风搅动条纹大伞时，人人都发出快乐的感叹。每天早上，救生员会把他们的伞放在他们最喜欢的、离海水有段距离的地方。有些救生员知道怎么把凉棚系得特别好，受人高看，享有地主士绅会给予一个碰巧特别擅长设陷阱捕捉啮齿类动物——除此之外无足轻重——的看门人的敬意。然而，其他的却不是那么有技巧，一提出帮忙就会被赶走。

我从来不被允许喝或吃任何东西，更别提可口可乐或者沙滩上脏兮兮的小贩卖的那些榛果饼干。我祖母总是坚称，没什么比水果更适合大海了，而且要吃很多，这也就是为什么她会带一保温瓶的柠檬水。然而，令我非常开心的是，我发现只要偷偷走一段楼梯，到上一层，弗洛拉姨祖母的小屋所在的地方，就可以吃冰淇淋。在那里，我通常会发现她躺在沙滩椅上阅读，跟她要冰淇淋，然后相当愉快地回去面对我生气的祖母，她站着等我，就像在亚当吃完禁果后的上帝。

有一次，偶然地，我发现弗洛拉姨祖母安静地坐在一个我没有马上认出来的女人身边，尽管她似乎对我很感兴趣。惊讶和突然的喜悦如此之强烈，以至于我立刻忘记了当天横亘在我们之间的一切——科斯塔先生、我祖父、穿过亚历山大港无名小巷的晕眩骑行、亚美尼亚大屠杀、台球，甚至当天刚看到斯坦利时祖母在我大腿上的喜悦拍打——在我听到女人的声音时，一切都消失了。几分钟后，她提醒我，我的衣服还在楼下我祖母的小屋里，我们必须告诉他们，我要跟她回家。

我母亲等我吃完冰淇淋，然后牵起我的手，走下楼跟姻亲们打招呼，然后用一种不容讨论的语调说，她要带我回家。

“但我计划带他去台球厅看望阿尔贝。我们总是在那里逗留，不是吗？”公主问，试图赢得我的帮助。

我点头。

“不，他要跟我走”，我母亲说。

我感谢好运，母亲让我逃过了另一次对抗。但是当祖母把我擦干，然后给我穿上干净衣服时，我们之间的沉默无法忍受。我希望我没有如此明显地想离开她，因为老太太看来快哭了，当她弯腰扣我的凉鞋时，这对她来说一定很难，我知道，如果有机会再来一次，我会完全放弃芒果冰淇淋，也不会朝母亲跑去。我吻了她的脸颊，说了我很少对她说的话。我告诉她我爱她。但我是用阿拉伯语说的。

在回家的路上，母亲在滨海大道上招了一辆马车，弗洛拉和我上了车。“不，等等”，她对我们说，然后用手语和蹩脚的阿拉伯语知识问车夫送我们去孟斐斯大道要收多少钱。“太贵了，这人是强盗，下车”，她命令道，于是弗洛拉和我都假装要下车。男人让步了，这意味着砍价即将开始，很快她就提高了嗓音。然后她开始尖叫，我们知道这会征服他。人们朝我们的方向看过来。突然我懂了，在我看她打手势提出她不会动摇的价格时，她大喊大叫不是因为车夫太固执——每个人都知道他最终会让步——甚至不是因为她身上迸发着在她看到自己作为母亲的角色被我祖母如此狡猾地破坏时不得不抑制的怒气。她喊叫是因为她已经知道，只要当天晚些时候对我父亲的耳朵悄悄说几个关于暴怒的隐约暗示，我祖母就会成功地把她描绘成对一个好心肠的老妇人充满恶意、怀恨在心的人，而后者此生唯一的心愿就是用她仅剩的年头培养一个疑心过重且忘恩负义的阿拉伯犹太人的儿子。她绝对无法反驳这样的指控——因为要这么做，她必须在她婆婆的语言铁丝网之下和周围匍匐前进。而这是佐苏夫人的老学生从没学过的。她可以用狐狸的狡猾嗅出欺骗，但她无法避免诡辩的圈套。辩论对她不利，因为她知道如何喊叫，但不知道如何争辩，因为，在词语的王国，她永远是个局外人。她的沮丧是无辜之人对抗有天赋的检察官时所感到的沮丧。

■

为了安抚他的母亲，我父亲第二天早上亲自带我去了他父母家。但是为了让我母亲满意，他决定也许我们不一定得去海滩。相反，他建议他、他父亲和我去清仓甩卖的地方买鞋。在这个清澈的夏日，我们沿滨海大道行驶，把车停在塞西尔酒店旁边，然后朝萨阿德·扎格卢勒林荫大道走去。我们停下来欣赏风景，听海水舔舐城市海岸上衬的又大又丑的岩石。我们就在那里，三个人，在矮墙前，往前望去，比海湾更远，比海堤更远，越过凯贝要塞，在坍塌灯塔的废墟旁，海水总是汹涌黑暗。对话出现了一个停顿。

“你知道的，”我祖父说，转向我父亲，“我觉得我不需要新鞋。”

我父亲起先什么都没说。

“但是你知道如今要找到好的英国鞋有多难。你打算余生都穿磨损的软皮平底鞋吗?”

说这话时，两人都凝视着闪耀的晨间大海。

“我不知道。”好像没有注意听儿子说了什么，只是循着自己的思路往下讲，他补充道，“这么大片的天空，这么多的海水——见到了这么多蓝色，该拿它怎么办?”

然后他回过神来，问道，“你不是已经有很多鞋了吗?”

“是的，但是当我把它们穿破时，你能想象我穿埃及制造的劣质鞋吗?”

我们继续沿滨海大道朝林荫大道走去。

“走快点”，我父亲对他父亲说。

“但我已经走得很快了。”

“不，你走得慢吞吞的。你应该轻快、有力地走。像这样。”突然我父亲开始超过我们。看到他远远走在前头，他用同样的速度走了回来。

“看，这对你有好处”，我父亲继续说道，说了点关于波利蒂先生的话，他那每天早上六点过来的体操教练。

“像这样?”他父亲模仿。

“有点像了。胳膊也动起来，深呼吸。”

“像这样?”

“对。”

“这么做，我能多活几年？能活得比你母亲久？谢谢示范。但是我会用我一直以来的姿势走路。”

我父亲改变了关于鞋子的想法。“也许我们确实不需要成鞋”，他说，暗示他足够有钱，买得起定做的。相反，他建议去一个俯瞰海湾的建筑物喝咖啡。“我今年生意很好。情况非常顺利。我甚至在增建仓库，好存放更多货物。所以我喝得起海滨咖啡馆的咖啡。”

“我不懂”，我祖父说，好像在自言自语。“前一天他还是台球厅老板的穷儿子，第二天他就把钱挥霍在最好的车、最好的衣服、最好的这个、最好的那个上。不能这么继续下去。你生意好只是因为其他大纺织厂都把生意卖了，搬回了英国。这不是好兆头。你应该多存钱”，我祖父补充道。

“你和吉吉脑子里只有一件事：存钱，存钱，存钱。”

同时，我们到了海滨咖啡馆，我父亲打开了沉重的玻璃门，让我们两个在他之前进去。那里人员拥挤，但几乎寂静无声。

服务员立刻认出了我父亲，他知道后者喜欢靠窗的桌子。

“你不应该这么浪费钱。我不是第一个这么说的人。”我祖父看着窗外，“整个城市都知道。甚至还有关于其他事情的传言，如果你听懂了我的意思。”

“你的意思再明显不过了。”

我父亲拿起一根香烟，让它停留在指间，好像在努力回忆他是不是刚抽过一根，然后，虽然仍盯着它，似乎改了主意。“你自己也没好到哪里去”，他补充说。

“指责我很容易。但我娶了一个巫婆。”

一个戴头巾、穿传统埃及服装的服务员给两个男人倒了咖啡，而另一个服务员，一个希腊人，给我端来一份大杯冰淇淋苏打。

老人叹了口气。他看着我们旁边的桌子，有两个女人坐在那桌喝茶。

“看，别以为我不知道这些事。我们都是这样的，我们男人，从我成为男人那天起，半个多世纪前，我就知道了。”

“但是——”儿子开始抗议。

“就保证我这点吧，”我祖父说，“只要我活着，就好好对她，别找其他女人。”

儿子发了誓。

“那等你不在了呢？”他问，试图活跃气氛。

“等我不在了，我就不在了，你做什么就是你自己的事。”

服务员端上两大杯水和一小片土耳其软糖。

“你知道你不应该吃糖果的，”我父亲说，“我的医生——”

“*我的医生，我的训练师，我的走姿，我的呼吸*——拜托了！”他父亲打断他。“咖啡、香烟和糖果。我还不到七十岁，但这是我仅剩的两三样乐趣了。”他啜饮咖啡，用同一只手端他的小咖啡杯和碟子。“给你”，他插话。他已经给了我一块土耳其软糖，又在帮我切另一块。

我父亲坐在我们对面，他放下了他的小咖啡杯，一言不发地盯着我们，好像不愿打破魔咒。

我祖父又给我切了一块，看我把它放进嘴里，几乎故意躲避他儿子的凝视。

“你在盯着什么？”他终于问道。

“我在看你。”

“他在看我”，年长者沉思道，好像盯着自己的父亲这一举动包含极为动人之处——而我突然意识到确实如此。

几分钟后，我瞥到我母亲、弗洛拉姨祖母和我的祖母以及外祖母站在海滨咖啡馆的门口。

“太让人惊喜了——还有弗洛拉！”女人们一被领到我们的桌子，我父亲就惊叫道。

“卡莰医生说她非常健康”，公主汇报说，她当天上午在有轨电车站遇到了这三个女人，一时冲动，决定加入她们。“胆结石好多了，她有着公牛那样的肝——”

我祖父对他儿子低声咕哝了什么。

在我们又点了一轮咖啡时，一阵微风拂过我们的脸庞。

“适合去海滩的一天”，弗洛拉说，带着喜悦、开阔的旋律，每当说到大海，这旋律就会进入她的话语声。“这孩子今天怎么没去海滩？”

“是时候叫他跟成年男人相处了”，我祖父解释道，从他的烟盒里拿了一根烟给她。

弗洛拉有一段时间没见到我祖父了，她问候了他的情况。

“我在变老”，他说。“我总是待在家。我在家无聊，我出门无聊。瞧吧。我还睡很多觉”，他补充道，好像他忘记了一个重要的细节。“等我去天上露面的时候到了，我会走到圣彼得跟前说，‘打扰一下，圣父，但是过去几星期我睡得太多了，导致我不可能再继续睡了。也许我能过几星期再来。’”

弗洛拉开怀大笑，重复了好几遍我祖父最后的话，并且真的从没忘记它们。

“啊，弗洛拉，见到你我真开心。”

“我见到你也很高兴，因为，坦白说，我需要抽一根你的烟。”

“啊，弗洛拉，要是所有女人都跟你一样——要是你知道就好了。”

“他今天怎么了？”弗洛拉问，转向我父亲。

“我不知道，”我父亲回答，“他整个上午都这样。”

“你的祖父是个很好的男人，”她说，“但他可以比地震受害者还*悲惨*[1]。”

很快大家都决定是时候停下来吃午餐了。我母亲和弗洛拉姨祖母计划在圣人家吃午餐。我父亲邀请我祖父过去。公主不敢说任何话，只是看着我。

“你今天能带他去底比斯大道吃午餐吗？”我母亲问，转向公主。我母亲解释说她那天下午很忙。首先，裁缝要来给她量尺寸，做百岁舞会的裙子。阿齐扎还要“做”她的哈拉瓦。

“和她待在一起”，我母亲低声说，指公主。

我祖母的脸突然如六月晴天般大放光芒。

▪

当天晚上我父亲一拿起电话听筒，听到圣人嗓音里慌乱、不必

[1] 原文为法语。

要的颤抖，就知道是怎么回事了。她一直试图拐弯抹角地传达消息，意在维持尊严和坚韧。他的母亲，她说，就坐在她对面，在哭。她在喝*补品*[1]，这是圣人对烈酒的委婉说法。然后，一边试图安慰我父亲——然而也暗示了即将到来的、她仍未收到邀请的舞会——她提醒他，不是每个人都能活到一百岁的。

我父亲立刻叫醒了我，不像他通常做的那样，坐在我的床沿轻唤我的名字，而是轻拍我的肩膀。一种冷酷、几乎机械的紧急感似乎统治了他的每个动作，好像他为此排练了数月。他洗了我的脸，用快速、敷衍的动作把它擦干，然后，第一次，是他而非我母亲给我穿上衣服。他不说话。当我们走出前门、进入车库时，街上空无一人。只有狗。一条靠近了一些。我父亲捡起一块石头扔出去，狗落荒而逃。在我们家对面的建筑的前厅里，有人留了灯。当时依然是夜间。

我们在寂静中行驶。

"你不应该把孩子带过来，"我祖母说，一边把她皱巴巴的手帕塞进衬衫的左袖口。

"我想让我父亲见他，我也想让他见我父亲。"

母子窃窃私语。

事情发生在他从台球厅回来后。

"谁知道呢！"她说，焦虑地咬着钻戒尖，防止自己再次哭泣。"我说台球厅是为了不说其他地方。我知道他昨晚深夜游荡到哪里去了？他从来不告诉我，我从来不问。"她沉默了片刻。"他不想动。甚至不

[1] 原文为法语。

想脱衣服。”当他们最终带我进去看他时，他躺在自己的床上，依然打着领带，穿着夹克衫和裤子。只有鞋子是脱掉的。他的袜子对他的脚来说太长了，长出一截拖在脚趾后。

他一听到门的声音，就以为他在跟妻子说话：

“别进来。”

“是我”，我父亲低声说。

老人的声音立刻平和了。

他们用拉迪诺语交谈。然后他对我说话。“*你看到了吗？*[1]”他说，意思是，“你能相信吗？你看到在我身上发生了什么吗？”圣人进来，把我带走了。

■

几星期后，科斯塔先生像往常一样把我送到我祖母家。她在他身后关上大门，我们一起看他的摩托车轰鸣着驶向恺撒营。然后她看着天空，带着她往常的热情说，“看看这片蓝色吧！我们今天会在海滩度过美妙的一日。”

在我走进房子时，我感到一阵不寻常的凉风穿过走廊。埃斯纳大道上希腊商人和阿拉伯摊贩的声音从厨房后窗潜入房子，太阳毫无掩饰地照射在厨房瓷砖上。连食品储藏室附近的闷热气味似乎都消失了，来自花园的罗勒香味弥漫在房子里。某种东西改变了。“我要穿

[1] 原文为法语。

上这个”，我祖母说，一边展示一条浅蓝色的棉麻连衣裙，纽扣一路缝到脚踝。没什么比我在海滩上当着所有人的面叫她不要穿黑色更让她开心了。

当我做出开祖父房门的动作时，她低声说他在睡觉，我不应该打扰他。“我们应该摘新鲜水果到海滩上吃”，她说。但是我听到祖父旧收音机的微弱噼啪声从紧闭的门后传来，知道他此时不在睡觉，而是坐在小桌边听新闻广播。也许他已经听到我走进房子，准备开门见我。我压下门把手，把门推开，感觉到他同时也在拉门。

我对他说了早安，仅仅是他的名字在他的房间被说出的声音就告诉我，他在那里。房间明亮得不同寻常，窗户敞开，俯瞰一条我从未见过或怀疑存在过的街道。从街上的一家店里传来我误以为是他的收音机的响亮声音。我一碰门把手，风就拉开了他的房门。

放着收音机的圆桌被推到墙边。他的烟灰缸第一次闪闪发亮，他床上的床垫被折进了床架，像一个在锻炼背部的人。一个床罩被笨拙地扔在整个东西上，没有床单，只有旧床垫磨损、褪色的条纹。床头柜上方是一大堆西装，叠得很整齐，而在他的衣柜里，人们能听到的只有衣架在金属杆上摇晃发出的叮当响声。

我看到一排没楦的鞋，像了无生气的蛇蜕，储藏在梳妆台下。他总是说它们的年纪比我还大。

起初人人都说他在睡觉。然后他们说他在休息。然后说他走了。“别打搅他”演变成了“别搅乱他的东西”。他的手杖，他的烟盒，他那副纸牌，他那漂浮在溶液中的假牙，他的小刀，他那些甚至无法被流逝的时间收拾整齐的零散物品。然后他的东西开始消失。我注意到阿卜杜穿着他的鞋。还有穆罕默德，阿卜杜的侄子。仆人们不喜欢鞋带，所以他们会把鞋带扯掉，大张着脚背走路，鞋舌无礼地向外伸。

我在我父亲身上认出了一两条领带。然后他不再系它们。他说它们很久之前属于他，后来他把它们传给他父亲，这是他处理自己不再穿戴的衣物的习惯。这些领带，他说，让他想起多年前的自己，当时他每天夜里很晚回家，听父亲反复请求他做点正事，不要只是看书，不要把时光虚度在幻想一个愤恨的老处女上，她的爱情是一片荨麻地。每条领带都承载着动人心弦的回忆，让人想起遥远的脸庞或者未说出口的希望，令它高昂的价格物有所值。“你在浪费你的钱、你的人生、你的时间，”他父亲会叫喊，“花一星期的工资买一条领带是罪过。”然后他会同意这是一条可爱的领带。“但是你究竟会在哪里系它呢？”当儿子告诉他，他不知道时，父亲回答说，到了这个岁数，他也不知道。

几年后，当我们把他所有的花园家具都搬到我们位于曼达拉的夏屋时，那些炎热、宁静的夏日上午气息也跟着我们留了下来。很多花园家具重新上过漆，但此处徘徊不去的并非他的存在，甚至不是他的回忆，而是那种模糊的富裕感，它弥漫在他阳光照耀的花园里，当我去找他时，心里希望听到他的手杖或台球杆，这样我们就可能去摘番石榴。

很多年里，每次我经过他位于孟斐斯大道的花园或者从圣人的阳台看向它时，这想法都会从我心中闪过：万一此刻他正好在那里呢？

一天晚上，就在离开埃及的几天前，当我和朋友们走在易卜拉希米区，在探望一个叫拉莱拉的女人的路上时，我突然撞见孟斐斯大道 48 号的房子。我那时在想别的事，喝了太多酒，但是那想法来得如此自然，带着如此执着的迫切性，因而我本可能会高兴地从我当晚将要成为的男人那里借五分钟，去按响他的门铃并最后查看一次。

■

对我关于祖父的连环问题不耐烦，公主命科斯塔先生直接带我去她母亲位于斯波尔丁区的家，她搬了过去，让自己不用单独待在孟斐斯大道的房子里。一天早上希腊人从我们的窗户下冒出来，而我母亲，她到现在已经接受了我每天都会花时间和公主在一起，给我穿上衣服，带我下楼，把我放在他的摩托车上。

这是科斯塔先生第一次拜访我曾外祖母位于底比斯大道的家。我看着他尽可能利索地停好摩托车，带着明显的不情愿和不安进入楼里。“你确定是这里吗？”他问我，明知就是这里。

“我送孩子”，他告诉开门的女佣，说最短的句子以掩盖呼吸急促。

“你是谁？”希腊女佣用法语问。

“*本人即为科斯塔先生*[1]——我就是科斯塔先生”——这是他说优雅法语的方式。

我祖母，当时碰巧经过门口，看见他时大喊他的名字，还吻了他，好像他是从漫长旅途归来的儿子。“你根本不知道，见到你多让

[1] 原文为法语。

人高兴”，她用希腊语说。“坐在这里，我肯定我弟弟想和你说话。我得走了。你也看到了，这房子乱七八糟的。”

整个公寓看起来像遭受了飓风袭击。家具散落在房间里，沙发堵在入口，主客厅杂乱不堪，地毯卷起来靠在墙上，一个叠一个。我的所有姨祖母都在打扫公寓，女佣们跪在地上打蜡、擦洗镶木地板，用的东西气味呛人，几乎让人无法呼吸。每个人都在大喊大叫。当天下午她们将要开始为百岁舞会烹饪，根据埃尔莎姨祖母的计划，烹饪会花很多很多天。玛尔塔姨祖母把头伸进客厅，用最大的嗓门喊道（几乎在啜泣）：裁缝给她母亲的裙子缝错了纽扣。

他们叫我安静地坐在角落别动。我用眼睛使劲看斯波尔丁海滩。

“走吧”，跟科斯塔先生短暂会面后，维利舅祖父说。

我站起来，把手递给他。

“不牵手。我们是男人”，他用他惯常的尖利嗓音说。“你的泳衣在哪里？”他不由分说地问。

我耸耸肩。我不知道。我从来不穿泳衣。在海滩上我会穿着短裤走来走去，等下水的时候到了，我祖母会把它脱掉。

“别告诉我他裸体去海滩。”

“他们家就是这么做的。你觉得我要教他们怎么生活吗？”

“必须做点什么。”

埃尔莎姨祖母听到了对话，她走到我跟前，从口袋里拿出卷尺，量了我的体型，走进房间，踩踏缝纫机，五分钟后，拿了一件老式泳衣出来。她甚至用彩色流苏做了装饰。“我总说我从来不喜欢裸泳这档子事。拿着，这是个礼物”，她说，对自己极其满意。众所周知，埃尔莎的礼物都曾另有用途。在这件事上，布料来自一条她不忍心扔掉的旧床罩。

“别费劲现在就试穿，”她补充说，“如果太大了，就用这个安全别针。”

“来吧，*小伙子*[1]”，维利带着维他命服用者的矍铄活力说。

当我们到海滩时，维利一会儿就换好了衣服，坚持要先锻炼。他以开合跳开始，而我祖母用仰慕的眼光安静地注视他。我看过我父亲每天早上和波利蒂先生锻炼，但自己从没做过。维利说我肌肉松弛。我没把肩膀挺直，我的姿势完全错误、笨拙、不得体。男人不含胸凸肚。挺胸，收腹，像这样，他坚持说，一边做给我看。“没有锻炼意识，也没有卫生意识。”

“别说了，维利，你会给他留下心理阴影的”，我祖母说，她开始担心了。

“什么心理阴影？如果你的姿势不好，你怎么游泳？你怎么游泳，如果你的姿势不好？”

在我们的热身锻炼后，维利舅祖父说我们应该沿海滩全程赛跑。当我们沿着海岸冲刺时，我摔倒了，在一块碎贝壳上擦破了膝盖。“不用担心”，他在检查伤口后大喊。一个碰巧坐在我摔跤处的英国男人自告奋勇走进他的小屋，拿了一瓶酒精。我们刚拒绝他的好意，一个惊愕的表情就突然闪过英国人的脸，因为他目睹了维利舅祖父用唾沫润湿两根手指，把他的唾液相当慷慨地涂在我的伤口上。“什么酒精！

[1] 原文为意大利语。

所有动物都舔自己的伤口，它们的数量可比我们多”，维利告诉震惊的英国人。

那是个地狱般的上午，充满吵嚷喊叫。午饭后，我崩溃大哭，在电话上告诉我父亲，我再也不要见我的姨祖母或舅祖父了。我父亲对维利的尖刻长篇大论记得清清楚楚，尤其是在他婚礼前，当我母亲的耳聋成为餐桌争论的频繁主题时，维利带领全家反对她。“叫维利走开——！”他说。

我打完电话后，当维利问我爱哭宝宝是不是把一切都报告给了爸爸时，我对他说他是一个*大白痴*[1]。他母亲听到了这句话，埃尔莎姨祖母也听到了，我祖母也是。“一个*塔莎*的儿子，你们还想指望什么”，维利舅祖父说。

“可怜的埃丝特。”

每个人都很激动。维利威胁要打我。我祖母恳求他保持冷静。他说为了她，他会的。

为了避免当天发生更多冲突，我祖母决定带我一起去易卜拉希米区，她想去那里再拿几样东西——她的刺绣、奶油、香料——并照料一下她不愿意抛弃的花园。

孟斐斯大道48号的房子黑黢黢的，窗户紧闭，大多数家具盖着防尘布，只有椅子和扶手椅的脚从盖布下露出来。所有的灯泡都摘了，波斯地毯不见了。我记得我母亲的父亲曾说，“你看，最先消失的会是地毯”。我母亲后来告诉我们，她曾在百岁舞会的客厅看到两

[1] 原文为法语。

条。“我就知道，”她未受邀请的父亲回答，“他们就像食人鱼。一有人死去，他们就扯碎他拥有的一切，把它带给吉卜赛母后，在那里像阿里巴巴的大盗那样内部分赃。”

在离开前，我祖母说她必须上厕所。“跟我来”，她说，不放心让我一个人待在房子里。“关上门。转身看另一边。”我听到她宽衣解带。我没有闭上眼睛，但是我按照她的要求移开了脸，突然，越过肥皂碟，越过玻璃架上装着她每天早上用来给头发定型的湿润榅桲籽的小碗，那里，就离我鼻子几英寸远，是我祖父的条纹睡袍，挂在厕所门的钩子上，闻起来满是他的味道，我几乎可以触摸到他。所以他在这里，他终究在这里，我想，然后转过了身。

我绝对不会忘记我看见的场景：我祖母栖在抽水马桶上方。没有坐在马桶圈上，相反，她把它掀开，光脚蹲在边缘，七十岁的身体随时会失去平衡。我一定看起来吓坏了，因为她马上试图让我安心。

“我只能按土耳其人的方式来。因为这个房子缺少土耳其式厕所，我不得不这么做。”后来她说这也是最健康的如厕方式。

在我们回底比斯大道的路上，她强烈要求我别告诉任何人。“这会是我们的小秘密。”

在这天结束前，我母亲这边的家人几乎都拿我祖母开了至少一次玩笑。

“我甚至不应该跟你说话，但我还是会说，”第二天早上在去海滩的路上，她告诉我，“别假装你不懂——你非常理解我的意思。”

我从未找出是谁出卖了我。但是当圣人听到那个依然没邀请她参加百岁舞会的公主在内急时要蹲着，比洗衣女工好不到哪里去时，她大概忍不住吧。

■

距离舞会没几天了，但没有任何迹象表明圣人或她的丈夫或他们家的任何人，除了我母亲，受到了邀请。然而，听说庆祝要持续三天时，还不甘心接受冷落的圣人偷偷希望公主的家人会改主意，在最后时刻邀请她，就算不是去庆祝活动的第一晚，那时亚历山大港当地最富裕的成员将汇聚一堂，那么去第二晚，或者可能是第三天，那时朋友、俱乐部成员和不重要的生意伙伴会被允许品尝剩菜。如果邻近的科普特药剂师和他的叙利亚—黎巴嫩妻子和其他*文明人*[1]都被邀请参加第三天的舞会，如果她丈夫的希腊会计和贫穷的西尔韦拉姐妹也受到了邀请，那么她当然必须也被邀请。

但她从没被邀请。"因为雅克"，很多年后，当我问道为什么时，公主说。她的回答里没有内疚，但她可能恼怒于她的孙子竟没能自己弄明白。阿拉伯犹太人甚至从未被当作可能的客人，除了开罗的拉比，他是一名埃及犹太人。

圣人和她丈夫只有在我母亲每天短暂来访时，能间接听到对庆祝活动的筹备。

"渎神的异教徒，他们全都是"，我外祖父在百岁舞会的前夕说，

[1] 原文为法语。

因为孟斐斯大道和底比斯大道之间的紧张关系到达了前所未有的最高点。“可怜的男人还没时间入土为安，他们已经在庆祝他岳母的长寿了。跟你说，他也好不到哪里去。他非常确定他最终能活得比他妻子久，有一次甚至问我，‘雅克先生，你觉得我会活得够久，好让我忘记自己娶过她吗？’”

“你是怎么回答的？”他妻子问。

“我告诉他没人能活*那*么久。”

“不管怎么说，他如此憎恨她的家人，他可能会拒绝参加”，雅克先生补充道。

“他不会被邀请”，圣人说。

“这也是我们的女儿不该接受邀请的原因。这是个原则问题。”

“你不想让我去是因为没人叫你去”，他女儿反驳。

“就算我受到邀请，我会说，‘埃丝特夫人，受到邀请我很感动，但是为了纪念你丈夫，我觉得我不能接受。也许下次吧。但是现在不行。’这就能挫挫她的锐气。”

“如果她没邀请你呢？”

“如果她没邀请我，我还是会找到办法感谢她提前知道为什么我会拒绝邀请。”

“如果他们邀请了我，我就自己去”，圣人说。

■

在百岁舞会当天的午餐上，为了纪念那个一辈子都在嘲笑他们的男人，维利舅祖父和伊萨克舅祖父都为我祖父读了悼词。座位本应是空的，其中一个说，假如它没有坐上他孙子的话。由于客人的数量，餐桌被搬进了我曾外祖母的卧室，一个巨大的转角房，有两个阳台和充足的阳光。当她的一个儿子在说话时，坐在餐桌中间的我的曾外祖母，拿起放在她正前方的一小瓶橄榄油，倒了几滴在她的空盘子里。她撒了一些盐在油上，撕了一小块面包，把它浸在油里，然后一只手拿定面包，用另一只手握着的叉子叉起来送进嘴里。

“我忍不住——我饿了”，当她瞥到一个七十多岁的女儿投来的责备凝视时，老妇人说。

在演讲结束后，某人敬酒致意我祖父。每个人都说，“阿门”。坐在我旁边的祖母，转向她的邻居维多利亚夫人说，“我曾经告诉他，‘你的脑袋在天上’；他会说，‘而你，埃丝特，你的脚在地下’。看看现在是谁在地下”。维多利亚夫人意味深长地微笑，评论说，“我丈夫曾经说我看起来老得可以当他的母亲。然而，我埋葬了他，再婚，又熬死了第二任丈夫”。微笑从我祖母的唇边消失，因为她往她母亲的下巴又看了一眼，发现它发着油光。“埃尔莎，擦擦她的下巴，免得油滴到裙子上”，她说。

我的曾外祖母那天穿了一条黑色蕾丝裙。坐在她旁边的是她的哥哥，后者特意从土耳其赶来参加妹妹的百岁舞会。我记得握着他那又大又肥的磨坊主的手，盯着那堆生硬且一动不动的肉块，却只听到这人发出最甜美的旋律：“*你好，年轻人。*[1]”为了那天拍摄的照片，我

[1] 原文为法语。

曾外祖母站着摆造型，非常笔直、非常警惕，她薄薄的深色嘴唇紧闭，这就是她微笑的样子，眼睛里带着一种克制、狡猾、阴暗的神情。她手里握着我祖父的手杖。

她被要求给当天聚在一起午餐的大约三十名家庭成员做个小演讲。因为她的法语或意大利语程度都不够好，说一分钟至少得犯十个错误，所以她用拉迪诺语做了个小赐福，以欢乐但相当单调的*健康和祝福*[1]结束。但是受到儿子们的怂恿，她最终屈服了，开始结结巴巴地讲口音很重的法语，说她在埃及生活了正好五十年，她的一半生命在埃及度过，另一半不在埃及，没有在埃及生活的部分是在国外——然而这些年来，她骄傲地继续说，她从没学会超过五十个阿拉伯语单词。“每年一个”，她的大儿子内桑窃笑。她的阿拉伯语如此之差，她解释说，以至于有一天她叫一个阿拉伯仆人帮她铺床，男人突然脸色发白，慌张失措，请她重新考虑。她一点也不知道他说的是什么，坚持说他们一起去铺床——直到一个希腊女佣告诉她，她用阿拉伯语跟仆人说的是，“跟我上床”。这讽刺没有逃过房间里任何人的注意，它不在于年至期颐的老夫人能犯这么可怕的错误，而在于假如她坚持，可怜的仆人就不得不服从。每个人都放声大笑。

到傍晚，客人开始抵达。当我从午睡中醒来时，房子里充满了噪音。到晚上，他们拥挤在走廊、前厅和两个客厅里。很多男人胸前佩戴着成排的勋章、徽章和玫瑰花饰，有的人在脖子周围的条纹领饰上挂着更大的勋章，每个人看起来都像在一场重要战役的周年纪念日会

[1] 原文为拉迪诺语。

面的小型旅队的退伍成员。有人带我进厨房，女佣拉蒂法给我弄了晚饭。一个五重奏的成员刚吃完，忙着掸掉他们黑色西装上的面包屑并用手帕擦嘴，之后又把手帕放回口袋。他们还要等一会儿才上场。

我母亲也进厨房来看我过得怎么样。她穿了一条漆黑的连衣裙，它在厨房灯下闪闪发亮，还在她打开冰箱门检查东西时发出一丝暗绿的光芒，她一只手拿着香烟远离食物，另一只手在冰箱后部摸索，因为她最终看穿了她的姻亲们的心态，知道如果有好东西可吃，他们必然会试图藏起来不让彼此发现。

找到了她要找的东西后，她亲手给我喂了第一勺，然后走出厨房，答应很快回来。“如果他还想吃，就再给他吃”，她说，已经在怀疑自己一转身，女佣就会尽一切可能把这罐不知道是什么的东西再次藏起来。

我吃过晚饭后，我祖母过来牵起我的手，在房子里走了一圈，把我介绍给家族的朋友，他们大多衰老肥胖，都说那种缓慢、古板、发音悦耳的法语。让我吃惊的是，我瞥到了希沙姆，我们的仆人，站在人群中央，戴着土耳其毡帽，穿着他引以为傲的传统侍者装扮，用一只手臂端着一个装饰着花朵的巨大银盘。他见到我时眨了眨眼，然后我喊道“呀，希沙姆!”但我祖母迅速地试图让我安静，不仅因为我在友好地跟仆人挥手问好，并且，让她沮丧的是，我一定听起来像个阿拉伯人。她把我带进另一个房间，把我介绍给一个英国勋爵的妻子，大家都叫她勋爵夫人。我和这个咬牙说话并且声音很尖的女人交换了礼貌的问候，自己也一直咬牙说话。这激怒了我祖母，她晃了晃我的胳膊，说她绝对不允许我做刚才做的事。没懂我为什么被训斥的勋爵夫人，问我要不要吻她。我把脸转到另一边，看一个戴单片眼镜的男人从碗里挑拣花生。“那就是不想吻我了？”勋爵夫人问道，嘲弄而卖弄风情地撅起嘴。“哦，就吻一下”，她恳求，朝我弯腰，指着脸颊上她想让我亲吻的地方。“男人绝不能拒绝”，她说，结结巴巴地扮成一个法国鸨母，看起来非常愉快而任性。

突然灯灭了。每个人都吃惊地“啊”了一声，持续了一小会儿压低的预料之中的骚动。然后传来了敲锣声。手里拿着一根点燃的细长蜡烛，老内桑舅祖父站在一条餐椅上，面容如同月下荒原里的顽皮稻草人，宣布整个房子里会点亮一百根蜡烛，并且欢迎每个人来帮忙。“这真是太美妙了”，勋爵夫人开口说，不再对我的吻感兴趣。当仆人发蜡烛时，大家开始排起队来。慢慢地，房间的西北角，我们站着的地方，变得越来越亮。“来，”我祖母说，“我们会是最先点亮这里的蜡烛的人。”没有感谢分发蜡烛的希沙姆，她从他的托盘里抓了一根。“多美啊”，有人望着窗外说。“绝妙”，另一个说。“我点亮了四根，我还要再去点一根又一根——哦，太好玩了，太好玩”，勋爵夫人尖声说，她现在看起来像个糊涂的仙女教母，试图哄骗她年长、大腹便便的丈夫加入她，一边在大厅里轻快地穿梭，寻找没点亮的蜡烛，好用她的魔杖去触碰。她兴奋得气喘吁吁。“给”，我祖母说，把蜡烛塞到我手里，而我母亲在我身后走动，亲吻我。“点亮这两根。这个和那个。”她指着两个烛台。

“三根，”我听到阿尤布兄弟中的一个说，“我们各点亮了一根。我们非常开心。”

“我们深感荣幸，先生们”，我祖母说。

“不，荣幸的是我们”，他们坚称。

我祖母转身看我，指着一根没点亮的蜡烛说，“这根是给你祖父的，因为他会因为你今晚记得他而高兴”。她把我举起来，而我父亲和母亲指引我的手。“而你点那根是为了——”

“我会为她点亮”——我指我的曾外祖母；每个人都极其高兴——“为她将来死掉的时候”。

出现了冰冷的沉默。“孩子啊”，维利舅祖父喊道，他知道如何抚平各种涟漪。

“他不是个残忍的男孩。他只是不知道怎么闭嘴”，我祖母对那些聚过来看我点亮第二根蜡烛的人道歉。

“他永远当不了外交官”，伊萨克舅祖父低声呵斥。

一个在房间里转悠的摄影师叫我祖母牵我的手。她照做了，把另一只手放在壁炉架边缘，带着恍惚的故作冷漠，她通常以此装出沉思、贵族般的完满感。

“我也看不出他能当外交官，”我祖母在谢完摄影师后同意道，“这世上有些人说得很多，并且保守不了秘密。”她责备地看着我。

我父亲从我手里拿过蜡烛，然后递给我母亲，我看他帮她够一根在后面的没点亮的蜡烛。“这是给你父亲的”，她说。他吻了她的脸颊。她微笑，然后把一只手掌放在他的手掌边。

到现在，所有房间都被烛光照亮，当仆人打开窗户和阳台门，让新鲜空气进来时，一阵温和的秋风轻快地穿过房子，无比温柔地摇晃烛火，而所有人都惊叹于烛光映照水晶的效果。

“这我们永远忘不了”，哈察杜里安先生说。

“谢谢，谢谢”，埃尔莎姨祖母说，她立刻转身向维多利亚夫人抱怨亚美尼亚人讲法语的笨拙方式。

“即使当欧洲我们将身处，这点我们会想起，每年在同一天。这我保证。”

“他们就不能把话说对吗？”她对她的姐妹说，“*到开罗我们去，从剧院我来，到美国我们将去*。”

相邻的房间传来一声巨响。“*香槟万岁*[1]”，一名意大利绅士说。内桑舅祖父宣布，作为长兄，他拔掉了第一瓶酒的塞子。他为噪音道歉，用餐巾擦手，并让一名侍者接手香槟。

“我会永远留着这个”，他一边转向他母亲一边说，盯着塞子，好像试图破解塞子顶部的珍贵铭文。“我们通常说‘祝你长命百岁’，但是现在，我不知道该说什么。”

“别太激动了，内西柯，”她回答，轻拍他的胳膊，“你已经做得足够多了。”

“但是不会有下一次了”，他抗议。

“对，不会有了。”

“如果我们能重来有多好。”

“*夫人万岁*[2]”，听到这段多愁善感对话的意大利绅士欢呼，他突然开始用洪亮的嗓音唱《起泡酒万岁》，向乐队和周围所有人打手势，叫他们加入合唱，而所有人，即使那些对这首来自《乡村骑士》的咏叹调不甚熟悉的人，都加入了歌唱。“这是乌戈利诺·达·蒙泰

---

[1][2] 原文为意大利语。

费尔特罗呀”，我祖母说，一边远远向他抛去飞吻。“他刚从法国回来，”她告诉身边的客人，“刚从法国回来。”

没人听到科斯塔先生到来。但是突然间我看到他站在玄关中间，看起来像一个迷路闯入异教徒狂欢会的困惑隐士，在房间里搜寻一个熟悉的脸庞。他和往常一样穿着炮兵夹克，衬衫领子大张，头发油腻地往后梳，修剪过的黑色小胡子快碰到上唇。

“请原谅打扰，”他一见到我祖母就说，“但我必须马上见到令弟阁下。”

维利舅祖父快速走来，对自己咕哝着“唉，唉，唉”，知道这样的拜访只可能意味着麻烦。“来厨房——不，来这里”，他对科斯塔先生说，指着厨房隔壁一个塞满垃圾的房间，有时也充当女佣拉蒂法的房间。“你，出去”，维利指着我说。“我想进来”，我坚持说，保证不说一个字。我处在哭泣的边缘。“进来，但是不许作声，不然我杀了你。”

“他们抓了我的兄弟”，科斯塔先生一口气说。

“那是在冒险。人人都知道”，维利回答。

“好吧，是的。他们拿到了钱，这是自然。但他们也知道了在瑞士的银行账户的数量。他们还有名单。”

“你是说那个傻瓜身上带了一份名单?”

“显然如此。”

“那一切都完了。”

科斯塔先生一言不发，但是两臂交叉，带着无助的惊惶表情，像是在提早装出窘迫的样子，试图以此避免挨打。

“我和你一样深陷麻烦，阁下，”他最后说，“今晚有一艘船启程。是一艘希腊商船，我能担保通行权。我也会上船。现在，如果阁下允许，还有几个人等着我去警告。”科斯塔先生取道仆人侧门，从此音信全无，连他的妻子都断了联络。

“马上去找内桑和伊萨克——别看起来这么担心，看在上帝的分上。”

这是我的第一个秘密任务，我等到合适的时机告诉每个舅祖父，有人着急叫他们去*卡拉季卜的房间*[1]——卡拉季卜在阿拉伯语里意为小摆设。我护送两人过来后，他们就叫我待在外面。

我试图趴在门上偷听，但是只听到苦恼的呼喊。他们打开门，叫我只把我祖母带进来。她一定感觉到什么事出了差错，根据科斯塔先生脸上的表情，她知道和警察有关。伊萨克舅祖父正在建议维利不要登船。科斯塔无法再信任了。相反，他会安排一辆车当晚直接载他去开罗机场，从那里他能赶上一趟去罗马的凌晨航班，没人会问太多问题。

这些事都不出维利舅祖父的意料。多年来，他一直在变现他在埃及的资产，把钱偷偷送去瑞士，违抗了埃及政府禁止将货币输送国外的命令。这项罪名的惩罚是监禁和最终的驱逐出境。那些依然在他名下的埃及境内财产只是为了维持表象，可以轻易牺牲。他甚至设法把他的衣服和古董家具都运到了欧洲。他留下的所有值钱之物只是一栋维护不善的别墅，装着垃圾、毯子和一套《意大利百科全书》，送他

[1] 原文为法语。

这套书并在上面签名的，正是领袖本人[1]。多年后，那套令人垂涎的书落入我的手中，最终在我们离开埃及时仅以不到一美元的价格卖给了旧书商。

此刻，我看到我祖母边把手帕塞进左袖边走出堆满垃圾的房间，快速将身后的门关上。

“怎么了？”我父亲问。

“我们决定现在开始华尔兹”，她回答。

在那一刻，五重奏奏响几个音符，每个人都空出房间中央，看维利，最小的儿子，在母亲的百岁生日上跟她跳一支威尔第华尔兹。他们一起在房间里转了好几个排练过的圈，假装停止了一会儿，然后继续跳舞，人人热烈鼓掌，两人在一百根蜡烛的光芒中旋转，直到维利把她带回她之前坐的地方，而我母亲等在那里帮老太太坐回原位。没有邀请，维利伸手拉我的母亲，同时放开他自己的母亲，把她揽入怀中，突然加快了华尔兹的步伐，在房间里形成令人眩晕的漩涡，来自瓦尔马乔和圣奥斯瓦尔多战役的前步兵转动来自易卜拉希米区的转轮商人的女儿，让世界看到一个六十岁的浪子依然能点燃一名三十岁美人的心。

华尔兹结束时，大家纷纷鼓掌。维利把我母亲送回我父亲身边，然后说，“我欠你妻子很多对不起。我本应自己娶她的”。他把我母亲的手握在掌心，把它拉到唇边，依然抓着它，低声说，“我很多很多年都见不到你了。再见”。我母亲脸红了，不确定他刚说了什么，微

---

[1]《意大利百科全书》（*Treccani encyclopedia*）的“法西斯主义”条目由墨索里尼编写。

笑说，“谢谢”。

维利冲进厨房，他哥哥的司机在那里等他，带着他哥哥的雨衣、他哥哥的西装和一个从堆满垃圾的房间里拽出来的破旧行李箱，他的姐姐们在里面装满了旧衣服，好让他到机场时看起来不那么可疑。仆人门开着，一阵无法弄错的*垃圾*[1]气味从外面的平台飘进厨房。

客人们对公寓另一头正在发生的事一无所知，为了不引起他们的怀疑，在那里，他的姐姐们一个个过来跟她们最珍爱的弟弟道别。一个姐姐哭完，洗过脸，摆出微笑，进去应酬客人，而下一个接替她的位置。她们劝诫最小的弟弟，正如每个人可能在两场世界大战前都做过的那样，要守规矩、当好人并且小心。比他年长近十五岁的我的祖母，是最后一个说再见的。“你现在不能哭，”她说，“因为如果你哭了，我也会哭的。”“我不会的，我不会的”，他保证。他们拥抱亲吻，之后维利要求，“埃丝特，祝福我”。已经无法忍住泪水，她开始放声哭泣，把一只颤抖的手掌放在他头上，抽抽噎噎地说出希伯来语词，直到她说完“阿门”。

“走吧，道别也道够了”，她说，一边不停抚摸他夹克的翻领。“答应我要写信。别消失。”说不出话来，他点了点头。

司机拿起行李箱，走下蜿蜒的仆人楼梯。维利跟着他，但他还没走两步就突然倒在栏杆上。我祖母惊呼“*圣母啊！*[2]”一秒后，坐在肮脏的金属楼梯踏板上，维利放声痛哭。

“我再也见不到母亲了”，他开始啜泣，像醉汉那样摇晃，双手捧

[1] 原文为阿拉伯语。
[2] 原文为意大利语。

脸。“我怎么能不说再见就走，我怎么能这么对她，怎么能？”我注意到他的嘴唇在流血。“血！”我尖叫。“没事”，他说，用手掌抹掉血，一边继续哭泣。司机把行李箱放在下面的地上，回到楼上帮他。“不，让我在这里待一会儿。”我祖母叫我去拿一杯威士忌。“问埃尔莎，她会懂的。”但我问了希沙姆，他立刻给我倒了一杯。我拿着巨大的玻璃杯沿走廊走回去。没人问我任何问题。当我走进食品储藏室时，我停下脚步。空无一人。我躲在一根柱子后，往玻璃杯里吐了口水。然后我用手指搅拌口水。

“真是倒霉的人生，”维利喝完杯子里的东西后说，“这么多年，现在又碰上这个。”

“*永别了*[1]”，他说。

他姐姐和我向他挥手，直到他的灰帽子和他的手的形状在楼下消失，从螺旋栏杆半明半暗的同心圆转弯中再也看不见为止。

“现在我们必须不告诉任何人”，我祖母警告。

我们在身后关上厨房门，穿过食品储藏室，关上食品储藏室的门，突然回到客人中间。“你们去哪里了？”我父亲问。“别问”，我祖母打手势说。然后，看到他露出困惑的表情，她说，“维利走了”。“这么快？”他问。“他走了就不回来了。*懂吗？*”

接下来两天里，唯一不知道真相的人是我的曾外祖母。别人对她说了谎，好让庆祝活动不被打断。

“他在开罗，”他们最后说，“国王想见他。”没人告诉老太太国王

---

[1] 原文为西班牙语。

在几年前就被废黜了。

但她依然知道有什么事不对劲。

“他没死吧，是不是？”

“死？谁，维利？他跟俾斯麦一样无法摧毁。不像另一个。”

“另一个”是我的祖父。

“不，另一个*想死*”，阿尔卡布医生补充道，他是我们的亲戚和家庭顺势疗法医师。“我告诉他我们能救他”，他补充说，当时我们坐在百岁舞会的第三顿也就是最后一顿午宴席上。“但是当他听说疗法包含什么时，他一点也不想参与。‘拿东西把我捂死吧’，他说，引用了一句土耳其谚语。因此我告诉他，‘阿尔贝，这只会导致一件事！’你们知道他说了什么吗？‘那一定好过让你把我剖开、把我最喜欢的器官刮干净，然后把我变得跟灯笼椒一样空心。不了，谢谢。’”

■

“他是个可怜人”，我外祖父对我母亲说，那是几星期后的赎罪日，我们正穿过坟墓间的一条狭窄小道。我们刚去他母亲的坟前献了花，现在前往我祖父的坟墓。圣人没和我们一起来，也许是因为她害怕遇见公主，她依然在生后者的气。

因为之前跟父亲来过几次公墓，我认识去祖父坟墓的路，所以我漫步前行，避开低矮的石板。当我们到达时，我看到我父亲在他父亲的墓前等我们。

他独自一人。公主也没来。

“可怜的人”，外祖父思考片刻后说。“我们从来相处得不好，但是上帝知道我从未对他心怀恶意。但是——”他说，意思是这都是过去的事了。

“我能背诵几句话吗？”他问他的女婿，小心翼翼地让自己在涉及宗教问题时不显得咄咄逼人。

“可以”，我父亲说，带着克制的讽刺神情，几乎在说“如果你非说不可的话”。

我外祖父轻柔、缓慢，几乎温顺地说了那几句话，带着羞怯和一丝温和的歉意，这是人们不曾期望从忠实信徒身上看到的。他让我想起了我母亲，除去她在失去耐心时的愤怒、凶恶、狂暴喊叫，她总是保持温顺、迟疑和善良。

当他背完时，他给了他女儿一个眼神，她立刻说了两三个希伯来语词，之后说了“阿门”。

“*好了，阿尔贝先生*[1]”，我外祖父盯着石头说。然后，带着一个从不能跟女婿自在相处的男人的胆怯，他碰了一下我父亲的肩膀，一个表示受阻的同情的姿态，他不希望延长这同情，害怕逾越他的界限。

“我同情你”，他说。“我们都不会在埃及待很久了，坦白说，当我想起我们将不得不把所爱之人留下时，我觉得痛苦，我留下了我母亲，而你留下了你父亲。

“如果能埋葬在他们出生的地方，同所爱之人一起，他们会更快

[1] 原文为法语。

乐。你父亲曾经问我，‘我为什么要来埃及，如果每个人都很快就要离开，留我一个人困在这里，在坟墓中摆弄大拇指，成为这片炎热、烤得半熟、满是脏脚的条状尘土上最后的犹太人？’他憎恨埃及，而他又葬在埃及。‘有什么能比葬在一个没有认识的人的公墓里更糟，雅克先生？’他会问。

“我告诉你吧。比死亡更糟糕的是这个想法：没人会来你的坟前，没人会来清洗你名字的字母。每个人都记得几个月，几年，在纪念日，然后，一代人后，他们忘了你。大地可能也会把你化为尘土，因为你就像从没出生——你从来没被生下来——即使你活到一百岁。”

我父亲没有回答，但是对百岁舞会的暗指没有逃过他的注意。

在我们出公墓的路上，我们四人问候了来为死者祈祷的其他犹太家庭。我外祖父要去犹太教堂，问我们要不要和他一起去祷告。

“今天不去”，我父亲说。

“我来”，我母亲说。

这让她父亲很高兴，否则他只好一个人去。

那是个典型的亚历山大港秋天的工作日早晨。人们甚至可以去海滩。我父亲说我们将在城里散步；找地方坐下喝咖啡还为时过早。

然后那一定如灵感般击中了他。“来”，他说，然后我们沿林荫大道快步行走，转了几个弯后最终到达谢里夫大道，我们停在一家古董店前。我父亲朝里面看去，犹豫了一下，然后打开大玻璃门。我们走进店里时听见了风铃声，里面满是让我想起曾外祖母的家的物件。两个女售货员正忙着给橱窗铺上缀着硬币的天鹅绒衬垫。“有什么需要帮忙的吗？”其中一个问道。

我父亲犹豫了一下，然后说，“嗯，不太需要”。

女人的年纪肯定不超过三十，她看起来很困惑。我父亲很紧张。

“坦白说，”他开口了，看着窗外，“我来这里是因为你认识我父亲，我知道他曾经跟你说起我儿子，所以我觉得你可能想见见我儿子。”

“我认识你父亲？我不这么觉得”，她说，声音中带着一种近乎傲慢的语气，同时拱起眉毛。然后，我还不知道发生了什么，我看到她的脸变红了，一股氤氲的雾气从她眼中涌起。

“当然了”，她说，终于放下从看到我们进店起一直拿在手里的黑色天鹅绒衬垫。“当然了”，她重复道，几乎跌进一把古董椅子，两只手背都平放在大腿上。“所以这就是那个小男孩。让我看看”，她说，跪低到我的高度。“但他看起来跟他一模一样。”她转向我父亲，“见到你我也很高兴”。“你根本不知道这次拜访多让我开心。”

“我想也许会是这样。他经常说你希望见他的孙子，所以今天早上，看到我们有空，我想为什么不呢，然后他就来了。”

“但是多巧啊。我昨天才说起你父亲”，她继续说，和之前一样困惑，用手指触摸我的手。“等等，我必须告诉我弟弟迭戈。迭戈，”她大声喊，“过来看看谁来了。”

一个比他姐姐年轻一点的男人从里屋出现。

“什么事？”他问。

“在这样说什么事之前，先好好看一眼”，他姐姐敦促道。

男人眯着眼睛看我们两个。

“抱歉，但是我不明白。”

“但这就是那个孙子。”

“什么孙子？”他呼喊，好像要发脾气了。

“你给他送过象牙球，现在却认不出他了。”

“哦，我的上帝！”他惊呼，抬起一只手掌捂嘴。

“他好几次提起男孩，但是谁会想到——”

他问我打不打台球。我摇头。他问我是否依然持有他给我祖父转赠与我的球。是的，它们在我房间，我说。它们是什么颜色的？我告诉了他。

“了不起的人，你的父亲！我肯定你是知道的。”然后，经过无声的思索，他补充说，“不，我认为你不会知道。当那人是自己的父亲时，人们从来不知道。”然后，好像受到突发奇想的激励，他问，“我们能给他点东西吗？”

我父亲依然无法相信会有人不是出于亲戚关系而尊重他的父亲，他变得越来越紧张和不适，好像他怀疑这对姐弟是狡诈之人，或者仅仅怀疑他们如此轻易就被他父亲愚弄，爱他如此之深，所以他们只能是傻瓜。

“我宁愿不要”，他说。

“哦，一个小东西害不了人。”

“请不要。”

“但是，先生，”迭戈说，“我送这个礼物不仅是给你儿子的，还是给你父亲的。请允许我这么做。”

他拉开一个棕色旧抽屉，每个把手都系着一根狮毛，然后打开一个小珠宝盒，里面放着一个镶圆形绿松石的金领带夹。

“这是给你的”，姐姐说。

她把小盒子递给我。

“我能吻他吗？”

“当然”，我父亲回答。

“他是个非常特殊的朋友，你知道的。”

我父亲没有回答。他开始对一座旧钟展现出兴趣。但是年轻女士打断了他的咨询，说他不应该仅仅因为我们收到礼物就觉得必须买点什么。

“但是下次你正好在这里并且有空时，请把孩子带过来。”

姐弟送我们到门口，我们互相道别。在我们去滨海大道的咖啡馆的路上，我紧紧攥住小盒子，过马路时拒绝牵父亲的手，害怕他会叫我让他拿盒子。他正是这么做的。

“好了，我会帮你把它保管在我的口袋里”，我父亲说，从我手中温柔地拿走它。“最好不要跟任何人说起它。”

然后，试图装出轻松的语气，他抬头看看晴朗的天空，思考片刻，然后笔直看向前方，说，“我希望他们会让我们坐老位置”。

第四章

塔菲阿尔努尔！

那天晚上我们刚踏出羊毛店，我母亲就注意到城里有点奇怪。一种不寻常的黑暗悬挂在主广场拥挤的巴士终点站上空；人们在街上焦躁不安，无序地挤在人行道上等巴士，车来的时候超载远胜往常，在乘客的重量下倾斜，乘客紧抓车门，有的拽着其他人。突然，阿诺，城里最大的百货商店，熄灯了，右边那些阿诺附属楼立刻跟上。人群猛地一惊，因为有人说连阿诺都熄灭了灯。然后圣凯瑟琳教堂的灯也熄了。

现在一切陷入黑暗，我们靠车前灯不稳定、时断时续的光亮指引脚步。其他人似乎也在做同样的事。突然，一些身穿埃及长袍的男人冲过来，几乎撞上我们。他们在喊口号。

母亲拉着我的手，开始往谢里夫大道赶去，沿人行道越走越快，直到我们看见毗邻街道上的一家杂货店。希腊店主站在门外，双手握着一根长长的金属曲棍，好像要用他的临时武器击退趁火打劫者。当我从敞开的门看进去时，我看到店里挤满了客人，大多和我们一样，是在寻求庇护所的途中偶然进来的。

从外面，希腊人把卷帘门拉低到膝盖高度。然后，弯腰到卷帘门下，他钻回店里，把长曲棍靠在门框上，扯了扯围裙，抚平上面的褶皱，搓搓手，好像这只是另一场可能会欢快度过的暴风雨，继续去接下一个订单了。

杂货商无意在这个秋夜提早关门。购物者通常在下班后涌上街头，那时人行道上跳动着混乱的灯光，从繁忙的咖啡店和商店倾泻，尤其是如今白天变短，商店在天黑后很晚还开门。通过商店窗户，你可以观察女人们试手套，女售货员不断折叠和堆放五颜六色的毛衣。我感觉到我毛衣的绒毛摩擦着我的下巴，新羊毛的这种柔软的秋日气味包含一丝温暖、健康和善意，它预示了漫长的茶室夜晚、假期购物和圣诞礼物。我让羊毛再次摩擦下巴，想着美味甜品店的馅饼和热巧克力，那是亚历山大港最大的甜品店，当天晚上弗洛拉姨祖母将在那里见我们，再过一会儿见我父亲，我们会在倾泻的柔和橙色夜灯下挤成一团，坐在我们常坐的俯瞰老海港的桌边，而服务员会用非常大的托盘送上一家人点的食物。

我们是去买我的第一套冬季制服的。那天下午，我母亲来学校接我。她坐在出租车上等我，车停在法老大道上，在学校外，她一看到我就叫司机鸣笛数次，以吸引我的注意。我上了出租车，而其他人都在排队上校车。母亲让我坐在她前面的弹跳座椅上。司机一关上车门，她就从后面吻了我。

我们不到一小时就订好了制服。学校的每个人几乎都从校商店购买制服。母亲想让外祖母的裁缝来做我的制服。公主提了一个折中办法。显然，阿诺卖学校制服，比定制服装低调，但也不是其他人穿的歪扭玩意儿。我们还必须买一件冬季外套。我想要班里其他人都有的那种，一件编织粗糙的双斜纹布风衣，腰带上有一个大皮扣，带两个针扣和两排扣眼。我母亲仔细看了看一些外套，认为我们的裁缝做的冬季外套更好。我们不穷，她说。

然后，随着太阳逐渐下山，我们去了一家亚美尼亚商店买羊毛线团，阿齐扎会在接下来几星期里用它给我们织毛衣。他们叫我自己挑颜色。我犹豫了一会儿。然后我选择了橙红色。我母亲说这颜色不适合我，她想让我选深蓝色。但是店主恭喜我对颜色的选择。“有其父必有其子”，他对我母亲说。“我丈夫从来不穿橙红色”，她抗议。“可能是这样，夫人，但染这些羊毛的正是他父亲的工厂，瞧，”他说，从低处的储藏箱里拿出另一卷，“除了你丈夫，没人能让羊毛染上这些颜色，没人。”他说得好像我父亲是米开朗基罗，能从普通的埃及羊毛中解放出最华丽的色彩。听到赞美我母亲很高兴，决定我也应该有一件橙红色的毛衣。他们互相恭维。然后我们道了别，离开商店，还没朝穆罕默德·阿里广场走几步，突然灯就熄灭了。

十分钟后我们挤进了满是人的希腊杂货店。在某个时刻，店主被迫关掉店里所有的灯；一个沿小巷奔跑的埃及人，猛敲卷帘门，大喊“*塔菲阿尔努尔！*——把你的灯关掉——*塔菲阿尔努尔！*”人人都得遵命。“我不想惹麻烦”，希腊人说，恳求顾客原谅。

在黑暗中，我牵着母亲的手。她对于刺穿城市夜晚喧嚣并在上空盘旋不去的哀号一无所知，这个高声而持续的鸣响来自阿塔林区附近，城市比较穷的街区之一，有人说这是警报声。

“但这都是怎么回事，”一个女人用意大利语抱怨，“人在黑暗中什么都看不见。”

“等等”，杂货商说。我们听到卷帘门格格作响和金属边缘最终触地的声音。几秒后，有人在店铺后部打开一盏微弱的灯。

“*太棒了！*[1]”一名顾客喊道。其他人都加入鼓掌中，生意恢复正常。

“很快就会结束，我们都能回家”，有人说。

“不管怎么说，你觉得他们能持续多久”，另一个人用法语说，嘲笑埃及军方。

“最多一两天？”又一个人猜测。

“那样的话，”第四个声音说道，“英国人会帮我们清理整个混乱局面，给埃及人一顿罪有应得的毒打，他们从国有化苏伊士运河起就在讨这顿打。几星期内，事情就会回归一直以来的样子。”

“*因沙拉*”，一个欧洲人用阿拉伯语说——“如果这是天意”。

我们挤到了收银员那里，我母亲问我们能不能用电话。收银员说其他人在排队等待使用。“我们也会等”，她回答。她给排在我们前面的男人打手势——能不能让她先打，鉴于她带了一个孩子，还有这么多包裹。男人耸了耸肩，说情况对每个人来说都很紧急，不只是她。“傻瓜！”我母亲低声咕哝。

[1] 原文为意大利语。

等现在的打电话者付完使用费后，“傻瓜”拿起听筒，开始拨号。他专注地听着，看起来极其担心。突然，宽慰和一个慌张的微笑点亮了他的面容。“你好，妈妈——？”他在拥挤的杂货店中央喊叫。

她显然听不太清，因为他不得不喊叫。每次他警告她待在原地直到他回家，他就急促地摇头晃脑。“下楼到掩体那里。别的地方都不要去，懂吗？”我能听到她在听筒里的抱怨。“懂吗？”他更大声地重复。但她依然叽里呱啦说个不停。“懂吗？懂或不懂？”他大吼。这次她一定记得说了“懂”，因为他突然说出一句恼火的“终于”，以悄声说“我也懂了”结束对话。

他付钱给收银员，然后轮到我们了。我母亲，按照她的习惯，拿起听筒等了一会儿才拨号。她刚拨完一个号码，就把电话递给我。忙音，我说。“你保证？”她带着威胁问。“我保证。”她试了另一个号码。这次打通了。在对方接电话前，我不知道我们在打给谁。但是没人接电话。“那就是没人在办公室了”，她说。她试了第三个号码。“但是你们在哪里？”公主大呼小叫。“我们到处找你们。我们甚至打了阿诺的电话。”

“我们在一家杂货店”，我说。

“在一家杂货店！你们在这种时候去杂货店做什么？”她吼道。

“我们为什么在一家杂货店？”我问我母亲。

“因为*登湖管子*。告诉她是因为*登湖管子*”，我母亲坚持说。

“她说是因为*登湖管子*。”

“因为什么？”

“*登湖管子*”，我解释。

“究竟什么是*登湖管子*？”

“什么是*登湖管子*？”我问我母亲。

“就是他们关掉了灯，你在战争中。”

“*灯火管制*”，我祖母纠正道，怒不可遏。“她能不能学会正确说话，免得让孩子落得像个聋哑人？”她自言自语。我们什么时候回家，她问。

“没有出租车”，我母亲回答。

“杂货店叫什么名字？”

“米太亚德”，我母亲回答。

“但那是世界的另一头了。有这么多地方，她为什么非得去米太亚德？我来了。”

“她来了”，我说。

“她不能来！叫她别来。告诉她我们会去她的房子。”

我祖母开始争论，突然，在辩论过程中，警报解除的笛声响彻全城。我祖母在电话线那端也听到了。“马上过来”，她命令道。希腊人和他的妻子打开大灯，几乎同时拉起了卷帘门。第二次世界大战的灯火管制仪式在每个人的心中依然非常清晰。“你们现在可以离开了，女士们、先生们——米太亚德向诸位致意”，他站在门口，祝所有顾客晚上好，像一个期望得到小费的门童。我逐渐喜欢上了店里温暖、站立的同伴之情，几乎为了这么快就离开感到遗憾，因为跟这么多发出香烟、香水和潮湿羊毛外套气味的人聚在一起，有种令人安心的感觉。

我母亲想到，我们依然没办法从现在的地方回家。等我们到达谢里夫大道时，所有商店都关门了，街道快速清空。没有出租车，通常挤在阿诺的人行道边上的马车也消失了。

到达拉姆雷站的唯一选择是步行。从那里，我们希望赶上一趟去我祖母住的大斯波尔丁区的有轨电车。但是拉姆雷不近。“你能走路吗?”她问。“因为我们必须走去车站，我们必须走得很快。”她给了我两个较小的包裹，开始向前行进，而我拉着她的手。她咒骂自己在米太亚德买了茶叶和腌葱。

城市很黑。我们在图索姆大道拐弯，紧挨奥斯曼银行的墙，试图避开往来车辆。母亲停下来判断我们是不是不知不觉在黑暗中错过了法拉基大道。但是没有，法拉基大道还在前方，她说。当我们最终发现自己沿着又黑又窄的人行道朝林荫大道走去时，警报的哀号再次撕裂城市。我们后面的人开始奔跑，附近建筑里仅剩的灯光立刻熄灭。男人们在恐惧中喊叫，祈求安拉保佑。我们也开始加快脚步朝林荫大道走去。我们一到十字路口，就辨认出一大群人聚集在有轨电车站周围。“这比我想得还糟”，母亲说，一边停下来喘气。地下掩体此时应该塞满了人。

我之前见过深夜的萨德·扎格卢勒林荫大道，商店在夜里关门，但是这次不同。现在所有灯光都消失了。穿埃及长袍的人们在我们周围疾走，朝车站跑去，同时一个女人尖声呼喊一个男孩的名字。在林荫大道上的建筑的黑暗轮廓中间，几块星光照耀的银色斑点在远处闪烁，那是老海港。

在美味甜品店不到两码外，我们遇见了基里奥·扬尼，甜点主厨，他立刻认出了我们并且邀请我们去存放厨房设施的甜品店附属建筑避一避。在我们站立的黑暗厨房中，基里奥·扬尼警告我母亲，我们不应该回索莫哈区。“索莫哈的枪炮肯定会吸引敌人的火力。”母亲解释说我们那天晚上不打算去索莫哈。

与此同时，一位之前在一个看起来像大烤箱的东西前抽烟的埃及甜点师给我们拿了两块刚烤出来的甜点，我们当场将其狼吞虎咽。

“再来两块”，基里奥·扬尼坚持。“再来两块。”母亲还没机会拒绝，他就亮出了两块我见过的奶油最丰富的*千层蛋糕*[1]。他回到另一个房间，我听到他在里面摆弄纸张。然后他带着一个小包裹重新出现。“给你家人的，”他说，“现在我们必须走了。来。”

没有耐心等待警报解除，基里奥·扬尼在他的白色工装外穿上一件冬季外套，然后关掉了楼梯里的灯。“慢慢地，慢慢地”，他轻声说。然后他打开了通往大街的门。此时人行道上空无一人。天气寒冷。“有炸弹吗？”我问。“安静！”基里奥·扬尼厉声说。他很迷信，不想让我引来英国炸弹。“我们先去塞西尔酒店，”他说，“那里靠近车站。”他再次往外一瞥。“来”，他命令道，模仿他可能从电影里看来的英国囚犯从德国俘虏营逃跑的样子。母亲推我前进，并在我身后匆忙而行。当我转身往后看时，我见到她手里拿着一块吃了一半的蛋糕。

亚历山大港的每个人一定都和基里奥·扬尼想法相同，因为酒店大厅塞满了焦急盼望下一辆有轨电车驶入终点站的人，此刻他们都计

---

[1] 原文为法语。

划冲过大街，跳上车。我们刚到，我就觉得我听到了有轨电车铃铛那疲惫而陈旧的金属叮当声。“*走吧*[1]”，基里奥·扬尼低声说，他见到了有轨电车——前面画着红色的*维多利亚*标志的那种——比酒店里的任何人都早，他想让我们最先上车。

我母亲立刻懂了，为什么希腊人先抓住我的手，然后已经在朝马路对面狂奔。她双臂抱着包裹跟上。他和我爬进车厢，跑到一等隔间的尽头。“这里，你坐这里，”甜点师命令道，“我去看看你母亲在哪里。”他拉低窗户，把头伸出去，开始在黑夜里挥手。站台上没有我母亲的痕迹。“可是那一个在哪里呢？”他自言自语。然后我听到了她的声音。她沿着边轨一路跑到了我们的门前。

“她会把自己害死的”，基里奥·扬尼大喊，他从没想过利用铁轨来抢占座位。然后我们的拯救者关了窗户，祝愿我们在这趟危险的回家之旅上不缺东西，并叫我母亲把他的问候带给家人。“那就下次见啦”，他说，一边英勇地大步跨出拥挤不堪的有轨电车车厢，带着英雄般的自嘲。这个男人在另一个时代可能是一名无畏的抵抗战士，但他在我们的时代只是也永远会是甜点主厨，无论他屈尊在哪个机构烘焙。

我听到钢车轮有节奏的咔嗒声。我们在移动。我往窗外看去，望着整个拉姆雷然后是马扎里塔区在没有月亮的天空下经过，像黑暗夜景中的诡异森林。有时我最远只能看见自己的手。只有车轮声，车厢内的颠簸声，以及二等车厢深处传来的检票员幽灵般的吆喝声，报出

---

[1] 原文为阿拉伯语。

看不见的车站的名字。

坐在旁边的老太太紧挨着我体侧。附近有人开始咳嗽。母亲轻拍我的肩膀，给了我一颗糖。我听到她给自己也剥了一颗。

很快就到第二站沙特比了，她说，接下来是恺撒营。然后是易卜拉希米、小斯波尔丁，最后是我曾外祖母的站。但是当检票员报出沙特比的站名时，我意识到我们没走多远，我错当作正常车站的地方只不过是在拥挤铁轨上不规则的熄火和停靠。

然后它发生了，所有人都屏住呼吸。警报解除的笛声肯定在几分钟前就拉响了，但是没人听到。因为突然，像是从漫长沉睡中被唤醒，夜幕开始从城市升起，露出遍布斯波尔丁和克莱奥帕特拉的明亮而繁华的小块灯光。现在车厢里的灯打开了。

我们打开窗户看外面。可以看到巴科斯和维多利亚线上的灯光散布在铁轨上，这两条线路在大斯波尔丁分岔，一路延伸到克莱奥帕特拉，像一条巨大的“V”形简易飞机跑道。在荒凉的站台上，一个孤独、弯腰的人影站着，焦急地看着我们的有轨电车挪进站。那是我祖母。

她眯着眼看我们的有轨电车，而在她身后几步外，女佣拉蒂法已经在向我们挥手。

“感谢上帝你们平安，”公主说，吻我母亲，“我等了好久好久。”

“我们隔几码就停下来，”我母亲解释道，“发生了什么？”

“*发生了什么？*打仗了。面包师给你母亲打了电话，她又打给了我们。每个人都很担心。”

我问我父亲在哪里。

“这里”，她说。他站在站长小屋的中间，正在听阿拉伯语的最新新闻播报。

“不好，不好，”他重复道，一边朝我们走来，“全埃及都进行了灯火管制。英国人、法国人和以色列人进攻了。天知道会发生什么。”

这是我第一次见到他靠近一辆有轨电车。他总是有一辆车——从不坐巴士、有轨电车甚至出租车。此时在站台上，他看起来谦卑了一些，像个平凡的通勤者，像每天乘坐公共交通去上班的其他父亲。我更喜欢这样的他。

▪

基里奥·扬尼建议我们远离索莫哈的枪炮，他是对的。当晚我父亲决定我们应该在斯波尔丁，在我曾外祖母家度过战争时期。另外两个家庭已经在当天下午搬进来，将仆人也带了过来，把这个原本黑暗、阴森、陈旧的维多利亚式公寓变欢快了。

“可是你不知道战争今天下午就开始了吗？”伊萨克舅祖父问，声音里带着毫不遮掩的训斥。

“我怎么会知道？没人告诉我”，我母亲说。

“重要的是每个人都在这里，”我曾外祖母打断道，“吃晚餐吧，我饿死了。”

掌管家务的埃尔莎姨祖母总是坚持在八点整敲锣宣布享用晚餐。

听到锣声，更多人从小客厅出来，自从两年前的百岁舞会后我就没见过的人。“这么多人，”我祖母插话，“真开心。”此时我母亲想起了她买的食品，尤其是蛋糕。

“还有蛋糕，”玛尔塔姨祖母听到好消息后大喊，“有多少？”

“二十四块！”另一个人惊呼。

“真是好主意——在空袭的夜晚出去买蛋糕！”伊萨克嘟囔道。

警报开始哀号。

立刻，一个响亮、结实的嗓音沿街把*“塔菲阿尔努尔！”*吼进了我们的餐厅。*“塔菲阿尔努尔！”*它重复道，后面跟着一串凶狠的咒骂，随着它慢吞吞地沿底比斯大道行进，威胁其他家庭。

“他们知道自己在朝谁大喊大叫吗？”气愤的伊萨克舅祖父问，“我曾经可以让他们挨鞭子和受刺刑。”

“现在轮到他们了”，内桑舅祖父回答。

“等这场战争结束，我们就会给这些野蛮人点颜色看看。我受够了他们的民族主义蠢话。”

“啊，要是国王还在就好了——”

“我们真正需要的是另一个摩西，一个现代摩西”，玛尔塔姨祖母说。

“我们仅有的摩西是维利，而维利正忙着在英国当老爷呢。瞧瞧吧！”

“幸运的施瓦本佬已经不在了”，伊萨克舅祖父说，点燃一根烟。

“别扯上阿尔多，可怜的人”，他的寡妇回答。

埃尔莎姨祖母敲了第二次锣。当我走进餐厅时，一名仆人正忙着把沉重的窗帘拉上，而另一个正努力把刚放上自助餐台的煤油灯的灯芯压低。一片漆黑。大人们忙着在伊萨克舅祖父旁边商谈，后者开了一瓶葡萄酒，每个人都在担心，试图猜出事件的进程。说话声喧哗一片。

年轻的阿尔诺表叔，玛尔塔姨祖母的儿子，显然处于恐慌的边缘。“不管怎样，我们保持冷静吧”，伊萨克舅祖父说。“*干杯*[1]，”另一个人回答，“我们经历过很多次这样的情况。”

孩子们坐在餐桌的另一头，被要求不发出声音。我从来不喜欢那座房子里的食物。我看向我母亲坐的地方。在黑暗中，她不能读唇。我看着她心不在焉地把骨头从鱼里剔出来，不看任何人，也不跟谁谈话，但明显在思考某事，因为，在把叉子放进嘴里后，有一会儿她停止了咀嚼，肩膀难以察觉地耸了一下。母亲发现我在看她。“你为什么不吃饭?”她仅仅冲我摇了摇头，以此发问。“太难吃了”，我做了个鬼脸。

“怎么了?”我祖母插话，她看见我们在交流。我母亲抓住了机会。

“如果你不介意的话，”她低声说，免得打断男人们，“我会叫他给我父母打电话。他们一定非常担心。”

“去吧。”

母亲打手势叫我跟她走出餐厅。

在黑暗中，她拉着我的手，我们在配有家具的漫长走廊中小心前进。我依靠餐厅的煤油灯和坐在黑暗的厨房中的仆人的说话声指引脚步。

---

[1] 原文为德语。

我们找到了电话机。母亲在黑暗中摸索数字，拨了号。圣人一听到我的声音，她的声音就开始颤抖，最终抛出那一串熟悉的拉迪诺语，它的意思我完全不懂，但它的野蛮爱抚可以通过电话线传达。“你们为什么不早点打电话？”她问。

“我们为什么不早点打电话？”我问我母亲。

我母亲犹豫了一会儿。

“告诉她这是出于通常的理由。她会懂的。”

“你会懂的。这是出于通常的理由”，我重复道。

“我是她母亲，我当然懂”，我外祖母说。

我安静地站了一会儿，以为她只是在对我说话。

“你没跟她说。告诉她我是她母亲，我总是懂她，我想她。”

“她想你，她说”，我重复，感到无聊且漫不经心，帮母亲传达电话消息时我总是这样。

“还有我是她母亲，我懂”，我外祖母在另一头坚持。

我什么都没说，希望外祖母认为我无声地用嘴形把消息传给了母亲。

“她说了什么？告诉她我明天想见她”，圣人说。我传达了新消息。

“但是有炸弹，她说”，我说。

“不管怎么样我都会来。或者她来找我。告诉她！”

母女同意第二天打电话给对方。

当我们回到餐厅时，大家半张脸映在煤油灯光中，依然在谈论战争，人人都像是在地下碰头的焦虑密谋者。

■

当天晚上九点差五分时，大家都移到小客厅，挤在收音机周围听新闻。有人在收音机上放了一盏小煤油灯。

法语的埃及新闻播报宣布了一场决定性胜利。英国、法国和以色列被纳赛尔上校指挥的无畏部队完全打败。前往海法和特拉维夫的压倒性军事力量已经在路上，到 1956 年 12 月 31 日午夜，阿拉伯联军就会在加利利的海滨庆祝胜利。

“纯粹的屁话！”伊萨克舅祖父咕哝道。

透过客厅窗户，我看着周围陷于阴沉、寂静的黑暗中的建筑。所有的街灯都关了。仅有的在街上来来往往的汽车没开前灯，有的已经漆上了钴蓝色以免被敌人发现。

我们的街上突然传来喊叫声。“也许我们应该把煤油灯也熄了”，埃尔莎姨祖母提议。

伊萨克舅祖父压低灯芯。我父亲忙着摸索收音机上的短波旋钮，但是所有的波段都被干扰了，这让伊萨克舅祖父更为恼怒。他打手势叫我父亲让开，开始自己来回转动旋钮，在浓密的小胡子下哼哼，却只发现他自己也没能成功。“混蛋！”他大喊。是玛尔塔姨祖母，带着盲妇人努力穿针引线的勤勉不懈，最终锁定了黎巴嫩电台。黎巴嫩电台在强烈谴责以色列：背信弃义的邻居，背后的刀子，拉拢强者的弱者。播音员提到了一场对埃及的战争；英国人登陆了赛德港。

大家觉得这足够好了。“已经结束了”，有人说。

“如果维利在这里，我们此刻会在开香槟酒了”，玛尔塔姨祖母说。

听到新闻欣喜若狂，我祖母开始在大门厅里手舞足蹈。

“好极了，埃丝特，”埃尔莎姨祖母加入了进来，她也开始拍手，并用她七十多岁的双腿轻快地跳跃。

在通往主走廊的半拉开的帘子后，我瞥见阿卜杜在听新闻播报。他站立并前倾，半藏在黑暗中，闪着光的眼睛从棕色旧帘子的沉重褶皱向外看去，像一只暂时凝固在车前灯中的好奇狐狸的眼睛，我一发现他盯着我们，他的眼睛就飞快闪开了，像是有点良心不安。

我立刻告诉了我父亲，他对此不予理会，就像他总是不理会我祖母对她仆人的小偷小摸的抱怨那样。“在他们的位置上，我会做一样的事”，他说。

“是的，但想想吧”，伊萨克舅祖父反驳，他总是自称从一个更广阔的视角看待事物。“你可能理解他们的民族主义抱负，但是得记住，没有我们，埃及现在还是一片沙漠。”

“小声点”，我祖母说，她不想让阿卜杜听到任何这样的话。

“谁要小声点！”阿尔诺表叔插话，他一直在提醒每个人，整个家族应该搬去法国。“如果在自己家里都不能畅所欲言，那我们就没有家！”

“说得像个真正的诗人，*亚萨拉姆*！”伊萨克舅祖父惊呼，用了一个表示深切赞赏的阿拉伯短语。“*如果在自己家里都不能畅所欲言，那我们就没有家*。恐惧激发了你的诗人天赋。”

几分钟后，死寂降临了房间，因为每个人，包括七八个孩子，都从老旧的飞歌收音机里突然发出的洪亮声音中感受到了庄重，广播里的庄严法语口音和我们的如此不同。蒙特卡洛电台！那是电影明星讲的法语；我的舅祖父们模仿但从未掌握的法语；人们打趣但私底下羡慕的法语；人们声称自己不屑于讲的法语，就像有的人可能会说他们不喜欢某些奶酪是因为没有哪块布里奶酪或圣安德烈奶酪比得上一块好而饱满的新鲜希腊羊乳酪。“我总是回来吃我的羊乳酪”，伊萨克舅祖父会这么说，他可能会用同样的语气说他总是回到洛特舅祖母身边。那是一种让我们感觉自身僻陋、过时、卑微的法语。

在黑暗的地中海对面向我们讲话的声音似乎来自数光年外，高傲、优美且毫不动摇，慷慨朗诵法国永远站在黑恶势力对面的旧承诺。联合部队发起了对埃及的战略空袭。赛德港沦陷了。联军伞兵占领了苏伊士运河。

“结束了！”内桑舅祖父说。

“他们几天内就会到这里。”

一会儿后有人猛敲我们家的门。伊萨克舅祖父立刻关掉收音机，拿起小煤油灯，亲自去应门，他浮肿的影子扫过天花板，最终到达门口。是门房。他没等门打开就冲我们大喊大叫，骂我们等了这么久才关灯。

“你们想害我们被轰炸吗？”他用阿拉伯语问。

伊萨克舅祖父看着他，目瞪口呆。“我当然不想害我们被轰炸”，他回答。

“那就把灯关了，你个老犹太人，不然我就让你以间谍罪被逮捕。”

门房没有给我舅祖父把门甩在他面前的机会，而是在身后把门带上了。在玄关，我听到他冲可怜的西尔韦拉老夫人吼了相同的话。

■

当晚，客厅和玄关的大部分家具被搬到墙边，床垫被放在地上，当我祖母看到床垫不够时，她叫人从储藏室拿出旧毯子，其中一些的历史可追溯到克里米亚战争，把它们铺下来给孩子们睡。所有表亲和我会在接下来几星期里共用客厅。

第二天一早，我的舅祖父们叫一名仆人去斯波尔丁最大的报摊把每份当地报纸都买来。新闻让人难以置信。

“再次胜利！”内桑舅祖父引用道。

“这里也是胜利，”伊萨克舅祖父回答，“‘保卫祖国的男儿无人被俘，几乎没有伤兵。’”

“告诉我，这个一无是处的暴发户纳赛尔怎么可能打败英法联军?”玛尔塔姨祖母问。

我曾外祖母家的早餐总是*按英国规矩*[1]供应，这个习惯我只在电影里见过，让我觉得我进入了世上最豪华的酒店，在那里，凛冽的晨间空气总是被异国花朵、擦亮的地板以及热饮、黄油、吐司和鸡蛋的热烈气味所调和。你在自助餐台随意选取想吃的食物然后坐下，而一名仆人倒咖啡、茶或热巧克力。黄油卷成螺旋状，放在小巧的牡蛎形贝壳里。烘干吐司盖着一块绣花紫布，鸡蛋放在一个大碗里保温，有很多奶酪和果酱。至于奶油面包卷，篮子里堆了那么多，显然你可以自取不止一个。

---

[1] 原文为法语。

“你会吃掉所有这些吗？”正在帮我拿早餐的祖母问。

我点头。我看着我母亲冲我摇头——我不必表现出我从没在早餐见过这么多食物。但是我坚持，告诉已截获我母亲脸上神情的祖母，我非常饿。

“如果你这么说，那就吃吧”，我祖母说，她想让所有人，尤其是她那些儿孙在场的姐妹注意到，如果她让我随心所欲，不是因为她以塞法迪祖母的浪漫慈爱来溺爱我，而是因为我们拥有一种异常开明的祖母和她异常早熟的孙子之间的特殊关系。

和往常一样，我祖母为我切下细小的面包条，切掉煮得半熟的蛋的大头，然后在上面撒盐。我从挨着她的座位上抬头看，望见太阳照进餐厅。我祖母的淡紫色连衣裙捕捉到了这个美丽、安静早晨的光线。我踏入了魔法和传奇的国度。

当仆人来倒我的热巧克力时，我说我想要茶，并且模仿我祖母，叫他在我杯子里倒完茶后费心加点热水。

没人允许这件事被遗忘。在接下来几天里，每当餐厅里有东西被端上来，一定有人叫仆人别忘记费心在里面加热水。我的汤里需要热水吗？或许加在我的沙拉里？也许我想在我的水杯里倒点，是不是太冷了？喜爱玛尔塔姨祖母的自制冰淇淋的伊萨克舅祖父，总是忍不住问我想不想在我的冰淇淋里加热水。

“我们玩笑开够了。现在让孩子静静吧”，第三天后我祖母厉声说。“而且从现在起，”她转过来对我说，“给你什么就喝，别摆架子，懂吗？”

她先前装出来的开明自由主义不复存在。

"想当个*小绅士*[1]，"我的舅祖父打趣道，"他只需要一副单片眼镜、一顶高帽，我们的*年轻闲逛者*[2]就晃到*巴黎的大林荫路*[3]上啦。"

伊萨克舅祖父问我长大后想当什么。

"大使"，我回答，一边盯着祖母，她是把这个想法注入我脑中的人。

"哪个国家的？"他问。

我说我还不知道。

"你是哪个国家的公民？"

我从没想过这点，但是答案在我看来异常明显，因而我没看出他为什么要问。"当然是法国"，我说。

"'当然是法国'，他说。他甚至不知道自己是哪个国家的公民，而他的祖母想要他成为它的大使。拜托了，埃丝特，拜托了！你不是法国人，我是法国人，"他对我说，沙哑的嗓音中颤动着一丝恶意和一声冷笑，"而你，是意大利人，甚至不算——准确的说是土耳其人！"

他看了我一会儿，然后咯咯笑起来。

"甚至不知道这回事，是吧？看起来也不太激动。"

家族里的每个人几乎每天都在谈论一个名叫土耳其的遥远、用煤气灯照明的世界，那里盛行无知、肮脏、疾病、盗窃和屠杀。因为这个，我从没想过我是土耳其人。我感到受玷污、受嘲弄、受背叛。在

---

[1][2][3] 原文为法语。

众人的笑声中，我盯着伊萨克舅祖父，无法理解他扭曲的讽刺回路，还没意识到他所拥有的风趣、欢快和顽皮虔诚在孩子眼里是最残忍的人的标志。

■

一天午后，大家都在午睡时，我突然听到一只斑鸠极度忧伤的鸣叫，一只小猫让它痛失孩子。它在内院里令人晕眩地转圈，撕裂午后的寂静，把它的悲伤告诉厨房里的每个人，而它的配偶看着它在院子里盘旋，几乎每次转弯都撞上砖石。

我打开了连接客厅和餐厅的玻璃门，踏入不到一小时前大人们还在其中大声辩论我们的前景的地方。“除了等待，无事可做，”伊萨克说，“银行关门了。他们封了我办公室的门。唯一愿意给我延长赊账的人是我的烟草商。”

他很担心。英法联军毫无疑问是赢了。然而却见不到他们的踪迹。

“如果你这么担心，为什么不去问问内阁的人？”我的曾外祖母建议道。

伊萨克，家族里的塔列朗[1]，从未找到勇气告诉母亲，这样的内阁已经不存在好多年了，以及，因此他不再认识政府里的任何人。“我

[1] 塔列朗，即夏尔·莫里斯·德·塔列朗-佩里戈尔（Charles Maurice de Talleyrand-Périgord，1754—1835），法国政治家，在数届法国政府中担任外交职务，颇有手段，他的名字是狡猾外交手段的代名词。

看看吧”，他低头看，因为他在剥一个橙子，剥得很慢，突然把一条橙皮贴在门牙上，模仿怪物的嘴，他知道这会吓到我。

“如果他们攻占了苏伊士和赛德港，为什么他们不在开罗或亚历山大港？”老廷臣问道。

“德国人占领法国可比这要快！”玛尔塔姨祖母补充道，露出恰到好处的困惑表情。

“我必须见乌戈，”伊萨克舅祖父回答，“他会知道的。”

午餐的痕迹现已不复存在，只有一种模糊的柑橘香，掺入经久不散的丁香、肉桂、旧布料和每次你漫步到房子里都和你打招呼的老人的闷热气味。我的曾外祖母喜欢姜汁饼干。她喜欢茶。她总是冷。我听到她在隔壁咳嗽。一位女佣在拨旧火炉里的余烬。仆人们在吃剩菜。

一旦我在身后关上玻璃门，餐厅就变得安宁平静，如同墙上挂着的克拉拉姨祖母所作的恒久不变的静物画：死鹧鸪；劈成两半的安茹甜瓜；插着野花的空酒瓶；在一座小小的英国乡村房屋里，被捕获的野鸡缚于套索，待在风干水果和秋日打猎用具旁。一切都是棕色的。借助浅褐的窗帘、褪色的床单以及苍白的橡木家具和染着黄斑的墙壁，一种悲哀、潮湿、阴沉的棕色填满了房间，在墙上，光线的柔和色调赋予白天一种介于正午和傍晚的慵懒特质，在一个已非秋日但尚未入冬的月份。

房间拥有一层压抑的暗褐色调的部分原因是，里面的每一块布，包括我们的餐巾，都用茶水染过，给了否则会发黄、污渍斑斑、老化的白布一层永恒的棕色调。一切丧失原色的东西都最终用茶水染了色。连逾越节的水煮蛋都在茶水里染过。

玛尔塔姨祖母的描绘阿克特翁[1]传说的森林画挂在自助餐台上方，展示着变了形的猎人躲避自己的狗，而猎鹿人同伴开始从一个黄褐色的小树林边包围过来，盯着惊慌失措的牡鹿，同时猛掷长矛。一块旧而俗气的深色绣花布铺在餐桌上，用一碗核桃压着。

"所以"，我听到伊萨克舅祖父的声音从门厅传来。他拿了他的手杖、帽子和外套，正在问他的姐妹们有没有人想跟他一起散个长步。没人想去。内桑舅祖父已经去打高尔夫了。其他人都在睡觉。

"那*他*来"，我舅祖父说，指着我。我祖母犹豫了。

"你要去哪里？"她问道，双目圆睁，充满怀疑。

"我要去散步。"

我能看出来她在努力控制自己不问第二次。

她帮我穿上外套，强迫我戴上一条又旧又臭的借来的围巾。

我们一走出房子，就朝有轨电车站走去。在有轨电车上，我不舒服地看着伊萨克舅祖父和售票员争论因为年轻小，我的车票应该打折。

我们在几站后的巴克利下车。当我们走上一个斜坡时，透过树木，我看到一排带大花园和铸铁大门的别墅。我们继续往东走，直至抵达一条无人的窄路，上面堆满在脚底噼啪作响的干树叶。

伊萨克舅祖父停在一栋别墅前，它的门廊排列着仿希腊女像柱，以支撑上层覆盖着常青藤和茉莉的露台。他在大门按了铃。一个女佣

[1] 阿克特翁（Actaeon），希腊神话中的猎人，被狩猎女神阿尔忒弥斯变为牡鹿，然后被自己的猎狗杀死。

终于开了正门，见到他，立刻冲出来打开前门。“阁下，”她惊呼，“何等荣幸。”

伊萨克舅祖父姿态别扭地把我推进别墅院内，并提醒我好好走路。“我们只待一会儿”，他说。我听到里面响亮的歌剧音乐的旋律。

“伊萨克”，传来一个尖细的男声。“伊萨克。我们非常亲爱的伊萨克。进来，进来”，男人说，伸出两只手，用它们握了握我舅祖父的右手。

当我们进入房子时，我们注意到所有窗户都用钴蓝色厚纸盖住了。

“我们还没开始做这个，”我舅祖父说，指那些遮盖住的百叶窗，“我想我们应该做。”

“绝对必须做”，上年纪的绅士说，他打着栗色宽领带，身穿米黄色羊毛衫。“警察昨天来过，特别粗鲁，因此，自然而然地，我们今天早上做的第一件事就是把所有窗户也都遮起来。”他妻子刚从图书室出来。

“伊萨克，你真是不可原谅，”她在大理石厅里喊道，“这么久都不来看我们——真的，*宝贝儿*[1]。”

伊萨克舅祖父吻了她。

“阿里！”她用最大的嗓门叫喊，“*茶！*”

“说吧，*亲爱的*[2]”，打宽领带的男人说。

---

[1][2]　原文为意大利语。

“我还不知道怎么理解这一切”，我舅祖父回答。也许他在逃避问题，或者用他的话说，是有外交手腕：思多言少，故作深语。

“*结束了*[1]——”绅士说，“你应该这么理解。*闹剧结束了*[2]。”他带着欢快的惊慌哼起来，一边用歌剧动作抬起一只胳膊，寻找最微小的借口来放声歌唱。

“但是*我们严肃点吧*[3]”，他妻子说。

“*我们二重唱吧*[4]”，她丈夫回答，再次放声歌唱，于是他最忠诚且意趣相投的妻子，听从她丈夫的音乐引诱，跟他合唱起了《哦，可爱的姑娘》，我舅祖父也参与合唱，加入他带颤音的男低音。

“啊”，在三人组又唱又笑，最终化为一阵咳嗽后，男人叹息。“我们活得太久了，*亲爱的*，拥有太多精彩回忆，一群戴头巾的流氓吓唬不了现在的我们。”他思考了一会儿。“流氓，臭流氓”，他补充道。“我白手起家造出了这栋房子”——他指着大理石地板，大理石楼梯边上的大理石镶板，一束细腻的午后光线为立在雕花木门内的一对大理石雕像增色不少——“我不准备把它留给他们。这里，我的朋友，是我计划在很多很多年以后死去的地方，就像老大卫王死在他有活力、年轻、诱人的拔示巴的臂弯里”，他说，揽着妻子的腰，并暗示性地用自己的臀部摩擦她的。

“乌戈！”他的妻子假装责备地抗议。

“*乌戈！*”他模仿道，带着旧大陆*风流浪子*[5]的放纵怒气。“*你让*

---

[1][2][3][4]　原文为意大利语。

[5]　原文为法语。

我着了魔[1]”，他低声说，嘴巴摩擦她的脖子。然后，双臂抱着妻子，他转向我舅祖父，对他眨眼，面带狡猾、顽童般的笑容，似乎在宣扬一种花花公子间的调皮合谋。这是埃及最有权势的股票经纪人，全国的欧洲和埃及精英都把他们的财富梦托付给他。

“乌戈，告诉我，在发生什么?”我舅祖父问。

“在发生什么?”乌戈先生重复道，眼中投出一个快活的神情。“在发生的就是，英国人和法国人从纳赛尔那里拿的都得还回去。俄国人不许他们保留任何东西，运河不行，赛德港不行，什么都不行。讽刺的是，英国人已经知道了，法国人也是，但他们还会继续战斗一会儿，以保存颜面。”

“那么，这就是尽头了”，伊萨克舅祖父低声说。

“伊萨克。我听说——”然后他停下来，盯着我。

“说吧。他听不懂。”

“我的朋友们，”他开始了，指的是他那些在埃及政府身居要职的客户，“我的朋友们告诉我，纳赛尔不会原谅这次攻击。等这一切结束，马上会有针对法国和英国公民的严重报复。国有化。驱逐。包括犹太人。”

“犹太人?”

“作为对以色列进攻的报复。”

“但我们不是以色列人——”伊萨克舅祖父开始抗议。

“跟纳赛尔总统说去!”

---

[1] 原文为意大利语。

"那我们就完蛋了。难怪他们把银行关了。如果他们不因为我是法国人而夺走我的一切并把我逐出埃及，他们也会因为我是犹太人而这么做。"

"*这个还是那个*[1]——"乌戈先生补充，暗指咏叹调，但很有分寸，没有唱出来。

我舅祖父说这比他想象过的任何事都糟。这比等德国人挺进亚历山大港还糟。

"乌戈，万一我出了什么事，记住这个名字。克劳斯先生。日内瓦。维利知道。"

乌戈先生拿出一盒白色香烟，开始在盒子背面潦草地写字。

"你疯了吗。乌戈！"我舅祖父惊呼，"什么都别写。就记住它。"

乌戈先生安静而意味深长地点点头，放下笔，接着，意在阻止更多的黑暗想法破坏他永远欢乐的天性，他摆出轻快的脸色，似乎是做给在场的孩子看的，然后提醒我们茶会端到客厅。"*真是场灾难*[2]"，他讲意大利语时显露出一种奇异的悦耳口音。

乌戈·达·蒙泰费尔特罗降生于切尔诺夫策时叫雨果·布卢姆伯格。像他那一代的很多有天赋的罗马尼亚人，他移民到土耳其追求小规模商业投资，这些小生意没把他带到别处，除了巴勒斯坦，他作为乌克兰一份意第绪语出版物的记者到达那里，但是还没写第一篇文章，出版物就倒闭了。他的下一站是埃及。这位富有魅力的年轻人有语言和歌唱天赋，很快就成了埃及的法国和意大利社区的

[1] 原文为意大利语，为歌剧《弄臣》(*Rigoletto*）中的著名咏叹调，通译为《这位还是那位》。
[2] 原文为意大利语。

股票经纪人。在四年间，他成了一名非常富有的人。时刻警惕着犹太人面临的危险，乌戈先生和他的妻子在开罗发生了一连串反犹事件后立刻更改了姓氏。他们打算把布卢姆伯格，德语意思是花山，改成意大利语的对应词，蒙泰菲奥雷。他们本可以用这个名字十分快乐地生活下去，要不是一个好朋友提醒他们，没有谁比蒙泰菲奥雷家族更犹太了。乌戈满不在乎地抛弃了借来的名字，很快挑了一个法语对应词，这次，他决定在里面加上表示贵族的“德”。他成了雨果·德·蒙弗勒里。

但那个方案也没持续多久，因为另一个人告诉他有两个法国剧作家——他们是父子俩——姓蒙弗勒里，但他们真正的名字是安托万·雅各布和扎查里·雅各布。由此可推断，蒙弗勒里父子，西哈诺·德·贝杰拉克最恶毒的讽刺文章的攻击对象[1]，很可能“跟我们一样”。布卢姆伯格匆忙丢弃了德·蒙弗勒里先生，换了一个听起来和它很像的名字，这个新名字，他总是嘴唇带着愉悦的颤动说道，拥有某种魔力和一条绵长的谱系。他成了乌戈·达·蒙泰费尔特罗，正如他非法购买的意大利护照上写的，不是“定居”在里窝那——大多数黎凡特犹太人声称的祖居地——而是“定居”在蒙达奇诺，他喜欢那里的葡萄酒。

为了戏弄他，一些朋友叫他乌戈利诺·达·蒙泰费尔特罗，这位罗马尼亚花花公子对此极其满意，因为这个名字授予了一种双倍贵族

[1] 1647 年，蒙弗勒里（扎查里·雅各布，1608—1667）创作了戏剧《阿斯德鲁巴尔之死》(*La Mort d'Asdrubal*)，用词浮夸，受观众喜爱，但遭到其他作家的讽刺。法国作家西哈诺·德·贝杰拉克（1619—1655）写了一封信攻击蒙弗勒里，题为《反对胖子蒙弗勒里，坏作家兼坏演员》(*Contre le gras Montfleury, mauvais auteur et comédien*)，极尽嘲讽之能事。

出身，带着但丁的阴郁暗示[1]——因此伊萨克舅祖父给他起绰号为：但丁·德·基督山[2]。

之后的几年里，亚历山大港的欧洲男孩很少有没接触过乌戈先生的。在他贫困的老年，他作为历史、文学和数学家庭教师谋生，而他的妻子，保莱特，给新兴的埃及家庭当裁缝。在星期天，两人依然会出没于斯波尔丁俱乐部，手挽手走在主球道或者马球场上，他总是打同一条宽领带、穿同一件花呢夹克，她穿着自己剪裁缝纫的花哨设计，版型抄自《布尔达》杂志，用的是当时在埃及流行的俗艳布料。我父亲注意到微笑从她脸上消失了，她丈夫哼唱的少了点，当时他请我们过去吃饭，在开一瓶陈年的波尔多红酒前激动地搓手，那是他在国有化局的鼻子底下聪明地走私进来的。

“不是最后一瓶，但属于最后一批。等这些喝完了，我们就离开——对吗，亲爱的?”

“总是这么沮丧”，她会说。“把酒开了，让我们享受它。*喝吧*[3]*——我们死后，哪管洪水滔天*[4]”，她会说，援引威尔第和玛丽-安托瓦内特，当时我们都坐在他们位于贾巴蒂大道的狭小膳宿公寓的卧室兼餐厅里，和他们之前位于巴克利的房子的华丽相去甚远。从来不会错过来自威尔第的提示，乌戈先生会唱一首来自《茶花女》的咏叹调，然后再唱一首又一首，最后以男声版的《永别了过去》作结。

[1] 乌戈利诺伯爵（约1220—1289）是一名意大利贵族，被指控叛国，但丁在《神曲·炼狱篇》里写到他被关在牢里慢慢饿死，并且在死之前吃掉了儿子们的尸体。

[2] 基督山伯爵本名叫唐泰斯（Dantès），这里被替换为拼写相似的Dantés，与但丁（Dante）读音相同。

[3] 原文为意大利语，来自威尔第歌剧《茶花女》中的《饮酒歌》。

[4] 原文为法语，据说法国王后玛丽-安托瓦内特经常说这句话。

在这些场合，完全不知道他在唱什么的母亲，会在手里拿一杯酒坐着，半是无聊，半是憋笑，忍住不去笑这个把下垂的喉肉藏在各种围巾下的浮夸老绅士，她知道他现在随时会哭泣。确实，唱到了咏叹调的末尾，他会突然迸发孩子般的啜泣，这总能从他妻子那里窃取最温柔、最同情的“*宝贝儿!*”，此时远超以往，她被迫活跃气氛，举起酒杯祝酒：“致世上最美丽的灵魂。”

很少有人想到，达·蒙泰费尔特罗夫人失去笑容不仅因为她内心悲伤而痛苦，还因为她耻于让人们看到她门牙的恶化状态，她再也补不起牙了。在为数不多的场合，当她在俱乐部跟朋友一起遇见她从前的牙医，并且大家都坐在同一张桌上时，他会当面和她对质，“让我看一眼你的牙”。她会抵抗，以礼仪和规矩为理由，说他是个顽固不化的流氓，竟然叫她这个年纪的女人当众给他看嘴巴。但是，在做出许多抵抗后，她最终会同意让他瞟一眼她的牙龈。“正如我想象的。明天过来，懂吗?”

他唐突、专横地对待这位曾经的贵妇，如此不同寻常，希望不用直说她去看牙永远不要付费，免得让她尴尬。“改天，医生，改天。明天我要打桥牌。”

“明天我要打桥牌”是一个著名的蒙泰费尔特罗式半谎话，主要意图不是欺骗，而是展示失败的欺骗企图——当有人想让你知道他可能在说谎时，他就会引用这个万能句子。

“明天我们打桥牌”，乌戈先生一看到阿里端着茶和热巧克力进来，就大声说道。他用这个办法误导仆人认为我们在谈论纸牌。

“我是因为保莱特才打的。个人来说，我讨厌桥牌”，蒙泰费尔特罗继续说，对自己听到厨房门打开就换话题的熟练度颇为满意。“尤其是灰蒙蒙的时候，就像最近的天气。在灰蒙蒙的秋日，有什么比喝热茶跟听勃拉姆斯更好呢。”这是在暗示他妻子去钢琴上弹点什么。

“现在不行，乌戈。放张唱片吧。”

乌戈先生消失在客厅里，快活地吹着口哨。片刻后，伴随着一个让我想起园丁持续耙枯叶的声音，传来一张沙沙作响的圆号三重奏的 78 转老唱片的尖厉旋律。

“这里有些小巧克力”，他说，亮出一大盒迷你托布勒，每块单独包装，并整齐地排列成一片令人目眩的彩条马赛克。

“你要哪个？”伊萨克舅祖父问。

我拿了一个包装上印着榛子的，慢慢剥开，把它放进嘴里，令我沮丧的是，我发现，还没品尝或思考巧克力的味道甚至还没把它皱巴巴的包装纸扔进盒子旁边的大烟灰缸——我就已经把它吞下去了。试图尽最大努力掩饰我对再来一块的欲望，我对达·蒙泰费尔特罗夫人指出这些真是精致的巧克力。“那你一定要再来一块”，她坚持说，当我吃完那块时，“再来一块”。我尽快嚼完那块，希望她会给我另一块。但是我的舅祖父在第三块后阻止了她，说我吃了三块，已经很多了。“哦，好吧，如果你这么说的话，”达·蒙泰费尔特罗夫人说，“但是我想让他带一些回家。”

当我的舅祖父说该离开时，乌戈先生和他的妻子坚持要我们待久点，我们照做了——多待了五分钟——之后我舅祖父重复说我们真的必须走了，但这次没站起来，知道他会再次屈从于他们的劝诱。然而，在他第三次提醒时，他们也站了起来，慢慢走过他们巨大的中庭，送我们到后门。在我们经过一个通往法式窗户的狭窄走廊时，我瞥到一层叠一层的空埃尔玛斯香烟盒，排满了整面墙。那里肯定有成千上万包香烟。乌戈先生看到我盯着它们。“有时一个想法从我脑子里冒出来。我就立刻把它写在烟盒背面。”他自称他依然准确记得在哪里找到每个想法，这也就是为什么房子里的每个人都受到严格命令，绝对不许触摸、移动甚至想着打扫这个在大多数人眼中，肯定像是零散想法的公墓的东西。

“流氓们想拿什么都可以，但这些，绝对不行。”

他的空烟盒最终被秘密警察没收和检查，并再未被归还。

在我们出去的路上，见到达·蒙泰费尔特罗夫人忘记了，我提醒她，她承诺送我一些巧克力。

“哦，我真是个健忘的傻子”，她一边说一边匆忙赶回房间。

“这真是恶劣的行为，”我舅祖父训斥道，“究竟是谁教你礼仪的，阿拉伯人吗？我从没听说过这样的事，从来没有。我再也不带你去任何地方了。”

“这太丢人了”，在我们开始从蒙泰费尔特罗的房子走开时他不停重复，而那对幸福夫妇朝我们挥手，用的是夸张的、旧大陆式的、游轮上的手势。

“丢人”，他重复道，每次说这个词就把手杖戳进路面。他在下坡的一路上都闷闷不乐，而我把小巧克力紧紧攥在手里，在他情绪转变前，一个都不敢拆开。我舅祖父和我无言地走着，一到山脚就按照达·蒙泰费尔特罗夫人的建议转弯。伊萨克舅祖父想拜访另一户人家，但在路上，我们遇见了两个跳到我们面前的埃及年轻人。“你们是犹太人吗？”其中一个冷笑道，手里拿着一块石头。我舅祖父的妹妹埃尔莎在第二次世界大战期间曾在巴黎被两个警察问过同样的问题，他记得她的反应。他狠狠拍了一个年轻人的胸口，问他怎么敢认为他是犹太人。“我看起来像犹太人吗？”他喊道。

“我们以为你们是肮脏的犹太人。”

“那去别的地方找肮脏的犹太人。”

伊萨克舅祖父沉默地领着我离开。“*继续走*[1]”，他用意大利语对我说。“我不想转身”，我们走出大约十五步后他说，“但是你转过去，告诉我他们在做什么。”我转身。两个人依然站着，好像开始怀疑我舅祖父的话了。

我们走捷径穿过一条小巷，尽可能快地走向有轨电车站。“别担心，我们会安全的”，在我们开始走得越来越快时，我舅祖父说。我们发现一辆马车在等待客人，就用最大的嗓门招呼它。

“沙里亚提巴”，我们一坐下来，我舅祖父就用阿拉伯语说，底比斯大道。他砍价；马车夫让步了。他轻轻鞭打了一下马的鬃毛，马车滚动起来。当我们开始折返斯波尔丁，经过一栋又一栋别墅，甚至经过蒙泰费尔特罗的花园及其仿造的女像柱和从来没运行过的破损喷泉出水口时，空旷的道路上一个声音也听不见，除了一条远处的狗和我们这辆马车摇摇晃晃的吱呀声，而马出于某种不为人知的原因，非常了解勃拉姆斯的圆管三重奏，足以让它从容的脚步落在音乐的节拍上。

[1] 原文为意大利语。

突然，在巴克利很远之外，从一个我从没见过的角度，冒出了整个斯波尔丁区，连同它遥远的马球场和点缀在巨大赛马跑道两旁的没有尽头的棕榈树。空气凝结着酝酿中的暴风雨，有轨电车轨道旁的建筑和教堂立在逐渐变暗、散布橙色斑点的天空下。我们听到安布罗斯·拉利教堂模仿大本钟敲响五点钟的熟悉声音。

“我们赶得上喝茶”，伊萨克舅祖父说。然后想起来——“那些巧克力，你准备全部囤着自己吃吗？”

我递给他一个绿色包装的。我不喜欢开心果。

■

我们到达时，刚要上茶。

拉蒂法又晕倒了。

“每次响警报，她就苍白得跟阿司匹林一样。那让她害怕”，我祖母解释道。

“害怕警报声，害怕男人，害怕任何对她提高嗓门的人。有什么是她不怕的？”伊萨克舅祖父嘟囔道。

我祖母说了她是怎么让她恢复知觉的：把一块破布放在火焰顶端，熏出烟味后拿到她鼻孔前。

大家都聚在客厅里，同时阿卜杜和拉蒂法端来茶和小甜点。“拉蒂法，我听说你把地板弄坏了”，当拉蒂法端上第二轮甜点时，伊萨克舅祖父揶揄道。拉蒂法羞怯地笑了笑，然后把一个大盘子放到茶几上。我曾外祖母把拉蒂法叫了回来。她喜欢自己的姜汁饼干放在单独的盘子里。我们的阿卜杜错误地把它们跟其他小点心堆在一起了。

我注意到玄关和客厅的窗玻璃都涂上了一层钴蓝色的染料。阿卜杜和易卜拉欣以及另外两个仆人正在给房子里剩下的百叶窗衬大片的蓝色厚纸条，用图钉将其固定在木窗框上。他们已经给每个人的车辆前灯罩涂上蓝色染料。

埃尔莎姨祖母按响呼叫器，拉蒂法圆润的身形出现在嵌着玻璃的门后。她走进来，轻轻地开始收拾瓷器。那么下午茶结束了，我想，已经在怀念我舅祖父和我开门那一刻的魔力，当时我们发现所有人都已经坐在客厅，太阳刚沉到地平线，然后大家慌忙地给我们腾地方。安静地坐在我的父母、我的表亲们、我的舅祖父们和姨祖母们旁边，每个人的大腿都舒服地贴着我的大腿，我知道即使我不喜欢房间里的几乎每个人，和他们待在一起是很好的，听到下午茶的仪式性吵闹很好，看人和被人看也很好。

就在那时，在所有东西都收拾好，伊萨克舅祖父倒出了当晚第一杯苏格兰威士忌，而他的妹妹埃尔莎，掌握房子里所有钥匙的人，打开了藏着花生不让孩子接触的小型中式橱柜后，突然，准时地，好像这就是我们一开始聚在客厅的原因，我们听到了它，升到斯波尔丁上方，越过城市，哀号并警告，同时楼下立刻响起了说话声——“*塔菲阿尔努尔！塔菲阿尔努尔！*”

有人会站起来，走到房间角落，通过窗帘偷窥，而另一个人，同样迅速地，会关掉灯光。一个深沉、提早的夜晚填满了房间。当我往窗外看去时，我见到斯波尔丁的所有灯光一盏盏熄灭，把突然降临在我们中间的黑暗衬得更为浓重。

“我不懂的是，”玛尔塔姨祖母会用她尖细的嗓音说，“还没人往亚历山大港投过一颗炸弹。”

“我不懂的是，每次空袭你总是重复同样的话”，我的祖母会厉声说。

因此，在将近一小时里，我们一起坐在黑暗中，偶尔会被打断，不是从我们楼的庭院内响起的一声愤怒的*“塔菲阿尔努尔！”*，就是询问房间里某个人刚说了什么的我的曾外祖母，或是为了不打扰听收音机的人而无比小心地踮脚进来收茶杯的拉蒂法，此时总会有人提醒我们，我们在埃及的日子屈指可数，我们中的大多数人会在世上其他地方过新年，我们再也不会一起坐在这个房间了。

第二天，以及之后的日子，我会跟姨祖母们和表亲们出去走走，察觉到赋予我们的日子这种不寻常光辉的，不是我们一起散过的步，不是我们拜访过的地方，不是我们玩过的古怪过时游戏，甚至不是让圣人极其快乐的临时拜访，而是这个异常令人安心的确定性：我们会回到一个装满沉闷之人的沉闷房间，他们出于在黑暗中挤成一团的需要而聚在一起。

▪

一天晚上，战争开始十天后，门房带了一个穿警察制服的男人上楼。显然，我们公寓里有人每天晚上在给敌船发摩尔斯电码信号。我们解释说肯定弄错了；此外，我们家没人懂摩尔斯电码。我祖母让伊萨克和内桑舅祖父以他们的名誉发誓。

拉蒂法脸色惨白。我祖母叫她坐下，并开始给她的头扇风。

“你要晕倒了吗？”她问。

“我不知道，我觉得会，也许吧”，拉蒂法说。

“她晕倒了”，恼火的埃尔莎姨祖母低声说，而警察最后检视了一遍，然后说他很抱歉打扰了我们。

我祖母立刻给阿尔卡布医生打了电话。几分钟后，我母亲——她给家族里的每个人打针，在受到他人请求时会描述任何一位的屁股的形状和状况——给拉蒂法实施了一针注射，打的是某种“活力剂”，我曾外祖母拥有很多，由埃尔莎姨祖母嫉妒地保管。多年后，我发现它属于维利舅祖父，并且只是接近阳痿的男人使用的可疑灵药。

“但是她需要打针吗，还是说她只是想晚上不干活，好跟楼上的女佣们闲聊？”我曾外祖母问道。

“好好看看她的脸，再告诉我她需不需要打针”，我母亲厉声说。

“你确定她没夸张？”老妇人坚持说。

“老吝啬鬼”，我母亲咕哝道。

拉蒂法讨厌注射，恳求别给她打针。我母亲无视她的请求，见到她乱踢乱打地反抗，叫阿卜杜和易卜拉欣按住她，而她把她的屁股露出来。拉蒂法发出一声剧烈尖叫，呼唤她母亲和所有姐妹来解救她。

“但是你到底在怕什么？”伊萨克舅祖父问，他发了脾气，噔噔噔走进杂乱的女佣房间，好像马上要打她。她躺在一张临时拼凑的床上，被陈旧的*卡拉季卜*围绕。“你每次听到坏消息都非得晕倒吗？”

“这里疼，”她叹气，指着自己的肚子，“因为我担心。”

“但是你担心什么呢？”

她没说。相反，她告诉我们，楼里一个接生婆在肚子一侧打了个洞，塞进一条线，然后拉出来，以此驱逐身体里的坏东西。

“埃及巫术！什么*坏东西？*”我舅祖父问。

“我怎么知道什么坏东西？就是坏东西”，她坚持说。

她感谢我母亲给她打针。然后她起床，说她已经觉得好多了。

当一些人照顾拉蒂法时，其他人继续谈论最近的形势变化。有人在证实英国人已经在撤出赛德港的传言。门铃响了。我们听到阿卜杜的拖鞋在大理石地板上拖过，一路从厨房到达门口。我听到门关上了。还会是警察吗？然后我听到弗洛拉姨祖母的声音问候阿卜杜。

弗洛拉会留下来吃晚餐。她也听说了英国人和法国人最终会在俄国的最后通牒前退缩的传言。是的，她也不得不思考离开，但是去哪里，她不知道。可能是法国，尽管还不清楚德国犹太人只是要入籍还是也会被驱逐，相传驱逐很快会发生在其他犹太人身上。

那天晚上，客厅里的每个人都在谈论法国，阿尔诺表叔提议立刻移居。一场争论在他和内桑舅祖父之间爆发。内桑舅祖父支持原地不动——“我们在这里生活得很好。”“那为什么不回土耳其？你以前在那里也生活得很好”，他外甥说。

晚餐我们吃了一盘巨大的热红酒炖鱼配蔬菜。司机哈桑，埃及海军的预备役军人，在当晚巡视亚历山大港海岸线时抓了两只扁鲹。值班结束后，他身穿制服、拿着两条包在报纸里的大鱼出现了。姐妹们对于如何烹饪鱼肉产生了极大分歧，以至于我的曾外祖母不得不插手，宣称他们很久没吃过好的*炖鱼*[1]了。蔬菜和鱼也做出了一道美味且非常浓厚的汤，那天晚上我祖母用茴香枝对它做了装饰。连埃尔莎姨祖母，尽管经历了卢尔德的萧条岁月但从没失去对讲究生活的追求，也认定这个场合值得开一瓶好酒。

在拉蒂法撤走汤盘后，希沙姆拿进来一个非常大的装着鱼肉的盘子，他将其放置在自助餐台上。经一致同意，他和拉蒂法划分了餐厅范围，拉蒂法服务年长妇人和儿童，而希沙姆负责剩下的人。

突然我听到埃尔莎姨祖母大喊上帝、老天和基督的母亲，她惊掉了下巴，好像看到死神站在身边。

哪儿都看不见拉蒂法。

我父亲和内桑舅祖父立刻起身冲到角落，用迅捷的动作扯下他们的白色餐巾。

当我看过去时，我见到大块的鱼排散落在餐厅地毯上，一大摊未渗进地毯的鱼汤，以及在鱼肉旁边的拉蒂法温顺、皱缩的身体，爬起呈蹲姿，一只手攥着胃部。她哭了，连声道歉，说她全身都疼，她会清理干净的。

“可是你绊在什么上了?”

她不记得了。

“你摔断胳膊了吗?”

没有。腿?没有。她的背?也许，不，不是她的背。有人说了什

[1] 原文为意大利语。

么吓到她的话吗？没有。她现在好点了吗？只有不动的时候。就算那样，也还是疼。

“但是哪里，孩子，哪里？”伊萨克舅祖父问，逐渐失去耐心。

“这里”，她说，指着她的胃，她的肚子，她的肝，她的肾，她的背。

“我不懂！”他厉声说。

“让我来照顾她”，我祖母说，一边示意我母亲帮忙。我听到她们把拉蒂法平放在起居室的沙发上。然后我听到一个虚弱、恳求的声音。她在哀求我母亲不要再给她打一针。埃尔莎姨祖母和玛尔塔姨祖母忙着捡起鱼块、往地毯上扔破布，自言自语：“这怎么弄得干净，这怎么弄得干净？”而她们的母亲，从座位往下看，就像从笼子里往下看的鸟儿，给出如何擦拭酱汁而不将其抹进地毯的指示。阿尔诺表叔声称这一点儿也不重要，因为我们很可能过几星期就离开埃及了。“这很重要，是的！”伊萨克舅祖父喊道，发起了火。“地毯依然是我们的，而且这一条非常贵重。”比起地毯上的脏污，必须把地毯留下的前景更让他烦心。在未来数年里，毯子的那个角落总是比其他部分更暗，如果你足够努力地尝试，正如我在将近十年后做的那样，你总能辨认出一种明显的刺鼻鱼腥味徘徊在那整块区域上方，按绘图师的习惯，我们称其为拉蒂法角。

当阿尔卡布医生最终到来时，他径直走进了拉蒂法的房间。“拉蒂法，*坐起来*[1]”，他用专横的阿拉伯语命令道，一边寻找她的脉搏。

[1] 原文为阿拉伯语。

拉蒂法拒绝了，试图把手腕从他手里抽走，过程中始终抱着我祖母。见过她晕倒的希沙姆说她从没看过医生，和屠夫相比，她更害怕医生。“她也确实应该害怕”，阿尔卡布医生说。

“不过她真是爱演戏”，伊萨克舅祖父插话。

“可是你们中没人看出来她都快绿了吗！你们的眼睛去哪里了！”医生雷鸣般怒吼，“她的脸比西葫芦还绿。”然后他握了一会儿她的手。“这里痛吗？”他问，指她的右腰。她点头。“有时这里疼？”他问，一边触摸她的肚子。她再次点头。

“什么时候疼？”

她环视四周，猜测他是不是也在试图逮住她撒谎。

“但它总是疼。越来越疼越来越疼。”

他告诉她得躺下。然后他说他会给她打一针。她开始挣扎。他告诉她这是为了止痛。“你会知道的，你会知道的”，他用阿拉伯语说，同时抓着她的手，等我母亲煮注射器。“你会觉得好些的。”

“怎么样，本？”注射后，我曾外祖母朝医生问道。

“她完了。”

“什么让她完了？恐惧？”伊萨克舅祖父惊呼。

“真的，伊萨克，你有时候蠢得跟骡子似的。”

医生的评语让那位阁下非常气愤。

“我一点也不懂。前一刻，每次空袭她就晕倒、发抖和变黄，现在她完了？就这样？”

“伊萨克，让本说”，我祖母说。

“确实，让他说吧。因为我想知道谁是真正的骡子”，伊萨克舅祖父说。

阿尔卡布医生当作没听见。“有一块肿瘤阻塞了她的肝脏。当肿瘤生长触及脊椎神经时，疼痛无法忍受，所以她晕倒。很简单。”

“既然如此简单，你现在会做什么？”伊萨克舅祖父问。

“做？什么都做不了。”

“如今他们想必会给这些东西做手术吧。现在不是中世纪了，我希望。”

“没什么能做的，懂吗！”

阿尔卡布医生喝完他的咖啡，说他必须赶去见另一个病人。他把我母亲拉到一旁，从口袋里拿出点东西给她。

“吗啡”，在他走后，我母亲说。

“吗啡，我不知道那是吗啡”，玛尔塔姨祖母惊呼，她错过了伊萨克舅祖父和阿尔卡布医生前面的交流。“那么，如果是吗啡，那就是癌症，那就是癌症”，她呜咽道，好像死亡也突然在敲她的门。她如此害怕疼痛、医生和打针，以至于她要求每个人发誓——并且总是提醒他们——让她死掉，假如她被一种痛得无法忍受的疾病击倒并要求死亡。她从来没有这么做，多年后她得了拉蒂法的病，躺在巴黎的一间病房里翻滚，不顾疼痛奋力求生，她的疼痛持续了九个多月，而拉蒂法的不到两星期。

■

第二天早上，我祖母和埃尔莎姨祖母决定举办一场仪式，以免发生更多不幸。仪式叫做*布库尔*[1]，来自土耳其词语*布胡尔*，意为焚香，内容是在地上放一个冒烟的香炉，让家里的每个人轮流跳过去——先是男人，再是女人，然后是仆人。我祖母和曾外祖母用拉迪诺语祈祷了一句，然后所有男人，包括家族里最西化的伊萨克舅祖父和憎恨任何种类仪式的父亲，轮流跳了过去，像被迫玩跳房子的孩子。

然后轮到女人了。女人跳跃时总带着腼腆的微笑，有的尴尬地提起裙子。我曾外祖母是在她最年长的两个儿子内桑和伊萨克的帮助下跳过去的；接下来是她最大的女儿，然后是其他人，直到我最小的表亲。紧接着轮到了阿卜杜，然后是希沙姆。易卜拉欣，他的嗓音非常低沉严厉，突然爆发出一阵尴尬、高声调的咯咯笑，一边用两个手掌捂住了脸。然后，提起他的埃及长袍，好让双腿能更加自由地活动，他一路后退到食品储藏室，再冲向走廊，跳过香炉，差点撞进埃尔莎姨祖母卧室的玻璃门。最后轮到了可怜的拉蒂法——拉蒂法宁愿躺在床上没人管，但还是以典型的埃及礼貌，设法带着好心情和大大的微笑，靠在阿卜杜的肩膀上完成了仪式。

几小时后，拉蒂法再次尖叫。我们发现她手按着腰。刚才，她说，她觉得自己好些了，现在疼痛又回来了，而且更严重了。“*真主救我，真主啊，真主救我，*[2]”，她呼唤真主。我母亲向她保证，她马上就给她打昨晚医生给的药。“不要在男孩面前”，拉蒂法说。我母亲叫我离开房间。一听到拉蒂法倒抽气，我就转身，通过半开的门往里看去。拉蒂法的皮肤是白色的。她继续抱怨这次注射没起作用，疼痛

[1] 原文为法语。
[2] 原文为阿拉伯语。

依然在。我听到她哀呼同样的词语——“*真主救我，真主救我，真主救救我吧*[1]”——用昏昏欲睡的语调重复真主的名字，就像闭上眼睛很久后还继续哭喊自己不想睡的孩子。

我母亲安静地把门带上。阿卜杜在外面等。“她怎么样?”我母亲咬住嘴唇。阿卜杜差点把围裙从颈带上扯下来，这是他每次被指控偷窃时威胁辞职的方式，然后把脸埋进去，啜泣道“她谁都没有，谁都没有”，一边朝厨房走去。拉蒂法有个儿子，但他交上了狐朋狗友，从不来看她。

下午三点钟，拉蒂法醒了，被喂了稀释的鸡汤。她抱怨汤缺盐。然后她说里面有太多柠檬。再然后她说可能是她的病在嘴里捣鬼。但她现在好些了，她只想睡觉。

当晚用餐期间，她又在尖叫。起初像是仆人房间里爆发了一场激烈的争吵，拉蒂法如跟邻居吵架那样尖叫，所有人的声音在院子里嘎嘎作响，像狂乱飞走的群鸦。但阿卜杜和希沙姆在餐厅，易卜拉欣当晚休息。然后我想到，她压根没冲任何人喊，她完全是自己在喊，这就变得更可怕了，因为那是一个魔鬼般的恶毒嚎叫，深深嵌入 11 月末的夜晚。我母亲迅速从我们的表情上看出拉蒂法出事了，她站起来并过去看怎么回事。我祖母跟着她进了走廊。然后她们两个都想到，家里没有吗啡了。一个紧急电话被打给阿尔卡布医生，他不在家，他妻子说，但她会转达消息。

当我们进入拉蒂法的房间时，她正在床上打滚。她尖叫道她试

[1] 原文为阿拉伯语。

了两次想站起来，但每次都摔回床上。她咳出了一条硕大的蠕虫，这次把它困在了玻璃杯里。“这里”，她说，指着一个用茶碟盖着的玻璃杯。我祖母仔细检查了卷曲的棕色虫子，告诉我母亲这是因为拉蒂法从来不好好洗蔬菜。“好吧，别担心，你再也不会有虫子了”，我祖母说。拉蒂法拒绝相信她，发誓有千军万马的虫子，在她体内叮咬、蠕动、啃噬，因为它们每次叮咬她都能感觉到，她现在就感觉得到。突然，用最刺耳的阿拉伯语，她喊出狂暴、七零八落的祈祷语，大喊大叫，像一个狂怒的疯女人，能挥刀砍向遇见的任何人。

我母亲向拉蒂法保证药会来的，但是她的话刚说出口，拉蒂法就发出另一声让人心碎的嚎叫。“*它们会杀了我！*[1]”她喊道，“它们会杀了我！”她指的是虫子。突然，从内院里，传来一个同样尖锐的哀号，来自另一间公寓——“拉蒂法怎么了？拉蒂法要死了！拉蒂法要死了！”——这把一阵恐慌传遍整栋楼，各个公寓的女佣和男仆都喊出他们的支持、他们的同情、他们对全能者的祈求、他们对慈悲的祈祷。

伊萨克舅祖父冲进来，害怕喊叫引来太多注意。门铃响了，我父亲去开了门。是阿尔卡布医生。

“你来得正是时候，本”，我祖母说。

“在楼底下就能听到她。”

“快给她点什么，本，别人会觉得我们在杀她”，伊萨克舅祖父说。

阿尔卡布医生径自朝女佣的房间走去，没敲门就进去了，在叫人

[1] 原文为阿拉伯语。

把水烧开后，亲自实施了注射。

“你再喊下去会把我们弄聋的”，他开玩笑道。

“怎么样，本？”之后我曾外祖母问道。

阿尔卡布医生和其他同事探讨过。太晚了，没法做手术了。吗啡。也许连吗啡都用太多了。

“那么，可能我们最好把她送去医院，”伊萨克舅祖父说，“我们不想惹麻烦。”

“以她的状态？”阿尔卡布医生说，“她可能撑不过今晚。”

“可是她必须这样尖叫吗？难道她不是有点做过头了吗？”

“伊萨克，她已经快离开我们了。”

第二天早上，门房带两个穿便衣的男人来到我们的门口。他们是从警察局来的；其中一个说法语，他说他是在希伯来人社区学校学的，那是一所为贫穷犹太人和想给孩子法语教育的中产埃及人开设的法国—犹太学校。

“你知道我们为什么来这里吗，博士？”他问我舅祖父，后者还穿着睡衣。我能肯定他们是因为拉蒂法的喊叫而来的。

“我很想知道”，伊萨克舅祖父回答。他的回复原本要显得专横；说出来却像在央求。

男人坐在沙发上。他们来这里是因为一封寄给他的信。什么信？一封几星期前从巴黎寄来、被埃及信件检查员拦截并破译的信。一封文中自称侄女的人宣布女孩出生的信，“我们上星期收到了一个女孩，”他引用道，手里拿着信，“她对我们来说就是金子。”

“怎么说？”讲法语的警官问道。

“什么怎么说？”我舅祖父问，听起来恼怒而不失恭敬，“我在巴黎的侄女生了一个女孩。”

“一个*对我们来说就是金子*的女孩。这是什么意思？”

“一个非常非常珍贵的女孩——我猜。”

“你猜。那么人是生孩子呢——孩子是出生的——还是人*收到*一个孩子，如同这里写的？”精明的警官问道。

“如果人相信上帝，那么上帝给予什么，人就收到什么”，我祖母插话，在警官造访前，她一直在读阿尔贝托·莫拉维亚的《冷漠的人》，书她继续拿在手里，一根手指夹在书页间，以标记中止阅读之处。

“这在你们的宗教里是正确的，在我们的宗教里也是，”她继续说，“不管怎么说，这能推断出什么？”

“这能推断出这个事实，就是我们掌握了证据，你在往国外寄钱和珠宝，以及之前你和你弟弟亚伦已经这么做了很多年。”

伊萨克舅祖父否认了指控。他用一根手指匆忙蹭过他的上唇，一秒后，把那片嘴唇捏在食指和大拇指之间。当我看他的额头时，它在发光。

“恐怕你得跟我们走了”，警官说。

“‘跟你走’是什么意思？”

“你被逮捕了。”

第二名警官抓住了我舅祖父的手臂。

“请穿好衣服。”

“绝对不要！”

“那我们就这样把你带走。”

“绝不。罪名是什么?”

“叛国。”

“埃及蠢话！我都八十岁了。”

我舅祖父试图把手臂抽走，然后似乎会在挣扎中跌倒在地，如果另一名警官没把他按住的话。

“你们不能这样逮捕人”，我祖母抗议道。

男人们没有回答。

“你们要把他带去哪里?”阿尔诺表叔说，声音里带着上气不接下气的喘息，好像在暗示他是全力抵抗过才把他舅舅交给命运的。

他们要把他带去警察局。

就是在那时，我开始闻到一股难闻的气味。我四处张望，看我祖母，她看起来同样烦躁不安，然后我在伊萨克舅祖父的拖鞋和脚踝下看到了点东西。他脸色发白。他靠着壁炉台，好像要看看自己在镜子里的脸，然后转身面对聚在客厅的我们一群人，几乎没有呼吸，他低声说，“*亲爱的妈妈*[1]”。

他要求给他几分钟换衣服。

埃尔莎姨祖母坚持说作为外国公民他应该拒绝离开房子。这只会让事情恶化，他说。

十分钟后他进入起居室，身穿深色羔皮领大衣，手拿拐杖，单片眼镜挂在脖子上。他打开烟盒，接着从起居室的一个嵌在茶几内

[1] 原文为西班牙语。

的小盒子里拿烟，尽可能把烟盒装满。然后他去和拉蒂法道了别，后者察觉到了麻烦，已经在哭泣。听到她突然的哭声，房间里的所有人也放声大哭。当他们成群地跟着他走到楼梯平台处时，他转身说，“拜托了，大家！我就不能安静地离开，不要你们像秃鹫似的在门口徘徊吗?”

我的曾外祖母，她刚刚拥抱过他，面无表情地站在门厅，与其说是悲伤不如说是茫然。她靠着最大的女儿，后者开始挥舞她用来擦鼻子的手帕。埃尔莎姨祖母和玛尔塔姨祖母做了同样的事。“女士们，姐妹们，女士们，拜托了!”伊萨克说，一边转身把他最小的妹妹推进公寓，然后在身后猛地关上门。

“如果他们把他扔进牢里，他一天都活不下去”，埃尔莎姨祖母啜泣道。“他完了”，内桑舅祖父说。

在门外片刻的宁静后，我听到人走进电梯的低沉响声，听到金属门格格地关上，紧接着是木质内门的啪嗒声，门上松动的玻璃嵌板原地摇晃。然后我听到内院传来发动机的刺耳喘息和对重缆绳的嘎吱声。

早晨逐渐开始填满房子。每个人都穿着睡衣坐在客厅，头发没梳，呼吸还充满睡意，但吃惊程度前所未有——除了听到死亡的消息时。家族里谁都没想过伊萨克和世上任何人一样脆弱，没想过会有连他都实现不了的奇迹，没想过他也会跟拉蒂法一样害怕。

■

伊萨克被捕一星期后，我们收到一封电报，宣布他安然身处甜美的法国。“幸运的伊萨克”，每个人都说。

然后，和开始时同样突然，空袭停止了，警报也是，还有灯火管制。战争结束了。

听到消息大家没有进行庆祝，尽管为了邻居和仆人，一定装出了一副如释重负的姿态。但是每个人都很担心。没有了警报和灯火管制，我们比之前在黑暗中挤成一团时更担心，每天晚上都担心发生最坏的情况。我的父母决定不离开我曾外祖母的公寓。最好待在一起，每个人都这么说。

然后传来流言说一些法国和英国公民被驱逐，接着是其他流言，说会即刻国有化工厂、生意、住所、银行账户。据说犹太人的命运不会不同。我们担心。连我的曾外祖母都开始谈论搬去法国。但她必须带上拉蒂法，她说。

考虑着最坏的情况，家族里的每个人都把随后几星期用于购置我们在埃及买得起但可能在欧洲比较贵的东西。由于这个时期恰好碰上圣诞节，购物那狂热而令人陶醉的节奏给我们的日子投下了节日的魅力。

我记得那些 12 月早晨的喜悦，那时我母亲和我踏入底比斯大道凉爽、干净、多雾的空气，一边匆忙去赶斯波尔丁的有轨电车，在几站后和弗洛拉姨祖母会合，然后把上午余下的时间花在从一家商店走到另一家上。

商店窗户隆重地装饰着包装成礼物的盒子、金属箔和假雪，用厚棉字母写成的英语和法语的“圣诞快乐”贴在橱窗后部。松树的气味弥漫在阿诺和夏隆的每一层。在阿诺，一个大胡子圣诞老人让我坐在他大腿上，问我是不是个好男孩。我告诉他我是，除了我在空袭期间玩灯的那次。他说我不需要担心，战争结束了。“*绝对不要撒谎*[1]”，他敦促道，晃着一根手指。他让我下来，然后一个阿拉伯男孩取代了我的位置。圣诞老人也讲阿拉伯语。

我母亲和弗洛拉都买了羊毛衣物。欧洲的冬天很严酷，她们都同意囤货是明智的。我们买了三条非常大的厚羊毛毯，一人一条。那天午后，当它们被送到斯波尔丁时，我父亲大喊大叫，说每条毛毯都如此巨大，以至于一条就要占用一整个行李箱。我祖母同意我父亲的意见。但是之后她摸了摸羊毛，说它能用上一辈子，一笔好买卖，她自己也会买一条。这些毛毯在法国不可能弄得到。

▪

与此同时，拉蒂法整天都在打吗啡。注射后片刻，她会躺下，双眼大张，盯着天花板，嘴角流下一点口水，每次呼吸都从半撅的嘴唇中喘出一声恍惚的叹息。她会把右掌放到胸口，缓慢地用手指捡起那里的某个想象的物体，然后，抬起同一条胳膊，如同指着天花板，把她刚从胸口捡起来的那块空气送给灯。这在每天下午持续数小时。没人知道她为什么坚持做这个无声的滑稽戏，或者它是否有任何意义。我祖母最终把我母亲带到女佣的房间，问她拉蒂法的手势是什么意思。我母亲立刻理解了它。她在把自己的灵魂供奉给真主。她在叫真

[1] 原文为法语。

主带走她。她想死。

拉蒂法的儿子最终在一天下午来了。他由阿卜杜领进他母亲的房间，后者站在外面看着，以防年轻人决定逃跑并从公寓里偷东西。他十六岁，但看起来不超过十二岁，穿的是西式服装。我从自己在家庭活动室坐着的地方看到他进来。

“这是谁？”我曾外祖母低声说。

“拉蒂法的儿子。”

“他想要什么？”

无意中听到这个对话，我祖母放下她的针线活，过去见他。她敲了敲卡拉季卜的门，走进去，说她*很高兴*[1]认识他。年轻人只是盯着我祖母，然后在他母亲的敦促下，终于站起来把房间里仅有的椅子让给了她，而她拒绝了。但他依然站着，紧张地动来动去，最终把双手锁定在自己的腹股沟上方。

“你现在跟你母亲说话吧。然后你过来见我”，她一边说一边离开了房间。

几分钟后，女佣房间的门吱呀一声打开，优柔寡断的男孩出来，双手依然锁定在腹股沟上方。我瞧了瞧他的脸，想看他有没有哭。他看起来很平静，几乎显得无聊。他没哭。

“我跟我母亲说过话了”，他说，一字不差地记得我祖母的话。

“那进来吧”，她说，那时男孩不情愿地接近家庭活动室。他可能这辈子从没进过客厅，被公寓、被众多脸庞、被窥探的眼睛吓到了。

[1] 原文为法语。

“你母亲告诉我你偷东西，”我祖母说，“是真的吗？”

男孩没有回答。

“回答我！”她说。

男孩摇头，然后咬了下嘴唇说，“对”。

“你想进监狱吗？”

他没回答。

“你不知道偷东西是不对的吗？你知道他们对偷东西的人做什么吗？他们把你的双脚绑在一起，吊起来打，打到你上厕所都站不起来。我哥哥伊萨克听说拉蒂法的儿子是小偷时非常生气，下次我们再听说，他会告诉国王，他们会来把你扔进监狱。”

她自己都差点信了。

男孩面无表情地站着，什么也没说。

“现在回家吧。然后，我要你明天去我儿子的工厂。他会给你一份工作。”

拉蒂法一定听到了我祖母的斥责，因为她儿子一打开她的房门跟她再次道别，我就听到她祝福我祖母。他再次踏入她的房间，在关门前做了个下流的手势。

两天后，拉蒂法死了。那天早上我母亲和我离开房子去购物。出门前，她叫我在*卡拉季卜*的门外等她给拉蒂法打完每天要打的针。但我感到有什么变得不同了。仆人的房间里一阵骚动，阿卜杜的眼睛充满血丝。当我问他时，他摇摇头，做了个手势，意思是只有安拉知道。

我们结束购物回家的时间比计划的早。我们一到楼里乘上电梯，我就听到这辈子从没听过的尖叫。我们开门时，家里的每个人都在流泪，包括我曾外祖母，她终于意识到发生了什么。尖叫声来自仆人入口。我祖母用拉迪诺语叫我不要去厨房，但我立刻违背了她的命令。当我打开食品储藏室的门时，尖叫声突然变得更响了。我踏入厨房，看到拉蒂法的尸体躺在桌上。阿卜杜和易卜拉欣在用看起来像灰麻布的东西把它从头到脚裹起来，而邻里的仆人们站在仆人门边，来见她最后一面。他们看着我但一言不发，尽管我察觉到他们不赞成。我没有从门口移开。然后希沙姆，尽管少一只胳膊，依然是三人中最强壮的，把她举到肩膀，接着把她从仆人楼梯扛下去。

在他开始扛着尸体下楼时，我听到尖叫声猛地窜高，成为一阵几乎侵犯性的刺耳喊叫的合唱，在内院回响。楼里所有女佣都从窗户里探出身来，挥动手帕，有时两三个女人挤在一个窗户里，在拉蒂法后面嚎叫，乞求她活过来，按照习俗，恳求希沙姆不要把她从她们身边带走，有的甚至在撕扯自己穿的衣服，扇自己的脸，用头撞墙，尖叫着，“*呀拉蒂法！呀拉蒂法！*”

■

第二天，我祖母要求带我散步。我们去了小斯波尔丁，买了一便士的盐烤花生，最后走到易卜拉希米区。从那里我们前往孟斐斯大道，然后在孟斐斯大道遇到一个坐在人行道路缘上的瘸腿乞丐。“给你，把这些给他”，我祖母说，递给我几个硬币。“为了拉蒂法的灵魂”，她补充说。我们短暂造访了她的旧房子，她最近把它租给了一个科普特家庭。在她进去拿一个信封时，我在外面等。一个男孩立刻走出来，一言不发地站着，怀疑地打量我。

然后我们穿过马路去拜访圣人。她看起来疲惫而悲哀，说她一个多星期没睡觉了。政府刚冻结了他们所有的资产；他们的儿子和他的家人，身为法国公民，已经接到了驱逐通知。很快就会轮到她。同时，她只希望她丈夫有办法搞到钱，否则就剩不下任何钱买食物或付仆人工资了。

“但我不知道你们是法国人”，公主插话。

“我们是法国人，跟你是意大利人一样货真价实，埃丝特夫人。这对我们好处多多！”

“至少意大利犹太人被允许留下”，公主回答。我曾听她对内桑舅祖父说，“感谢上帝，我们是意大利人”。

圣人心烦意乱；她可能再也见不到她的儿子和孙女们了。谁想去法国？为什么他们不能待在埃及，连当贫民也不行？

两位女士互相祝愿光明节快乐。

那天晚上晚餐前，阿尔诺表叔欢迎被逐出埃及的可能性，说我们应该都搬去一个在巴黎的同样大的公寓，在那里“重新开始”。没人死去，没人受伤，没人老得无法重来，他说，好像在列举乐观条件。内桑舅祖父盯着他母亲和我祖母，什么都没说。在法国，他们也不允许任何人饿死，阿尔诺表叔继续说。毕竟，人人都认识巴黎的某个大人物，如果我们不认识，我们也有长相和天分来追求我们选择的任何圈子。

但这是一个冒牌维利在说话。埃尔莎和内桑决定他们暂时不动。

我父亲也拒绝离开。生意不能更好了，他说。他的工厂现在跻身埃及最好的纺织厂之列。他正考虑在开罗建另一家工厂。“在埃特纳火山上也建一家”，我曾外祖母说。

晚餐时发生了一件完全出人意料的事。警报突然开始哀号。人人都定在原地。“这次是原子战争了，我知道的”，玛尔塔姨祖母抽噎道，一边把头埋进儿子的胸口，一边放声大哭。警报响起没多久，整个斯波尔丁的灯光就开始成群熄灭。人们沿街奔跑，再次喊着“*塔菲阿尔努尔！塔菲阿尔努尔！*”“可是战争已经结束好几个星期了，”阿尔卡布医生抗议，他当晚来做客，“这是个恶作剧，把灯开着，要我说。”

“本，我们不想惹麻烦——让我们把灯关了吧”，我祖母说。

“这仍然是个恶作剧。他们正在黑暗的掩盖下做些什么，并且不想让任何人知道。”

煤油灯拿出来了。埃尔莎姨祖母拉上客厅窗户的窗帘，关掉所有门，并感谢她节俭的好直觉没有移除一两个星期前才衬上窗户的蓝色纸片。

现在，我们开始听到一阵奇怪的隆隆声，不是遥远的防空炮在响，我起初怀疑如此，而是装甲车和许许多多卡车被神秘地护送穿过亚历山大港。在某个时刻，我们的房子开始在坦克响亮的颠簸下颤动，这些坦克砰砰嘎嘎地经德尔塔大道进入安布罗斯·拉利大街。

“我说的没错吧，”阿尔卡布医生说，他正从窗帘间的缝隙往外窥视，“这跟空袭没有任何关系。他们正在把人部署到其他地方，他们不想让任何人知道。我敢打赌这些卡车装满以色列人刚释放的俘虏和伤兵，现在他们正在黑暗的掩护下被运回家。”

我注意到随着燃油的刺鼻气味从煤油灯愈发无力的灯芯升起，餐厅变得越来越暗。我父亲注意到了同样的事，因为他说“埃尔莎，下次请在灯里多放点油，至少让我们撑过一整顿饭”。

然后我知道，一旦发动机的沉重噪音远去，我们就会听到警报解除，邻近街区的每个人和房间里的每个人都会如释重负地叹气，并最终打开灯。要是我们能在黑暗中多待五分钟、十分钟就好了。我甚至不介意看不清楚，我怀疑没人，包括我父亲，会很在意我们继续在黑暗中吃饭，反正我们的眼睛已经习惯了。

我会怀念这些黑夜的，我想，不是战争本身而是灯火管制，不是我的舅祖父们或我的姨祖母们，而是当我们关灯然后靠近收音机时他们轻柔的嘘声，我们在黑暗中几乎用耳语表达想法，好像敌人也在偷听我们讲话。正是灯火管制把我们的夜晚维系在一起，延长我们的晚餐，因为餐厅如此之暗，我们几乎看不见自己在吃什么，被迫吃得很慢。灯火管制打断下午茶、打牌、对话、吵架、哭泣、拜访，只给我们的生活授予了一种仪式般、几乎礼拜式的氛围，由煤油和燃油的气味净化，灯油如焚香般盘旋在我们的夜晚上空。

“拉蒂法！”我曾外祖母喊道。她想再来些饼干。

“可怜的拉蒂法不在了”，我祖母说。

“可是夜里这个时候她能去哪里呢？”她问。

一星期后，家族里好几个成员被逐出埃及。

再三个月后，又有四个主动离开。

另外六个人几乎立刻效法。每个人都定居法国。

十八个月后，圣人和她丈夫也去了法国。

到那时只有我们八个人留下来：埃尔莎姨祖母、弗洛拉姨祖母、公主、内桑舅祖父、我曾外祖母，还有我们一家。

■

“可怜的拉蒂法会笑的”，埃尔莎姨祖母说。阿尔诺表叔寄予厚望的备受夸耀的巴黎公寓到头来只是乔治·曼德尔大街上一座精致世纪末风格建筑五楼的一个单间公寓——一个美化了的女佣房间。楼里没有电梯，楼梯一层比一层狭窄陡峭，四层之后大理石台阶变成石头台阶，六层后又从石头变成吱呀作响的凹陷木板。我在70年代初曾在一个圣诞节早上从美国来到这里探望我祖母和埃尔莎姨祖母。我们在一个临时拼凑的餐厅里吃了午饭，一个装饰派艺术风格的紫红色折叠屏风把餐厅和将成为我当晚简易床的东西隔开。

厚重的灰色天空低沉地压在空旷的巴黎上方，预示着更多雨。甚至会下雪，我姨祖母说。街上一个声音也听不见，巴黎星期天下午那不容置疑的寂静笼罩在邻近街区的所有地方。我听到外面有一辆标致呼啸着停下来。我往下看。一对夫妇拿着包起来的盒子走下一辆出租车。漫长的圣诞节午宴，我想。

吃过饭后，我们转移到她们昵称为*小客厅*[1]的地方，同一个房间的另一部分，用一块木隔板隔开。埃尔莎姨祖母给我一根从一个绿色锡盒里拿出来的英国香烟，又给我一杯土耳其咖啡，然后我们盘起腿

[1] 原文为法语。

来，坐着聊天，主要是聊美国。“男人就像鸟儿，一天在这里，一天在那里”，我祖母说，援引一个熟知的土耳其寓言，讲的是某个非常懒惰的苏丹，他花了许多年坐在沙发的一头，之后突然决定挪到另一头去。它的意思是尽管表面不是这样，但人们很少移民到很远的地方，事物基本不变，生活到头来都一样。

喝完咖啡后我们坐了一会儿，直到她们记起来我有时差反应。我说没关系。她们提出让我在沙发上午睡，说她们得补埃尔莎姨祖母的一条连衣裙，我可以用这段时间打个盹。我靠在沙发上，她们开始窃窃私语，我想我听到有人拿走我的烟灰缸和咖啡杯，很快我辨认出手摇缝纫机那小心翼翼且越发遥远的嗒嗒声，在长长的停顿中偷偷快速地缝几针，紧接着是小老太太那发牢骚的低语，用的是一种我多年没听到的语言，她们压低、怀有恶意的嘶嘶声，不时被噼啪作响的陈旧胜家缝纫机打断，把我带回了1956年冬天，当时家里所有的女人，担心自己会接到通知、必须在一天内离开埃及，聚在斯波尔丁唯一的缝纫机周围，不情愿地轮流给家人做或补衣服。

我醒来时几乎是晚上了。我们在亨利·马丁大街上散步，经过拉马丁的喷泉，抵达布洛涅林苑的边缘。想过街进林苑吗，快日落时那里很迷人，我姨祖母问，一边扫视灰蒙蒙、湿透的风景，那里光秃秃的树让我想到《阿夫赖城》里的柯罗式寒冬[1]。也许下次散步去吧，我回答。我从没见过巴黎如此空旷。圣诞节，她们解释说。

当我们到达街角时，出于突发奇想，我触摸了罗丹的维克托·雨

[1] 让-巴蒂斯特-卡米耶·柯罗（Jean-Baptiste-Camille Corot，1796—1875），法国巴比松派画家，以风景画见长，《阿夫赖城》是他的作品。

果雕塑伸出的手。“从来没喜欢过雨果”，埃尔莎姨祖母看着这位大胡子诗人说。然后她开始谈起老乌戈先生，他成了一名埃及公民，希望余生待在埃及。“甚至成了穆斯林，自称哈吉·卡巴扎里，”埃尔莎姨祖母说，“他教埃及部队的军官瑜伽。”“真是个幸存者。”“不是幸存者，是变色龙。”“投机主义者。”“疯子”，她们达成了一致。

随着天色变暗，我们取道维克托·雨果大街返回，然后停在一家咖啡馆里。里面几乎是空的，他们一见到老太太们就给我们端上了茶。我祖母点了一个杏仁蛋糕，她坚持说是给我的。“你以前非常喜欢这些”，她说。我回答说我只吃半个，但是随着我们的谈话，我最终吃完了整块。圣诞节当天的无人咖啡馆里有种温暖舒适的氛围，看着这两位老妇人，她们最终在没有我的帮助下脱掉了自己厚厚的羊毛外套，我想握住她们的手，承诺她们很多、很多事情。

很快，这地方开始被填满，我们身边能听到更多声音，很多讲着西班牙语或葡萄牙语——十六区的仆人们。

马路对面，一个个家庭已经在维克托·雨果电影院外排队。一群人进来，坐在我们隔壁桌，点了茴香酒。

“你今晚想去看电影吗？”埃尔莎姨祖母提议。

我摇头。她们说她们每星期去一次，*为了活动筋骨*[1]，快活一下。

到付钱时，埃尔莎姨祖母说她会付她那一份——大约是账单的三分之一。我祖母愤怒不已，告诉她，她不需要她的三分之一，或四分之一，或十六分之一！她会自己付全部。埃尔莎姨祖母不能接受，然

[1] 原文为法语。

后打开钱包，拿出不同大小的硬币，她用布满皱纹、患关节炎的手指笨拙地做了清点。

“我不要你的生丁，留着给你的继承人吧”，我祖母对她妹妹嚷道，后者从来没有过孩子。

当两人都气冲冲地奋力穿上外套，想要第一个离开咖啡馆时，两位九十多岁老人间的愤恨到达了高峰，以至于我祖母失去了耐心，跟她妹妹说她没法和她继续生活了。她厌倦了好像第二天就要饿死那样吃饭——尤其是因为她们本来就没剩多少日子可活了。“别带上我”，埃尔莎厉声说，提醒她姐姐说她完全了解我从美国给她带了一打“欧乐 B”牌牙刷，但她一根也没给她。“你可能说你很快就会死，但是到给我牙刷的时候，你表现得好像你用掉十套假牙还会活着。”

这么说着，埃尔莎姨祖母穿过无人的街道，开始沿隆尚大道另一边的人行道走回家。我往返于两人之间，但她们拒绝和好，每个都说得对方先道歉。当我把否定的结论从一个姐妹传达给另一个姐妹时，每个人都只有一句话要补充：“让她去死。”

我们回到家，及时赶上了她们的电视节目。当埃尔莎姨祖母在椅子脚上绊倒时，她们和好了。“她几乎瞎了”，我祖母低声说。“你问我为什么不离开她。她没人可依靠了。”我们吃了酸奶、果酱和奶酪，*按美国人的方式*[1]——也就是，在电视前吃。

我往窗外看去，眼睛跟着一条长长的旋转光线，它在城市上空漫游，在天空点亮一道带烟的粉色轨迹。“埃菲尔铁塔”，埃尔莎姨祖母

[1] 原文为法语。

说，她走到窗口，靠在我身边。“她开始忘事了，”她低声说，“她以为我没注意。她也没人可依靠。”

那天晚上晚些时候，两姐妹都叫我保证等*时候到了*，不做任何奢侈或复杂的事。感到尴尬，我微笑，做了保证，试图打发掉这个话题，直到我意识到她们指的是百岁生日。“那些日子早就过去了。我们要的只是短暂拜访。”

▪

当我二十年后带着妻子回来时，城市几乎没有变化。我依然记得站名；维克托·雨果大街上的咖啡馆还是老样子；圣奥诺雷市郊路上那家我祖母带我买过一条领带的商店还在那里，只是变得更大以及充满日本游客。维克托·雨果电影院消失了。在街角的旧咖啡馆，我们每人点了一杯*奶油咖啡*[1]和一个火腿三明治。

华灯初上的乔治·曼德尔大街是安静的。当我们接近埃尔莎姨祖母住过的街角时，她那栋楼突然进入视线。

我指着楼上，给我妻子看埃尔莎姨祖母新年前从哪扇窗户把她丈夫的烟斗扔出来许愿。我带她看了附近那栋玛丽亚·卡拉斯住过的楼。她们用希腊语和她说话，有一次还纠正了她的希腊语。

我们拍了照。楼房的。我站在楼前的。她拍站在楼前的我的。她再次问我她们曾住在哪层。五层，我说。我们往上看。埃尔莎姨祖母

[1] 原文为法语。

的单间公寓的窗户没亮灯，百叶窗关着。当然没亮灯，没人在家，我心中思忖。她们死了二十年了！可是，公寓不会空置这么多年；它肯定属于别人。我似乎回忆起维利亲手卖了它。尽管如此，如果这些年里它从未转手，如果什么都没变，如果没人捡起叉子或触摸埃尔莎姨祖母在她去世的夜晚、在被匆忙送往医院之前任其掉落的开襟羊毛衫会怎么样？如果她的家具和她的瓷器和她的衣服和她一生囤积的一切，都用她在它们周围纺上的生命为她守灵，永远当且只当她的所有物，那会怎么样？

有一小会儿，我想底比斯大道上的公寓可能也是如此，在我们住了六十年后，它绝不会属于别人，永远是我们的。我想认为，它依然保持着我们离开它时的样子，没人在那里哭喊或争吵，灰尘堆积在角落里，孩子们快速跑过垃圾房时从不被允许大喊大叫，那是弗洛拉爱过、维利哭过和拉蒂法死去的地方。

我再次往上看。埃尔莎姨祖母黑暗的单间公寓隔壁的窗户亮着。我能看到一个影子从厨房移动到一定是用餐区域的地方。它转向窗户，往外看了一会儿，然后转了回去。这么说，那个曾经抱怨我洗澡时浪费太多水的邻居还活着。

但是我错了。这么多年后，我弄错了窗户。吝啬的老邻居住在黑暗的百叶窗后；亮灯的窗户是才是埃尔莎姨祖母的。那么她在家，我开口说，几乎允许自己为这想法而高兴。

“你就不想上楼拜访吗？”我妻子问。

我几乎可以想象她们从五层的楼梯平台往下看，在楼梯井的尽头等我们，用典型的塞法迪风格，以抱怨表达喜悦：“你现在终于屈尊来拜访我们了?”“二十年，太久了。”“一份祭品，一句祈祷，给点东西让我们继续活着。但相反，什么都没有!”“这就是住在纽约的结果。”“够了，埃尔莎。重要的是他现在来了。”

我想象她们在厨房焦急地临时拼凑出一顿晚餐，尽管我声明我们刚吃过。“你本该提前告诉我们的。”“但我们不饿。”“你们怎么会不饿?”——我妻子轻拍我的手臂，说“让她们弄吧”，几乎被这些远亲逗乐了，一群擦灰后重焕新生的老古董。

然后，意识到无论如何都毫无希望，假装也没用了，“你们来得太晚了”，她们说，衰老绷紧了她们的嗓音。“我们非常抱歉”，她们用良好的社交名流式法语补充道，好像我们来得不是时候，刚巧错过傍晚的茶点。

第五章

食莲族

我父母花了三年才找到他们在克莱奥帕特拉区的珍贵居所。索莫哈区的生活在 1956 年战争后变得太不安全，而且如此令人不快，他们说——流浪汉太多，尘土太多，欧洲人太少。在深夜，索莫哈区会变得相当阴森，尤其是当你听到嘶吼着最新宣传的喇叭们不断集结的嗡嗡声时。我父母寻找的和最终找到的，是一个靠近斯波尔丁区且一面朝海、另一面朝向索莫哈区的广阔香蕉种植园的公寓。

我父亲很喜欢书房，我母亲很喜欢阳台；奥姆·拉马丹对洗衣室欣喜若狂；甚至有一个小房间给我新来的希腊家庭教师玛丽夫人住。“这个家太棒了”，公主说，当时她来拜访，并成功在走廊迷路。“你们究竟是怎么找到它的？”我母亲说这是世上最简单的事情：文图拉一家，她父母的老朋友，终于决定离开埃及，急于卖掉他们的公寓。

一天晚上，我们搬进去后不久，我们的餐厅里散乱着大片的结实钴蓝色纸张，那是阿卜杜从我曾外祖母的房子里带过来的。“他们那边什么都不扔”，我母亲说。玛丽夫人、我母亲和阿齐扎忙着把蓝色大纸剪成四块，用来包我所有的书和笔记本，按照校规的要求。有人从学校打电话来抱怨我没能保持笔记本的整洁。两星期后，同一名教师再次打电话说问题不仅出在整洁上——阿卜杜，第一次接电话的人，就是这样错误地对我母亲汇报的——还出在规矩上，要像班里其他人那样把每本书和每个笔记本都包上书皮。

一个带有按规矩大写的我的全名的标签，将要贴在每个笔记本的封面上，以标示科目、年级、班级和卷数。此外，蓝纸要折进去——紧紧地——而不是用纸胶带粘住。我母亲对这些英国学校的细节没有耐心，想按照法国学校的做法，把标签贴在右上角。我坚持说标签必须放在封面正中。米色的纸行吗？起初她问道。不，必须是蓝色，每个人都用蓝色。就在这时阿卜杜想起了底比斯大道的蓝纸。他脱掉围裙，走到斯波尔丁，不到一小时就回来了。

“我无法相信你等了一个多月才告诉我们这件事”，我父亲说，下班后加入女士们，在玛丽夫人剪纸时，帮她们包我的书。“你怎么会忘记？”

我没有忘。

“那为什么我们在最后关头才做这个？”他问。

我不知道为什么。也许因为我以为我们很快就会离开埃及，所以这些都无所谓了。

然而，我父亲不想离开，为了证明这点，他给自己的工厂加了一层楼，投资了好几个公寓，定做了新家具，以及，作为他的幻想清单的最终项，当我满九岁时，给我报名了在他于埃及的早年间永远像是英国光辉巅峰化身的高级学院：维多利亚公学。

维多利亚公学——在埃及军队于1956年对英国、法国和以色列取得“胜利”后改名胜利公学——曾是大英帝国教育体系的骄傲。像其他著名的英国公学，它是一个巨大的围院，拥有修剪良好的大运动场和一个庄严的方形庭院，治校的纪律章程会让马修·阿诺德的父亲，勃朗宁公学的矮胖、狮子鼻校长，满怀堕落的狂喜，激动不已[1]。

英国作家、哲学家和数学家曾经蜂拥到维校教书。富有的英国人曾习惯于送儿子来这里，亚历山大港的精英一贯喜欢维校胜过法国学校。维校的一切都以简朴的维多利亚式优雅为特征，从让人想起创始人阴沉财富的黑暗室内，直到教师们哀伤而小气的脸，他们等不及对孩子们做那些很可能别人对他们做了太多年的事。

然而，除此之外，英国遗产被缩减为少数无意义的特色：恶劣的食物；对接纳任何太明显的现代事物的抗拒；对口香糖和圆珠笔的禁令；运动夹克带深蓝绲边的灰色制服；对所有美国风俗的顽固抵制，尤其是软饮；强制体操；体罚；以及最重要的，对任何形式的权威的敬畏，包括门卫的。我父亲从未踏足一家英国学校，按照典型的塞法迪风格，愿意付出一切从头再活一次，只要生活始于一家英国公学，他尊重这种对维多利亚式严厉的滑稽模仿，因为它对所有娘娘腔享受

[1] 马修·阿诺德（Matthew Arnold，1822—1888），英国诗人，其父托马斯·阿诺德（Thomas Arnold，1795—1842）是教育学家和历史学家，教育理念以严厉著称，但他任教的学校应为拉格比公学。

怀有值得钦佩的厌恶。它让恶霸变成绅士，让脆弱、脸色苍白的男孩变成男人。它让英格兰成为英格兰。在他心中，维校住满了金发碧眼的男孩，有一天他们会去剑桥和牛津，升至所有大银行和统治世界的所有大国的领导位置。在学校空无一人的某个夏日，在我们参观这家名牌机构期间，他没注意到的是维校实质上成了一所身穿英国服饰破烂遗物的阿拉伯学校。

在改名后，维校陷入悲哀时期。随着大多数英国公民的离开，它成了有钱巴勒斯坦人、科威特人和沙特阿拉伯人的寄宿学校。新兴的埃及中产阶级把他们的头生子都送到那里，尼罗河谷的乡村地主和富足的镇长也这么做。尽管维校依然被看作一家说英语的学校，但在课堂外没人说英语。一种语言受到优待：阿拉伯语。在课堂里，当一名教师无法用英语解释 2πr 时，他的讲课，起初多半为洋泾浜语，最终总是回到阿拉伯语。欧洲人、亚美尼亚人和信基督教的叙利亚人——在我班里，这类人有六个——通常在彼此间讲法语。不懂法语的查理·阿特金森是整个学校最后剩下的英国男孩。我是最后的犹太人。

虽然到 1960 年，学阿拉伯语成了对所有外国居民的强制要求，但阿拉伯语解释对欧洲男孩帮助不大。我们中很少有人能听懂一个字的古典或正式阿拉伯语口语。我们只会街头埃及语，一种埃及人跟欧洲人讲的稀释、拼凑的混合语。当我们的仆人穆罕默德某天一大早从医院打电话，因为他儿子被卡车撞了而要求请假一天时，他对我说，“*Al bambino bita Mohammed getu morto*”，意思是“属于穆罕默德的儿子死了”，补充道，“*Bokra lazem congé alashan lazem cimetière*”，意思是“明天他需要休假因为需要公墓”。这甚至不是埃及语口语，而是法语、意大利语和阿拉伯语的大杂烩，它让从来不想学阿拉伯语的欧洲人得以和当地人沟通。

我会的那一点点阿拉伯语，是在我们的仆人入口学的，在那些温暖的春日斋月夜晚，那扇门大开，在克莱奥帕特拉区的楼里上上下下的厨师和仆人都会聚在我们家厨房里消磨时间，一边等待海港射出的响亮炮弹宣布：经过白天漫长的斋戒，虔诚穆斯林的进食时间到了。他们相互间不会讲我们的混合语，但我在场时，他们的对话会自动退化为一种只能看作婴儿语的东西，尽管它布满了轻松下流的语调，这些语调盘旋在他们的话语上方，像一个放肆而活泼的冷笑。

奥姆·拉马丹会进来，跟阿卜杜和阿齐扎坐在一起。法齐娅，我们隔壁邻居的女佣，也会走出她的厨房，进入我们的，有时在傍晚三人都坐着，而阿卜杜淘米或剥豌豆壳，身处在楼梯井跑上跑下的送货小子们的叫喊声以及盘子和厨具的碰撞声当中。我喜爱他们的闲聊——纯粹、恶毒、琐碎的闲聊——他们的抱怨，在背后互相抱怨，抱怨他们的老板、我母亲、她的尖叫，抱怨他们沦为罪犯的儿子，抱怨健康、疾病、死亡、丑闻、住房、贫穷和发痛的骨头。*Rumatizm*，风湿——或者像法齐娅会说的，*maratizm*，这每次都让大家哈哈大笑，因为如果讹误为 *maraftizu*，它就意味着某个跟女人和屁股有关的淫秽词语。

有时跟阿卜杜、希沙姆和法齐娅一起，我会坐在第四条凳子上，而阿卜杜用巨大的鸡肉剪刀修剪他硕大的脚指甲，法齐娅坐着，打开的厨房门在她的膝盖间摆动，在门两边敲击出复杂的节奏，拍打的速度如此之快，使得我们的独臂希沙姆站起来，模仿三流肚皮舞演员充满活力的臀部扭动。每个人都发出大笑，包括希沙姆，我们求他再跳一次，三人在厨房门上敲出新的鼓点，以此诱哄他。为了练习那节奏，我有一次在我们的餐桌上敲打它，这声音让我祖母非常反感，更加坚定了不应该允许我继续在埃及成长的观点。“我们必须送他去一家英国的寄宿学校”，她说。

大家似乎都同意了，包括我父母和弗洛拉姨祖母。

“他说两个词就开始咕哝，他没有拿得出手的餐桌礼仪，而且，恕我直言，亨利，”在那天晚上，内桑舅祖父继续说，“他的英语让人难以接受。”

“我想不到我能怎么给维利写信，叫他照顾这孩子一夏天，”埃尔莎姨祖母补充，“他就不适合过去。”

恼怒于妹妹的指责，我祖母提醒大家，我，至少上了著名的维多利亚公学——但也没有忘记补充说，当然，她也不赞成这些去厨房水池和阿拉伯仆人的*交往*[1]。然后转身面对玛丽夫人——她的间谍，我母亲这么叫她——她会求她让我戒掉对那些人的依赖。玛丽夫人对阿拉伯人持有最大程度的蔑视，除了冒险进入仆人楼梯跟其中一个要香烟时，她极其同意。“连狗都冲阿拉伯人叫”，她会这么说。

反过来，楼梯井的每个人从没停止过取笑她。为了进一步激怒她，楼里的一个仆人不停重复一个嘲笑埃及的希腊人的简短押韵对句。第一句是希腊语，第二句是阿拉伯语：

[1] 原文为法语。

Ti kanis? Ti kanis?

Bayaa makanis.

[你好吗？你好吗？

你个卖扫帚的。]

然而，我父亲对我新近和阿拉伯人的*交往*很镇定，声称这不失为一个学阿拉伯语的好办法。“他认识我们楼里每个厨师和仆人”，他告诉我们的客人，就像他会吹嘘我知道每个希腊男神和女神的名字那样——这个真相给埃尔莎姨祖母和内桑舅祖父都带来了无尽的悲伤，他们发现我了解关于阿瑞斯和阿佛洛狄忒的一切，却从没听说过该隐和亚伯。

“他连亚伯拉罕和以撒的故事都不知道，更别说穿越红海了”，在我们于克莱奥帕特拉的第一次逾越节家宴上，埃尔莎难以置信地说。

“那我们是什么，异教徒吗？”内桑舅祖父插话道。

“玛丽夫人，你必须承诺做点什么拯救这个孩子。你会承诺我们这件事吗？”我祖母说。

玛丽夫人，非常高兴终于有人在用餐过程中对她说话了，愉快地眉开眼笑，承诺说大家都能指望她。“*相信我，夫人*[1]，相信我”，她用意大利语说，看起来忘记了我母亲一句意大利语都不懂。

---

[1] 原文为意大利语。

“上帝保佑你，亲爱的”，我祖母说。

“*健康和祝福*[1]”，我曾外祖母附和道。

这时内桑舅祖父拿起了他的《哈加达》，开始翻阅书页并继续朗诵。在埃尔莎姨祖母给出信号时，每个人都站起来，包括玛丽夫人，她受邀参加逾越节家宴是因为我祖母认为把她送回家或者叫她像仆人那样在晚餐期间待在房间里太粗鲁。玛丽夫人，一位来自士麦那的虔诚希腊东正教徒，站起来又坐下，把她的食物蘸在所有的精致菜肴和酱料里，吃了她看到我们吃的一切，在每个人之后重复说“阿门”，但是带着一种警惕表情，就像被迫喝下部落自酿酒的传教士。她对于在犹太家庭工作最大的恐惧是不慎皈依犹太教。

“我们也说‘阿门’”，她说，试图表现得友善。

“所有宗教都说‘阿门’”，我父亲回答。

我父亲喜欢这样戏弄玛丽夫人，说宗教间的区别是完全不必要的，因为我们都是上帝统治下的兄弟，犹太人、穆斯林、希腊东正教徒，一点也没差别——尤其是那年，因为逾越节、复活节和斋月都在几天内来临。

“确实，”我父亲会说，“复活节和逾越节（Passover）之间几乎没区别，鉴于复活节的希腊语单词是*paska*，在意大利语里是*pasqua*，它本身又来自希伯来语单词*pesah*。你认为最后的晚餐是什么，玛丽夫人？”

“它是基督的最后一餐。”

---

[1] 原文为拉迪诺语。

“对，但是当门徒聚在一起参加最后的晚餐时，他们在做什么？”

“当然是吃饭。”

“别烦她”，埃尔莎姨祖母说，她看出了我父亲的意思，连忙维护玛丽夫人。“除了吃，他们还能做什么？此外，”她补充说，害怕最小也最容易受影响的我会变成另一个自由思考者[1]，“复活节是一回事，逾越节是另一回事。”她唐突而专横的姿态意在把玛丽夫人从我父亲那里解救出来，也在于灭他的威风，因为他竟敢把两个宗教联系起来。

“我放弃”，我父亲说，也许忘了在那年复活节，每个人都做过关于最后的晚餐的相同对话。然而，这一次，玛丽夫人不准备让他重复那些说耶稣是犹太人的粗俗谎言。

“我所知道的，”她解释说，“都是我小时候我母亲教我的。如果耶稣和他的门徒在最后的晚餐期间做了其他事，我不想听。”

作为一个狂热的信徒，玛丽夫人如此感动于基督的受难，因而在整个复活节期间一直哭泣，经常谈起刺破年轻耶稣双手的钉子和他头戴的荆棘王冠，当时他肩负可怕的重担，没人伸出援手，蹒跚走上*受难之路*[2]。当她每天午后把自己关在我们黑暗的客厅里听收音机里的希腊东正教节目时，她会哭，跟着礼拜仪式哼唱，一边开始啜泣，啜泣，再啜泣，眼泪洒落在我们的“根德”牌收音机上，她会用手帕擦拭它，好像收音机本身也是一名同样虔诚的同伴，它的眼泪她完全理解，也希望给予安慰。她甚至在播放希腊新闻广播和“希腊儿童时

[1] 自由思考者，即对宗教信仰自作主张者。

[2] 原文为拉丁语。

间”时哭过。

玛丽夫人也是一个坚定的教堂常客，经常把我带去，再多哭一些，并点亮祈祷蜡烛以纪念她的兄弟彼得罗，他，*既然他已经在那里了*（她会用一根食指指着教堂快要剥落的天花板说），也许会替她说情，帮助说服她的房东，允许她在露台安一个更大的鸽笼。当你点燃蜡烛时，你不能想鸽笼。有时她点燃很多蜡烛，不是因为这强化了她的愿望，而是因为她每次都发现自己在想鸽笼，这让她的愿望自动作废。所以她会再次尝试。每根蜡烛花一比索，相当于半便士。有时，对自己的祈祷很满意，她差不多做好离开教堂的准备了，而我会在她耳边羞怯地低声说，“玛丽夫人，再点一根。我想了鸽笼”。

她爱鸽子，没什么能比想到阿卜杜煮填鸽更让她痛苦的了——这是一道埃及美食，也是他们之间摩擦的另一个源头。

“但它们这么温柔，它们没有坏脾气”，她会抗议。

他什么也不会说，继续屠杀鸟儿，以犹太人的方式执行此事：用一把非常锋利的刀——一刀，两刀——划破鸽子的脖子。然后，放开鸟儿，随着它在厨房飞行和挣扎，撞到墙上和橱柜上，把血溅得到处都是，他在一旁笑。“只是只鸽子。”

为了激怒她，阿卜杜像我父亲一样，习惯于说所有人，基督徒、穆斯林、阿拉伯人、希腊人、犹太人，对安拉来说都是一样的。这会让玛丽夫人暴怒，她会用一个轻蔑的手势驳斥阿卜杜的主张。为了证明上帝总站在基督徒这边，她会告诉楼梯上的每个人，在土耳其人征服君士坦丁堡并把索菲亚大教堂变成清真寺后，在夜里，所有被土耳其人涂盖的希腊宗教壁画都会从异教徒的绿染料下渗出来，安慰勇敢溜进教堂的少数希腊人。当苏丹听说这件事时，他下令屠杀所有基督徒，把圣像从墙上刮掉，直到什么都不剩。

阿卜杜用一句无动于衷的“*不可能*[1]”，耸肩打发了这个传说。

“那圣乔治怎么说？”她反驳，几乎发起了脾气，“在沙漠道路中间拦下我丈夫的车，并且提前警示他车子会爆胎的圣乔治？”玛丽夫人相信奇迹。她曾见过阿弗利特，魔鬼本人，甚至和他说过话，当时他化身为隆戈夫人的鹦鹉，试图和她的鸽子们交配。

“*圣语，圣语*[2]”，阿卜杜回答，知道他在借着诋毁她最珍视的两样东西来讥讽这个希腊狂热信徒：她的信仰和她的鸽子。

有时，无法控制自己，玛丽夫人会爆发，提醒他每个人最终都会变成基督徒。“甚至内桑舅老爷，甚至阿卜杜，还有奥姆·拉马丹”，她说，为基督的最终胜利而欣喜。

“胡说八道”，阿卜杜会如此嘲讽。

“嘿！”她惊呼。“异教徒，你们全部人。起初有诺亚，然后有亚伯拉罕，然后有雅各，然后有穆罕默德，再然后出现了基督。”她激动不已，伸出食指，用右臂做出一个扫荡四方的环形动作，慷慨陈辞：“*Wu baaden al-Messih getu kulu al-Chrétiens*。”

听到这里，楼梯井的仆人们爆发出大笑，阿卜杜、法齐娅和我也一样。没人清楚她想说什么，因为她这句话的意思要么是“基督之后，出现了所有基督徒”，要么是“基督之后，所有人都会变成基督徒”。但她用手臂做出的意指宇宙的高傲环形动作，才是我们每次模

---

[1] 原文为埃及方言。

[2] 原文为阿拉伯语。

仿时让我们大笑的原因。几分钟内，那个手势就载入了克莱奥帕特拉区诸庭院的史册。

当玛丽夫人逮到我做这个动作时，立刻威胁要告诉我的老师。

■

这可不是闹着玩的，因为在维校，任何事，甚至于丢了一件跟学校完全无关的无价值个人物品，都可以被解释为违规，而对于所有的违规，惩罚始终是体罚。体罚分为好几等，按照罪行的程度或教师的心情来划分：首先是教师的巴掌，随意扇在任何地方；然后是尺子；然后是棍子；然后是藤条，可怕的*卡拉扎纳*[1]。每个类别里有各种精细变种，值得让了不起的侯爵本人享受：比如说，你可以被尺子的扁头或金属边打；打在你摊平的手掌或手指上；打在你的手臂或大腿上；用带棱纹的藤条或扁平的藤条打；湿藤条或干藤条；等等。

我在维校第一天就挨了打。在算术课上我因为没有把 6 乘 8 算对而挨了巴掌，在阿拉伯语课上因为在一个五个词的句子里读错五个词而挨了五下尺子。每个人都笑了。然后我因为没吃完米饭和不知道如何用刀叉给鲜椰枣去皮而受罚。当其他人继续在巨大的餐厅里吃饭时，我被罚站在餐桌旁。我想拿我祖父的百利金钢笔戳进谢里夫小姐的额头，她是我的阿拉伯语老师，坐在餐桌上首。第一天上学结束，当校车在克莱奥帕特拉区我们家入口把我放下时，我吐出了我吃下去的那

[1] 原文为阿拉伯语，即前面说的藤条，此处音译。

一点点东西。我马上被擦洗干净并被安顿在床上。我说我认识了五个男孩。全都是欧洲人，除了一个都会讲法语，但都告诫我别讲法语。

手上挨打后，维校的学生会往虚握的拳里狂热地吹气。我也做了同样的事。这个动作能够给人安慰。我甚至见过有人在挨打前吹气。那似乎也有帮助。

在第一个星期，我说我感冒了，其实只想避免在游泳课前当别人面脱衣服，因而挨了打。我是唯一一个行了割礼的欧洲人，还没听过父亲的教导，我就知道，最好不要让任何人知道我是犹太人。

我因为做白日梦，因为在课堂上说话，因为百利金钢笔留下的墨迹挨打。我因为试图擦去这些墨迹挨打。我因为没能擦去它们挨打。我花了更多时间擦掉一个拼错的词，而不是试图写一个连贯的句子。我会用一点唾沫弄湿橡皮擦的顶端，然后进行持续而精细的擦拭，要么最终在我的笔记本上弄出一个洞，要么把墨稀释，直到造成一片更大的污渍。对笔记本的永久损坏意味着你会因为同一次违规挨好几次打，因为谢里夫小姐经常忘记她已经因为某块污渍或某个洞惩罚过你了。撕掉纸页完全不能解决问题；谢里夫小姐会数每个人的笔记本的页数。笔记本有三十二页。

她来到学生的桌前永远意味着危险。她会拿起你的笔记本，把它举到眼前，完全盖住脸，站在那里读一会儿，无法看到鼻子几英寸外的东西，然后突然间，把本子扔回你身上，口吐一句又一句辱骂，同时巴掌跟着笔记本甩来，脚踢紧随其后。她什么都往学生脸上扔：书、粉笔、黑板擦、铅笔盒、杂志，在发射她的导弹时尖叫“哦，我的姐妹!”有一次她甚至把她的手提包扔到我身上。当然，之后飞来了尺子——尽管，对于我，谢里夫小姐认为有必要用更大的工具制造疼痛，这就是为什么她每次都用一个双层木制铅笔盒打我的手。

我也因为鞋子脏而挨过打。在维校，鞋子必须闪闪发亮，而我们早晨在操场的即兴足球赛让它们变得脏兮兮且沾满泥巴。我很快学到，在校长检查时给它们制造光亮假象的最简单办法是在立正时用袜子偷偷地上下擦拭。

校长巴达维小姐，坚持检查我们的指甲、我们的储物柜、我们的口袋、我们的头发。每当我告诉母亲，学校的某人查看了我的头发，她会立刻开始在我身上找虱子，因为她怀疑，学校只有在虱子已经流行开来时才会检查学生的头发。我记得我们如何不得不低下头，而巴达维小姐或谢里夫小姐或我的英语老师吉尔伯森小姐，用她们的手指和指甲搜索，粗暴地耙过我们的头皮。除了在全班面前羞辱你，宣布你长了虱子，他们还会立刻派你去找学校的理发师，后者会剃光你的头，让你头皮上的每块伤疤都露出来。有一天他们剃了查理·阿特金森的头，他是一个拥有鲁珀特·布鲁克[1]式波浪发以及最温和举止的瘦长金发男孩。他走出班级时，头发在阳光照耀下熠熠生辉。当他回来时，每个人都放声大笑。没人能猜到查理的头实际上有多小。第二天他父亲，一个失去了在埃及的一切但从来不愿离开这个国家的六十多岁的富态男人，迈出一辆硕大无朋的老凯迪拉克，牵着光头儿子的手，走向巴达维小姐的办公室。

每个人都知道他是来抱怨对他儿子做出的不公行为的，在吉尔伯

[1] 鲁珀特·布鲁克（Rupert Brook, 1887—1915），英国空想主义诗派诗人，相貌英俊。

森小姐忙着教我们语法时，我们把耳朵张得大大的，心脏跳动得如此响亮，以至于被点名时，我们都说不出完整的句子。我们什么都没听见。每个人都想着最糟的结果。十分钟后，有人敲了一下门。吉尔伯森小姐讨厌别人打断她的课，她大声嚷道，“进来”。是查理。他为迟到道了歉，踮脚走到座位上。他安静地坐下，似乎正要把书翻到同学们在学的那页，突然，让大家极为吃惊的是，他犯了最大的罪行：他把桌板整个掀开。怀着恶毒的享受，吉尔伯森小姐已经走过去，要用她的尺子痛打一顿，突然门口的一个声音把她叫停。是巴达维小姐。她身边站着老阿特金森。我们处于兴奋中，没看到他们。

与此同时，查理尽可能快地清空他的书桌，把他的书、铅笔盒和笔记本塞进他的运动背包。安静地，好像经常排练脚步因此不再需要考虑怎么走，他径直走向教室后部自己的储物柜，用钥匙打开，把里面的东西清空到背包和口袋里。然后，拿出他战无不胜的带衬里的乒乓球拍，这类球拍在埃及已经买不到了，他用一种异常兴奋的尖利嗓音喊道，“谁想要这些？”顿时爆发了大规模的歇斯底里，每个人，没有去想谁在看或谁不在看，都狂热地喊出“我要！”查理往教室中央扔出一个球拍，再扔出另一个。一场疯狂的冲刺随之而来，每个人都扑到阿姆鲁身上，他的座位正好在教室中间，而他根本不知道发生了什么，因为他一句英语也不懂。

然后查理·阿特金森走了出去。我们最后看见他站在父亲身边，等他们的司机绕过方形庭院来接他们。

一个月后他们剃光了丹尼尔·比亚吉的头。

然后轮到了乌萨马·巴沙。尽管他父亲是埃及人，乌萨马的母亲却不能更英国了。乌萨马本人看起来是典型的英国人，说一口完美的英语，有时为了好玩，他会把嗓音提到劳伦斯·奥利维尔[1]的音高，他长得也像后者。他几乎说不出一个阿拉伯语的句子。他在剃头后也退出了胜利公学。

我知道会轮到我的。

■

一天，我把我在公文包里放了一个多星期的阿拉伯语老师写的便条交给我父亲。父亲看了看这张手写工整的法语便条上的日期，问我是不是藏着不给他。我说我完全忘了。不出所料，便条抱怨我从不做作业，我在课堂上从不专心，我肯定要重读整个年级。

我父亲带我去客厅，问我为什么从来不做阿拉伯语作业。

我不知道我为什么从来不做阿拉伯语作业。

“你不知道？”他问。

我不知道。

“你有没有做过一次阿拉伯语作业？”他问，好像只是出于好奇随口一问。我想了一会儿这个问题，突然意识到我在维校确实从没做过阿拉伯语作业。

“一次都没做？”他讽刺地问。

“一次都没做”，我重复道，没看出他讽刺的对象是我，而不是必

[1] 劳伦斯·奥利维尔（Laurence Olivier, 1907—1989），英国著名演员、导演和制片人。

须做阿拉伯语作业这个想法。

我父亲叫来玛丽夫人。关上玻璃门后，他开始斥责她没能确保我做完作业。她任其大喊大叫，但是当他骂她是一个无知的傻瓜时，她跌坐在一把椅子里，敦促他不要在孩子面前说这样的话。连她母亲都没骂过她，不可能到了四十岁她就允许任何人这么做。

“玛丽夫人——”此时我父亲失去了所有耐心，解释说我在学阿拉伯语上的失败可以被轻易解释为一个对抗当今政权的煽动行为。每个人都得学阿拉伯语。

“可是其他欧洲男孩都不学阿拉伯语”，我插嘴道。

“唔，那些要离开的人可能不需要担心阿拉伯语。但是既然我们不打算离开，”他继续说，“让我们至少假装阿拉伯语对我们来说是重要的。现在让我看看最新的作业。”

我打开我的公文包，亮出一本连纸张都还没裁开的阿拉伯语书。我告诉他我必须把一首诗背下来。

“诗在哪里？”他问。

我试图找到所说的那页，但是因为纸张还没分开，我做不到。“它在42页”，我终于想起来了。

“课已经上到42页了，你还什么作业都没做过？”他一边帮我用小刀把纸分开，一边问。

诗配有插图，画的是一个年轻埃及士兵朝三个身穿破旗的老人挥舞阿拉伯弯刀。第一个穿着联合杰克，第二个穿*蓝白红*[1]，而第三个，

[1] 原文为法语。

一个长着粗硬鬓角、大鹰钩鼻和尖头大胡子的秃顶矮个男人，衣衫褴褛地披着大卫之星[1]。

我看着这首二十行的诗，发现自己盯着那些真的在纸上游来游去的字，不停出汗。

“我眼睛疼”，我说。

玛丽夫人慢慢挪过来靠近我，越过我的肩膀看这首诗。这是她避开我父亲的怒视的方法。

“我不会读”，我说。

“你不会读？”他开口说。“解释给我听听。你不但不会背这首诗，你甚至不能读它？”

我点头。

“你都不会读它，那么你打算怎么把它背下来？”

“我不知道”，我回答，继续低头看我的书，却只意识到我开始发抖了。我想更专注地盯着画，以此隐藏颤抖，但我的呼吸太浅，我的下巴晃动得好像它是用松散的铁丝固定的。我发觉自己含糊地说出了几个词。我知道没有回头路了，我几乎肯定要哭了。

“又怎么了？”

“没什么”，我啜泣道。

我父亲看到了画。

“我不管你怎么做，”他说，“但是到明天早上，你必须把这首诗背下来。”

---

[1] 分别为英国、法国、以色列国旗。

“你和我都不会读阿拉伯语，他要怎么学？”玛丽夫人问。

“我们会找阿卜杜帮他。”

我父亲喊出阿卜杜的名字。几秒后，客厅门上响起了一个敲门声。阿卜杜拿着一个托盘，上面摇晃着一杯水。水是给我的；他听到我哭了。

“我要你帮他背一首诗。”

“可是我不识字。”

“这里有人能读阿拉伯语吗？”

“我儿子艾哈迈德会，”阿卜杜说，“要我打电话给他吗？”

“打给他，打给他”，我父亲喊道。然后，转身面对我，他补充说：“现在去吃晚饭，我们看看艾哈迈德到了后会发生什么。”

“不管怎么说，孩子不应该学这么丑陋的东西”，玛丽夫人低声对我父亲说，指那张画。

“丑或者不丑，大家做什么，他就得做什么。”

半小时后，客人们到了。我们的楼下邻居，比利时人妮科尔夫人，带着她的埃及科普特丈夫来了。我们的另一位邻居，犹太人萨里娜·萨拉马，带着她女儿米米和他们的画家朋友法雷斯先生出现。我们提供了酒水。穆罕默德被派去买盐花生。每个人都聚在一起决定当晚要看哪部电影。要从《樱花恋》和《龙虎双侠》里选一部。我母亲、萨拉马夫人和米米拒绝看西部片。《樱花恋》听起来很精彩，但是枪战和枪击——绝对不行！我母亲问埃比勒·哈米德，萨拉马夫人的埃及情人，一位百万富翁，想不想加入。“他会来的，但是得在剧院的灯关掉后。我必须给他买票——我给他买票！——把票放在售票处，说是给*恺撒先生*[1]的。”“可是马龙·白兰度不是犹太人吗？[2]”米米插话道，指的是政府关于不播放犹太演员参演电影的政策——这也就是为什么《埃及艳后》从没在埃及上映。爱德华·G.罗宾逊的电影也被禁止了，还有保罗·纽曼主演的所有电影，他被认为是犹太人。《宾虚》《十诫》和《出埃及记》也从未在亚历山大港放映；它们描绘了犹太主题。然而，柯克·道格拉斯是一个如此典型的美国人，以至于审查员以及埃及的其他人，包括我们，绝不会想到他的真名是伊苏尔·达尼埃洛维奇。法雷斯先生暗暗嘲笑米米的评语，补充说这真是犹太人作风，觉得所有名人都是自己的秘密兄弟。

我母亲俯身靠向我父亲，轻声问他们能不能带我去看电影。“谁听说过他这个年纪的男孩在周末之外的时间去看电影的？”传来他抬高的嗓音。

我们听到门上响起一个轻柔的敲击声。是阿卜杜。“我儿子到了”，他宣布。我瞥到艾哈迈德的脸从门后往里偷看。

“好”，我父亲说，站起来和艾哈迈德握手。他命阿卜杜给他儿子点吃的，知道他整天都在斋戒。我父亲把手放进口袋里，拿出一张一磅纸币，递给年轻人。艾哈迈德后退了一步，拒绝纸币，说他不是为了钱来的。我父亲坚持，说他很感激他在斋月期间过来，如果年轻人拒绝了他，他会很受伤。阿卜杜的儿子说，“*没必要*[3]”，而我父亲几乎在恳求他，“*有必要，有必要*[4]”，直到艾哈迈德妥协。

---

[1] 原文为法语。
[2] 马龙·白兰度是《樱花恋》的主演。
[3][4] 原文为阿拉伯语。

艾哈迈德几乎没时间吃下一口饭，就匆忙冲过走廊，进入我的卧室，在那里，他父亲指着我书桌旁的一把椅子。年轻人脱掉外套，任其掉在我床上，然后，他改变主意，把它拿起来，整齐地放在椅背上。他坐下，把椅子拉近我的书桌，微笑，然后不自在地红了脸，他瘦削、橄榄色的手在翻书寻找42页时颤动不已。看到书里其余的纸还没分开，一句话也没评论，他往后伸展，把手深深插入口袋，拿出一把小刀，用敏捷、果断的手腕动作，拿刀片把纸分开，这是他从一个当地谢赫那里学来的，对方教他读书写字。在切完纸页后，艾哈迈德把书摊在桌上，用手上下按压封皮而不弄坏书脊，直到书屈服，在42页摊平。

他再次脸红，也许是因为我们颠倒的角色让他觉得尴尬，但也可能是因为他突然意识到他将不得不教一个犹太人一首污蔑犹太人的诗。

他自己读了一遍这首诗。然后，正如我的阿拉伯语老师在课堂上会做的那样，他读出前几个词，重复，然后等我把它们念给他听。他没有解释诗的意思；从来没人解释诗的意思。它们总是关于毒药、犹太人、复仇和祖国。但他说这些词的时候身上带着一种缓慢、从容的神态，从不纠正我的错误，只是用正确的方式重复词语，每次我说出什么都对我微笑，好像我仅仅通过说出难懂的古典阿拉伯词语，就是在帮他大忙了。

在一个小时里我就背下了这首诗。“在睡觉前和刚起床时自己读一遍”，他说，好像在开药方，因为这就是他把几乎整本《古兰经》背下来的方式。我告诉他我不太会阅读。“你想让我教你吗？”他问，好像这是世上最自然不过的事情。“非常简单”，他补充。

我们用接下来的一小时学习如何拼写诗里的词语。然后，在离开前，他让我再次背诵这首诗。“看这多简单——你刚才还那么害怕”，当玛丽夫人陪我们走到厨房时，他说。我以为我十分熟练地隐藏了我的恐惧。

在床上，在转到那首诗前，我开始翻阅课本，盯着插画，画面上强壮的阿拉伯年轻人拿着尖刺刀去解放巴勒斯坦，而一千个紧张不安的犹太鼻子对着无畏的胜利者，后者在践踏以色列国旗。死尸躺满沙地。每页有诗的纸上都配有一幅相似的画，除了母亲节的诗，在那首诗旁边，艺术家速写了一位把爱慷慨给予七个孩子的慵懒中年埃及母亲，最大的孩子一只手挥舞巨大的埃及国旗，另一只手挥舞纳赛尔总统的肖像。他穿着一种军校生制服和校服的混合物，衬衫袖子卷到肩膀。

突然我被恐惧攫住，这想法箍住了我的胸膛。如果我忘记了当晚学会的诗怎么办？我立刻对自己重复了前几个词。不，它们都还在，什么都没被忘记。

当晚晚些时候，我被雨点轻敲窗玻璃的声音吵醒。带着强烈的喜悦和感激，我听着克莱奥帕特拉街道上平静的春季阵雨，从雨声中意识到，水不是沿百叶窗的板条滴下来，再在窗沿上汇聚成水池，而是直接拍打在玻璃上。为了让我高兴，阿卜杜违抗了我母亲的命令，让百叶窗大开，好让光线能在黎明涌入，填满房间，让我想起我们在曼达拉的海滩房子里度过的夏日早晨。我很奇怪，为什么她总是固执地反对让百叶窗开着，尤其是当你在夜里可以看到附近建筑反射在天花板上的光时。

我打开我的短波收音机，听了一首法语歌。

几小时后，我听到母亲踮脚走进我的卧室。我从她衣服的窸窣声判断，她还穿着外套就冲过来看我。他们跳了舞——我知道她喜欢跳舞——当她弯腰吻我时，我分辨出了她呼吸中的酒味。我为他们高兴。

▪

第二天早上我一醒来，就扫描大脑，检查它是否还留有那首诗的痕迹。让我极为吃惊的是，我发现那首诗纹丝不动。

当我走进餐厅时，我见到我父亲在吃一个煮得半熟的蛋。他穿着浴袍，刚出淋浴间。他身旁坐着波利蒂先生，也在吃一个煮得半熟的蛋。阿卜杜坐在我父亲身后，从茶壶里倒茶，显然渴望听到他儿子受夸奖。

我父亲问起了我的深夜辅导。我告诉他我把诗背下来了。他叫我背诵。我摇头。然后，他转向阿卜杜，问道："艾哈迈德想给他上私人课程吗?"阿卜杜说他求之不得，只是他儿子很快就要应征入伍，再过两年才能自由。"可惜。我们得再找一个家教了。"

阿拉伯语再也没有像那晚和艾哈迈德学习时那么容易。

当天在学校的一个小课间里，我取笑了阿姆鲁，他像很多说阿拉伯语的人一样，从来没学会区分英语发音里的 b 和 p。那天早上，吉尔伯森小姐试图教他其中的区别。从她刻薄无知的视角，阿姆鲁一定看起来是出于恶意而拒绝学习。她把他叫到班级前，拿出一张纸，撕成很小的纸屑，取了五六片放在掌心。然后她把手拿到嘴边，大声说出“b”。什么都没发生。“现在看看区别，”她预先告知，然后发出一个“p”的声音，此时纸屑飞出了她的掌心。“拿着，你来试试。”她把一些撕碎的纸片放在阿姆鲁掌心。“说布（buh）”，她说。“布”，他重复。什么都没发生。“现在说噗（puh）。”而阿姆鲁说，“布”。“不对，噗”，她坚持说。“布”，他重复。“不，你个傻子，是噗，噗，噗。”她开始抬高嗓音，把两人掌心里的纸屑都吹掉了。“布，布，布”，他重复，非常努力地尝试取悦她，然后，看到她生气了，发出最后一个挫败、无望的——“布”。

到此时，班级兴奋不已，我们中的一些人笑得从座位上滚下来。连从来不笑、脸上永远挂着一个恶毒凝视的吉尔伯森小姐，也很明显地在微笑，先是听到阿姆鲁的每次失败尝试就咯咯笑，最后自己放声大笑，这给了班级爆发骚动的许可，与此同时阿姆鲁糊涂而沮丧地站着，直到他意识到他没理由不跟其他人一起笑，所以他也笑了。

在课间，我碰见阿姆鲁，开玩笑地叫他“Blease bass de bebber”[1]。他知道我在取笑他，骂我“*阿拉伯人的狗*[2]”。这太伤人了，我冲向他，两人在操场上扭打起来，直到校长巴达维小姐赶来把我们分开。“你们不应该打架”，她喊道。“但是他侮辱了我，”我争辩，“他骂我‘阿拉伯人的狗’。”她没有给我时间说完抱怨。“可你就是阿拉伯人的狗”，她用阿拉伯语回答，微笑着，好像这是世上最明显不

---

[1] 模仿阿拉伯人的英语口音：请递给我胡椒（Please pass the pepper）。
[2] 原文为阿拉伯语。

过的事情。

我目瞪口呆，差点确信我误解了她的话。我甚至准备再次抗议。但我什么都没说，去了厕所，在那里，米歇尔·科尔达伊，来自埃及最富有的一个基督教家庭的法语母语者，帮忙用水冲我擦破了的膝盖。我尽可能地弄干净自己，带着因为摔倒而依然发红的腿上阿拉伯语课。

在背诵开始前，谢里夫小姐快速过了一遍这首诗，叫全班列举世界上所有阿拉伯国家的名字。诗本身是一曲献给阿拉伯世界大团结的长而崇高的爱国颂歌。它污蔑了几乎所有欧洲国家，并在*结尾献词*[1]中，激励所有阿拉伯男孩女孩解放最后两个还处于外国统治奴役下的阿拉伯国家：阿尔及利亚和巴勒斯坦。法国得到了不出所料的诅咒，英国也是如此。最后，为了给小演讲作结语，谢里夫小姐谩骂*亚胡德*[2]，犹太人，把拳头挥向空中，模仿敬礼，她每次提到这个词都会让肾上腺素迅速布满我全身。学生们回应谢里夫小姐的战斗口号，提出问题和表达同意，只是增强了他们愤怒的强度。学生们带来的用彩色墨水制作的手写海报，挂在教室的墙上，谴责帝国主义、犹太复国主义和犹太人的背信弃义。

每次提起*亚胡德*，班级里就会弥漫开某种丑陋而危险之物。我能做的只有无助地僵在那里，希望某种未知力量过来把我带走，希望天花板掉在谢里夫小姐头上，希望一只可怕的野兽从海里蠕动出来，朝我们的教室门打哈欠。我在座位上一动不动，试图让自己溜走，凝视

[1] 原文为法语。
[2] 原文为阿拉伯语，即后面说的犹太人，此处音译。

虚空，神游远方。

当谢里夫小姐对全班谈论纳赛尔关于团结的泛阿拉伯国家的愿景时，我等待着不可避免之事。她警告过我会是那天第一个背诵诗歌的人，我已经知道在她的开场白末尾，她会走到讲台，在手提包里寻找眼镜，打开书，然后把目光转到窗户，好像她的思绪游荡了一会儿，依然徘徊在维校巨大的绿色板球场上空，再突然喊出我的名字。现在我等着随时听到它。我安静地从笔记本撕下一个非常小的角，在上面画了一个大卫之星。这可能会给我带来好运。不知道要拿星星做什么，也不想让它躺在我的课桌上或我的口袋里——在全班面前那些地方总会遭受突击检查——我把它放在了嘴里，把它稍微移动了一点，然后让它粘在上腭，它待在了那里，不被舌头或牙齿触及，就像米歇尔·科尔达伊跟我说的他对圣体祭饼做的那样。

我再一次搜索大脑，寻找第一行诗的词语。它们还在那里，全部都在，就像几小时前被放在床上后就没移动一条肢体的孩子。我几乎带着爱意在思索它们。

然后谢里夫小姐喊了我的名字。一剂肾上腺素流过我全身，带着一阵冰冷、令人麻木的痉挛。

我走到全班面前，清了清嗓子，又清了一遍。我试图把诗快速念完然后完事。我说出标题，背出第一行，它只是重申了标题，然后，对自己相当满意，我已经在努力寻找第三行，突然之间，诗消失了。

我辨认出前排的男孩们不停低声念给我听的一些短语，但我无法把它们拼凑在一起。此外，知道谢里夫小姐一定也听到了他们的嘲笑和低语，我不知道是用一个短暂的微笑感谢他们，还是仅仅盯着空白处，假装没听到。

“这是一首重要的诗，书里最重要的诗，”她说，“你为什么没学它？”我不知道我为什么没学它。“我再也不知道该拿你怎么办了”，她说，逐渐发起脾气。“我不知道，真的不知道——哦，我的姐妹！”她爆发狂怒，现在准备好了随时打我。“哦，我的姐妹！”她再次喊叫，掷出她用来画阿拉伯世界地图的所有彩色粉笔。“我们得去见巴达维小姐。”

只有在我们去巴达维小姐办公室的路上，我才终于想到，在这个寒冷、晴朗的上午，她几乎一定要用上棍子了，也许甚至会用上藤条。

然而，更为糟糕的是，我害怕父亲会知道我的罪过然后在当晚发怒。他会再一次告诉我，没能记住那首诗，我有可能让政府线人发现，在我父母家里没人非常严肃地对待阿拉伯语教育。这几乎肯定会毁掉我的父母。

让我吃惊的是，我没挨棍子；相反，巴达维小姐打电话到我家，宣布我停学一天。我母亲和玛丽夫人跳进一辆出租车，不到半小时就过来接我了。我母亲让玛丽夫人当她的翻译，对巴达维小姐道歉，保证说从现在起，我每天都会跟一个阿拉伯语家教上课。

在学校场地外，当她问我为什么没学这首诗时，我崩溃大哭。

“我们坐有轨电车回家”，她说。

我们在维多利亚终点站登上二等车厢，直接往二层走去，我们三人都挤进了螺旋形楼梯右侧露天门廊的狭小空间。在上车前，我母亲，一个土生土长的亚历山大港人，记得为坐车买了热花生。有风，浅灰色的斑点盘旋在上空，这一天肯定会保持明亮晴朗。从我们坐着的高处，我能看到粉刷过的学校角楼从餐厅升起，在那里，这个时候，我的同学们正排队拿午饭。我想到食物，总是同样的廉价、令人作呕、黏糊的米饭，装饰着一点点肉。学校里的某人用阿拉伯语作了一首小诗，不像我听过的其他阿拉伯语诗，这首我永远不会忘：

Captain Toz,
akal al-lahma,
wu sab al roz.

[阿呸队长
大口吃肉
剩下米饭]

当我想到这些词时，我几乎笑出声。我把这些词告诉我母亲，因为她看我微笑，想知道为什么。她也记得寄宿时代在佐苏夫人那里的食物，说她知道老师可以有多残忍。她听到阿呸队长笑了，奇怪他是怎么做到不吃下可怕的米饭的。在维校我们必须吃掉盘子里所有东西。“不然呢？”她问。“他们会非常用力地打你。”“再说吧”，她说，把手指伸进装着花生的纸圆锥里。

有轨电车开始发出隆隆声和吱呀声。很快它开过了维多利亚站的曲线，开始加速前往下一站。“我们不回家，”她一时兴起说，“我们去市区。”

这是个奇迹。我们将从城市的一头旅行到另一头，最终，在午饭后，忘记关于谢里夫小姐和巴达维小姐以及阿拉伯团结赞歌的一切。“别这么担心！”当我不停问她认为巴达维小姐会跟我父亲说什么时，我母亲说。她转向右边，说出维多利亚站后第一站的名字，带着无忧无虑、兴致勃勃、女孩子气的微笑，这个微笑在我父亲汇报阴郁消息时会把他激怒；然后他会说她是他认识的最不负责任、最自私的乐观主义者，因为她拒绝装出他的皱眉和忧虑。

“这是洛朗斯”，她说，指着下一站，这个时刻的站台寂静无人。我还没反应过来，她就说出了维多利亚线的所有站名，一连串法语、希腊语、德语、阿拉伯语和英语名字。在我脑海中，它们永远和我母亲坐在*电车顶层*[1]的画面交织在一起，她戴着墨镜，围着彩色围巾，深色头发在脸庞周围飞舞，和背景里的大海形成对比，抽着一根烟，尽可能努力把我的心思从学校的烦恼转移走。我绝不会忘记它们的名字：萨尔瓦特、圣斯特凡诺、齐齐尼亚、马兹卢姆、格莱门诺普罗、萨巴帕夏、巴克利、鲁什迪、穆斯塔法帕夏、西迪·贾比尔、克莱奥帕特拉、斯波尔丁、易卜拉希米、恺撒营、沙特比、马扎里塔、拉姆雷。

靠近鲁什迪，我看见一排又一排带高大树木和花园的旧别墅，有的甚至带喷泉。随着有轨电车转弯并倾向左侧，我突然知道我瞥见了蒙泰费尔特罗家。它也和很多其他房子一样，被改建成了一家阿拉伯公立学校。声音响亮、穿卡其工作服的女孩在花园里成群涌动。当我

[1] 原文为法语。

对我母亲提起乌戈先生时，她说他成了圣马克中学的一名历史教师。

“我们去看电影”，她说。

■

那年斋月过后，我父亲决定雇一名阿拉伯语家教：谢赫·埃比勒·纳吉布。我只记得他极其难闻的脚以及他在纠正我的《古兰经》发音时放在我大腿上的长着老茧的手。除了《古兰经》，他什么都不教，每次只叫我记忆一两节或一两章，却从不费心对我解释它们的意思。我的作业是每天抄写那些章节很多很多遍。

和阿拉伯语课相比，没什么能比花数小时在书桌前把同样的章节抄十遍、二十遍、三十遍更让人平静了，同时 4 月的阳光在我的笔记本上徘徊，在房间里施下一个无声、安宁的魔咒，为墙壁、书、我的书桌、我的手和我那本《古兰经》增辉，好像预示着强烈的夏日正午光线、温暖的海边天气和沙滩小屋的友谊。

我房间里一幅陈旧的马蒂斯复制品在早晨的光线里发光和召唤，在艺术家位于尼斯的阳台的栏杆间，有小片的蓝色——一如既往，是大海。

从阿卜杜的厨房传来酸橙、甜瓜和熟过头的黄瓜的气味。很快，他们就会包起一切，把床单盖在所有家具上，然后我们就会去我们在曼达拉的沙滩小屋。“*我们需要海滩*[1]”，阿卜杜说。斋月总是让人开

[1] 原文为阿拉伯语。

始想起夏天。

我安静而勤奋地做功课，心中充满中世纪抄写员的茫然狂喜，他们从早到晚在桌前埋头苦干，却对自己整天抄写的东西一个字也不去读或理解。

但是谢赫·埃比勒·纳吉布一点也不满意。我把同一章抄了三十遍，每遍都抄丢了一整节诗。“可是你看不出来如果你省略了这节诗，这一章就说不通了吗？”他提高嗓音问，对此我会安静地并尊敬地承认我看不出来，因为，就像任何认识我的人都清楚的那样，我完全没有能力理解我阅读的任何阿拉伯语文字，除非有人先把意思解释给我听。

在曼达拉的暑假期间，谢赫·埃比勒·纳吉布给我布置了翻倍的作业，每章抄六十遍。平均下来，这会花一小时，尤其是如果我数清每章需要的行数，开始把第一个词抄六十遍，然后在旁边把第二个词抄六十遍，再把第三个词抄六十遍，以此类推。玛丽夫人不知道我重复抄写同一章的方法是否格外有教育意义，她会不时进入我的房间，观察我的进度，几乎在担心，“你非常非常用功”。

在远处，我能分辨出年老的贝督因风笛手的低音，他会在三点左右出现，光脚在曼达拉炙热的沙土路上慢慢走动。每个人都叫他“可怜的家伙”，因为他还穿着英国乐队旧制服的破碎遗物。在他之后来的是乞丐和猩猩表演。再之后，捡垃圾的女人，*扎巴拉*[1]——或者用洋泾浜法语说，*兹巴里尔*——背着一个巨大而发臭的麻袋，里面装着

[1] 原文为阿拉伯语，即前面说的捡垃圾的女人，此处音译。

在高温中腐烂数天的食物，每天下午在我们家敲门要一杯水。她站在外面，几乎要因为高温而气喘，说“*愿真主拯救你，阿卜杜*[1]”。

在她的敲门声后传来面包饼干小贩的吆喝声，在他后面是冰激凌小贩，再之后是邻近的男孩们制造的噪音，他们会开始在我们房子的不远处聚集，说一些我不太理解的话，直到我从呆滞中被唤醒，再次竖起耳朵，才意识到他们是我的朋友，准备前往沙滩腹地，再去斗一场风筝。他们正在把用过的剃须刀片系在风筝的头尾。

曼达拉的希腊人拥有到目前为止最好的风筝，总是赢。来自一家当地希腊孤儿院的男孩们有两个巨型风筝，名叫帕拉卢斯和萨拉米尼亚，每年夏天都称霸天空。当我们的风筝转向它们时，帕拉卢斯和萨拉米尼亚一开始会拒绝参与，像懒惰的眼镜蛇那样嘶嘶叫它离开，又用一个优雅、专横的转弯和点头命令它回来。但是它一靠近，毫无预警，先是一个再是另一个猛冲下来，用连续两下打击撕穿它，自己却没缠线，直到我们受惊而无助的风筝晃动一会儿，然后垂直地落下，摔进沙子里，而每个人都散开，害怕刀片。两个年纪比较大的希腊人会从远处监督活动，在打斗变得激烈时喊出指令，而他们的男孩呼喊和拍手，看帕拉卢斯和萨拉米尼亚包围它们的下一个目标，这次没有挑衅。

在整个抄写练习期间，我心里满是萨拉米尼亚一瞥到我们没有名字的可怜受害者，就从上方冲下来，用尖嘴把它划成碎片的画面。当我一个接一个再接一个词继续抄写时，我的思维会飘到其他东西上。

[1] 原文为阿拉伯语。

然后，突然，在远方，我分辨出希腊孤儿们的胜利呼喊声。萨拉米尼亚再次获胜。

男孩们在沙丘上等我抄完我的章节。莫莫（莫里斯-什洛莫）· 卡尔莫纳在哭喊。“他们作弊”，他咒骂道。有人拿着我们坠落的伊卡路斯[1]的残骸：竹条的碎片和撕破的我父亲工厂制造的白帆布。连我们的父母都可怜我们。“你浪费了太多时间”，我父亲说。

▪

在维校的下一学年比前一学年好不到哪里去。到第二个月，很明显，我每门科目都学得很差，包括美术。

一天早上玛丽夫人警告我，我父亲接到了一通来自吉尔伯森小姐的电话，她表达了对我的功课的新担忧。我父亲想和我说话，她说。我能听到他精力充沛的吸气，随着波利蒂先生用他口音浓厚的犹太—阿拉伯法语不知疲倦地数“一二一二”。我母亲醒得比平时早，穿着一件绿色的浴袍；她淋完浴还湿着的墨黑头发，匆忙地梳到后面。她正在把我的可颂切成小片，在早餐期间特别关心我。

阿卜杜几乎悲伤地看着我。“*勇敢点*[2]”，当我父亲走进房间时，他低声说。

“嗯？”我父亲问。

我什么都没说。我讨厌通往明显会升级为猛烈斥责的模糊开场

[1] 伊卡路斯，希腊神话中的人物，他因飞得太高，双翼上的蜡遭太阳融化跌落水中丧生。
[2] 原文为阿拉伯语。

白。母亲双臂交叉坐着，向下看，好像她自己要被责骂似的。我盯着她，几乎恳求她微笑，或至少回应我的凝视。

“出去”，我父亲对玛丽夫人说。“你也是”，在玛丽夫人站起来后，他告诉我母亲。玛丽夫人在门口等我母亲加入她。

“不，我留下”，她坚持道，试图在打发玛丽夫人的同时控制怒气。

“总是，总是插手，”他开始了，“这是他和我之间的事，他和我。”

“而我是他的母亲。那个狗屎英国女人明明可以打给*我*而不是你，*我*而不是你！”

“那通过谁来谈话？阿卜杜？”我父亲问，充满讽刺。“还有，别在孩子面前说她是狗屎。”

“你就接着说你要跟他说的话吧。你看不出来你让他等，他很难受吗？”

“那就让我告诉你我决定的事吧”，他转过来面对我。“我已经跟吉尔伯森小姐说过了，”他继续说，意在强调这个既成事实，“她同意这是个好主意，让你搬去她家，作为寄宿生和她住一段时间。”

这是我一生中最可怕的威胁。对于那天剩下的时间，那星期剩下的时间，那学年剩下的时间，我什么别的想法都没有了。这个前景像恶灵那样困扰我，潜入任何地方，毁灭每个喜悦。

“我很抱歉，但这是疯了！”我母亲惊呼。

“你才疯！”

“你是恶棍。”

早餐期间某个时刻，我父亲一镇定下来，就设法亲切地解释他的计划，声音里略有歉意。我的学习习惯、我对英语的掌握、我的阿拉伯语功课、我的纪律，甚至我的举止——一切都恶化了。需要采取极端措施。既然去英国上寄宿学校已经不可能了——犹太人不被允许寄钱出国，一旦离开埃及就不被允许回到这个国家——选项要么是雇家教要么是送我去一家当地寄宿学校。我们已经试了第一个。至于寄宿学校，我父亲有他的疑虑；他想象这样的地方充满爱找乐子的捣蛋鬼和夜间的枕头大战，那里根本没人学习。

然而，付一份费用，我就可以跟吉尔伯森小姐住。毕竟，她没有那么可怕。她会教我同龄英国男孩知道的一切。她会让我变文明，离开阿卜杜的厨房，摆脱我母亲暴风雨般的脾气。

当我想象吉尔伯森小姐的家时，我所能想到的只是一个窄小黑暗的卧室，一套条纹睡衣，厕所里我的牙刷立在她的牙刷旁，棕色旧公寓里的棕色旧家具，里面的人所做的只是晚上在一张棕色长餐桌旁，在老不列颠愁容满面的警惕下，单独阅读，单独吃饭，或者单独坐着。吉尔伯森小姐会以一名纠正官兼良心主任的严厉目光窥探我的秘密世界，监视我最隐秘、可耻的想法。我母亲说她绝不会让这事发生，我不需要担心。但我祖母支持这个计划。埃尔莎姨祖母想，“为什么不？”萨拉马夫人窃笑，保证说我这个年纪的男孩和一个堕落的老处女单独待着绝对没害处。她的情人，埃比勒·哈米德，认为这可能造成相反的效果，而妮科尔夫人总结说不管父母对孩子做什么，最终总被证明是错的。此外，她补充道，父母对孩子的影响最为有害，既然他们注定会彼此敌对，那为什么不分开他们呢？

然后我父亲做了他在有压力时总会做的事：拖延。想法本身从未被放弃；它只是被取保候审、被暂缓判决，就像德雷福斯，我从未被正式赦免。就算在我父亲本人显然都质疑他的计划是否明智并且多多少少放弃它时，都没人敢提醒他，说他已经放弃了它，害怕鼓励他想起一件正因为他相信它还在被考虑着才被非正式抛弃的事。也许，到最后，我父亲只是厌倦了这个想法。

■

马利克先生，我的新家教，是第二好的解决方案。身为一名阿拉伯犹太人，马利克先生讲流利的英语、法语和阿拉伯语，并且是希伯来人社区学校在任的校长。他会在每个工作日的晚上五点按响我们的门铃，用英语和每个人打招呼，包括阿卜杜——他比这位仆人更了解阿拉伯语——然后问我能不能好心带他去我的房间。在那里，他会打开我的书包，翻找我淘气或欺骗的证据，必定会找到，然后责骂我，接着检查我的阿拉伯语和算术作业。“我不会告诉你父亲”，他每次辅导时都会在某一刻这么说，“但这些时间几乎都浪费了。你没有投入”，他会补充，然后合上书，拿他两个儿子生活的例子解释投入是什么意思。

在辅导期间，我经常会辨认出快乐的迹象，说明客厅里挤满了来喝茶跟喝酒的客人。没什么比微弱的门铃声更令人愉快的了，紧接着是阿卜杜开门迎接某某先生或女士时预演过的欣喜惊呼，以及鞋子在通往客厅的硬木地板上的敲击声。

一天晚上，马利克先生在离开门厅前比往常多磨蹭了一会儿，就在那里他遇见了我母亲，她更多是出于礼貌而非意愿，叫他和客人一起喝茶。他婉拒，但是被再次敦促后，同意了，然后脱掉刚穿上的外套，把帽子给阿齐扎，站在客厅入口，搓着手，好像他刚从寒风中走进来。在那里，我父亲向他打招呼，父亲比我母亲更不喜欢他，但十分尊敬这位大家口中非常博学的老师。

我父亲往他的杯子里倒了苏格兰威士忌，扔进一个大冰块，然后问他要纯饮还是要加维希矿泉水。“维希，维希”，马利克先生说，好像他总是喝掺维希矿泉水的苏格兰威士忌似的。他抿了一小口，说酒很棒，“尊尼获加，当然！”他补充说。“我无法忍受这个男人”，弗洛拉姨祖母低声说，那天晚上她也在那里，身处客人之间，她的声音完全被从街道升起的交通声掩盖。母亲让阳台窗户在那晚开着，掺着索莫哈种植园芬芳和某人带来的茉莉花香味的浓郁穿堂风跟香烟的暧昧、腻人气味混在一起，给了我们的客厅一种刺激感官的丰富氛围。

突然，门铃响起。我们听到阿卜杜关上厨房门、走向大门，他还没来得及声明他的喜悦，一个响亮的声音就轰鸣而至，而阿卜杜最终手持绅士宽檐帽出现在客厅门口。在他身后是绅士本人，跟着他的妻子。“是乌戈托！”我祖母大喊。

“正是乌戈”，他说，用喊着“让路”的步伐气势汹汹地走进客厅。“给你的，给你的，还有给你的。我没有更多啦”，他一边分发他从最近一趟出国旅行中带回的礼物一边说。他带来了十根珍贵的托布勒巧克力棒，众人——包括马利克先生、我祖母、玛丽夫人和阿卜杜——当场狼吞虎咽。乌戈先生还给我母亲带了一大卷双绉，给我带了一套儿童版《希腊罗马名人传》，给我父亲带了最新版《拉鲁斯词典》——人们在埃及再也买不到的东西。我们最新的《拉鲁斯词典》已经是六年前的了。

“乌戈，你是个天使”，我祖母说，那时她拆开包装，凝视他从法国带给她的手持搅拌机。“这是个奇迹。”大家都坐下欣赏这个小仪器和它细小的螺旋形刀片。他们从没见过任何像这样的东西。“它怎么用?”萨拉马夫人问。“我马上演示给你看”，乌戈先生的妻子说。几乎整个客厅都行进到厨房，观看我祖母搅拌一分钟蛋黄酱。厨房里响起一阵嗖嗖声，六十秒后，我祖母，后面跟着一批欢欣鼓舞的女士，胜利归来，挥舞一个大玻璃杯，里面装着一团发黄的糨糊，她像胜利女神高举火炬那样把玻璃杯举在右手。每个人都想试试。

当他们逐渐返回客厅时，乌戈先生用意大利语呼唤我祖母。“坐我旁边，你个老巫婆，”他说，“我想重新觉得年轻。”每个人都开始大笑，包括我祖母，她那天晚上非常安静，因为早些时候，在楼下等阿卜杜帮她上电梯时，她撞见了萨尔皮夫人，后者不小心把她撞倒在大理石地板上，然后，把事情变得更糟，还压在了她身上。“乌戈，安静点，我的腿疼得不行。”

“截肢，亲爱的，截肢!”这激发他讲了一个下流笑话，讲的是一个巨根白痴，为了伪装成太监溜进后宫，他说，“截肢，朋友，截肢”。

他的妻子恳求他别讲这个笑话，但他还是讲了，并且兴致勃勃，尤其在抖包袱的时刻到来时。“乌戈，你真恶心”，她说，轻拍他的肩膀。“我为你燃烧，亲爱的”，他回答，“*我发热，我燃烧*[1]”，他补充说，准备咬她。

“乌戈，你走到哪里就把欢乐带到哪里，”我祖母说，“现在告诉我们怎么办。我们太担心这个男孩了。他的阿拉伯语老师总是打他，现在他根本不学习功课。”

我假装没听，继续和弗洛拉姨祖母说话。

我母亲不说话。埃比勒·哈米德，萨拉马夫人的情人，立刻插话，坚称纪律是孩子所需要知道的一切。“人人都夸大了孩子的感受——但父母也有感受，”他补充说，“再说了，老师不会毫无理由地打人，你知道的。”

“他从来不学”，玛丽夫人插了一句。

“这不是重点，你必须理解为什么”，马利克先生突然插嘴，他在那之前一直保持沉默，审时度势，再冒险发出评论。画家法雷斯先生，把一根勾起的食指放在鼻子边上，做出重复的弯曲动作，意在暗示鹦鹉的喙，取笑我的鹰钩鼻。“不，那也不是理由”，马利克先生补充道，一边把一盘蛋糕递给埃比勒·哈米德。埃比勒·哈米德患有糖尿病，他一直盯着蛋糕，然后把它们递给妮科尔夫人。“问题是我们从来不试图理解孩子的想法，”马利克先生坚称，“你需要耐心。还有很多心理学。”

“耐心和心理学是很好的词，但扯得太远了，更别提*他们*会怎么想”——我父亲指的是政府线人——“当他们看到在这栋房子里我们

[1] 原文为意大利语，引自意大利作曲家克劳迪奥·蒙特威尔第创作的《我发热，我燃烧，我被渴望所消耗》。

完全贬低跟阿拉伯文化有关的一切时。*他们*已经知道在这栋房子里发生的一切了，”他继续说，“所以我们就不能改一改，变得不那么引人注意，变得和大家一样吗？”

“*他们*是你最不该担心的人，”弗洛拉姨祖母说，转身面对我父亲，“你应该想的是*他*。他们不应该打他。”

我母亲点头。她说她认为这种行为是野蛮的。

“如果我是你，亨利，”法雷斯先生说，“我不会让任何人打我的儿子。”

我父亲说，如果他们对我做的事叫打人，那我们应该怎么称呼他小时候从耶稣会士那里得到的对待。

“他们用什么打你？”埃比勒·哈米德问。

“尺子”，我说。

“尺子！想象一下吧，尺子！”埃比勒·哈米德咯咯笑。“在我那时候，他们用竹条和鞭子。记得竹条吗？”他说，转身面对我父亲，带着几乎是怀旧的回忆。“我们还有德·蓬查特兰先生的拐杖和安东神父的*喀土穆*[1]——真正的花园软管。你绝对忘不了那个！”

弗洛拉姨祖母坚持说孩子在受到体罚威胁的那一刻就停止学习了。我父亲说他不确定，但他愿意服从专业教育家的判断。我祖母说阿拉伯教育家这个说法自相矛盾。妮科尔夫人怀疑他们每次打小男孩屁股的时候都会*高潮*[2]。

尽管如此，萨拉马夫人、法雷斯先生和萨尔皮夫人依然坚持认为

[1] 原文为阿拉伯语，意为软管，此处音译。
[2] 原文为法语。

我应该待在维校，努力让自己投入学习。马利克先生表示同意，但建议把我转出基督教班级，转入伊斯兰教班级。我学习哪种宗教有什么区别，反正我既不是基督徒也不是穆斯林。在伊斯兰班，至少，我会有每星期多听五小时阿拉伯语的好处，听最优美的阿拉伯语也许帮助很大。

“可能是个绝妙的主意”，我父亲沉思道。

我不愿意。我不想学习《古兰经》，也不想当穆斯林班级里唯一的欧洲人；我更不想必须在上宗教课时脱鞋，这是虔诚的阿拉伯人的做法。

与此同时，我祖母和蒙泰费尔特罗正在辩论相反的观点。乌戈先生提醒我父亲，既然我们是意大利人，只有我去上亚历山大港唐·博斯科意大利学校才说得通。所有意大利人最终都不得不离开埃及，在意大利定居——所以为什么不学习意大利的语言呢？我祖母想法不同。也许我们应该请一个意大利家教，每星期来两次。

“也是个很棒的主意”，我父亲说。

此时马利克先生投入争论，好像他拿着能解开谜团的确切答案。“你计划在埃及待多久？”他问我父亲。

“只要他们让我待着我就不走。什么问题！”我父亲回答。

“那么，这孩子需要懂阿拉伯语。就这么简单！”

但我母亲不同意。“我们早晚得离开。当我们离开时，花在阿拉伯语上的这么多年就浪费了。你看不出来吗？让他阿拉伯语不及格吧——让他每年不及格——但是同时让他学习有用的东西，而不是花这么多时间学这些恶心的诗，在诗里他们只教他恨犹太人。”

乌戈先生看起来很沉重。他开始告诉我父亲，他是怎么在穆哈弗扎——市政府——见到卡茨医生的，就在几个月前。每个人都读到了著名医生因间谍指控而遭囚禁的新闻；他的名字在班里一天至少被提起一次。“比 1958 年还糟。他们现在可以逮捕任何人。他们用最莫须有的指控把你扔进监狱。他们在我的裁缝那里逮捕我，把我带去穆哈弗扎，把我剥个精光，我还没反应过来，他们就把我带到了一条巨大的杜宾犬面前，它就在我那玩意儿前流口水，然后他们开始审问我。它看得出你撒谎，他们警告，一边拉狗绳。我吓坏了。情况非常糟糕”，他说得越多，脸色就越阴沉。

“他们折磨卡茨，”他妻子说，“乌戈是幸运的。”

“不过，他们不知道你也是犹太人吗？”我父亲问。

“怎么——怎么你不知道吗？”达·蒙泰费尔特罗夫人问。

“不知道什么？”我父亲问。

“他们不知道！”她说，转向她丈夫，“你得告诉他们，乌戈。”

“没什么。只是上个月我们受了洗。应该是个预防措施，到最后没什么差别，但这是我朋友帕帕纳斯塔西乌神父的主意，他坚持这么做。”

“你们皈依了什么宗教？”

“帕帕纳斯塔西乌神父是希腊东正教徒，所以我们皈依了希腊东正教。我要做什么，在一种基督教和另一种基督教之间选择？”

我们的下巴一定掉了下来。

“行了，行了，你们塞法迪犹太人对此可不陌生，别看起来这么吃惊。”

“不是我吃惊，只是你的希腊语这么差劲，”我祖母说，“你至少可以选择一种更合理的宗教。”

“拜托！关于这事，我已经头疼得够多了。如果你想听建议，我会安排你和帕帕纳斯塔西乌神父亲自谈话。他会把这里的每个人变成基督徒——你、埃比勒·哈米德、亨利、厨师阿卜杜。”

妮科尔夫人忍不住大笑。坐在她旁边的我父亲，靠过去微笑着低声说了点什么。之后她试图压抑自己的笑声。

几乎过于安静地坐在自己母亲旁边、穿着自己母亲的紧身衣服好看起来年纪更大也更艳丽的米米，突然站起来，往脸上放了一块手帕，冲出房间，在厨房爆发响亮的啜泣。她母亲站起来追了过去。

“发生了什么？她怎么了？”我祖母问。

“*米米是个卖弄风骚的女人*[1]。”乌戈先生唱道。

“她在哭。这就是怎么了”，萨尔皮夫人反驳，她是萨拉马夫人的亲密朋友。

“可是为什么？”埃比勒·哈米德问。

“因为她在哭”，萨拉马夫人回答，她返回客厅刚听到埃比勒·哈米德的问题。“米米回家了”，她指着厨房门说。随后是片刻的寂静。“她打电话到我办公室找我，你知道的”，我父亲说。“我知道，”那位母亲说，“对她耐心点，这就是我的全部要求。会过去的。”

我母亲转向萨拉马夫人。“米米怎么了？”她问。

“老样子”，她的邻居回答。

[1] 原文为意大利语。

“还那样？”

萨拉马夫人点头。

门铃又响了，阿卜杜宣布卡西姆和哈桑在门口。

卡西姆和哈桑是我父亲工厂的技工。他们穿着看起来像灰色的星期天西装的衣服，不是他们平常的工装。他们显然很难受。

卡西姆，两人中较年轻的那个，拿着一个系了红色缎带的透明塑料盒。当他看到我母亲迈出客厅时，他走上前，问候她，然后给她盒子。“我们两个送的。”后退了几步的哈桑在对她微笑。在他们看来，这是个非常欧洲的礼物，我母亲后来说他们一定花了很多钱在这上面。

当她打开盒子，拿出一朵用亮闪闪的丝绸做的银色玫瑰时，她立刻高兴起来。她感谢了他们，然后，为了展示给他们看，当即就把它别在她的连衣裙上。阿卜杜拿出两瓶没开盖的可口可乐给客人。他们交换了关于兵营的消息。阿卜杜的儿子和哈桑的兄弟在同一个军团。

我父亲热情问候两位技工，邀请他们进客厅。他们尴尬地手拿瓶子进入房间，因为不知道坐在哪里，直接走到阳台旁的一个空沙发，两人挨着坐下。卡西姆受到我父亲的鼓励，把他的瓶子递给哈桑，开始摊开一张非常大的描图纸，上面画了一个奇怪发动机的模型。我父亲把它拿到灯光下，专注研究，然后宣布说这次他喜欢它。

“你们绝对猜不到这两位先生做了什么，”他告诉房间里的每个人，“他们把一艘沉没的二战德国货船的锅炉拿出来，加固了它，然后把它装在了我的工厂里。”

“怎么，你的工厂要开走了吗？”乌戈先生开玩笑说，他知道这个笑话让人痛苦，因为大家都明白，埃及政府计划在那年国有化更多生意和工厂。

这两个埃及人不会说法语，但是懂得我父亲刚夸奖了他们。然后他请他们喝一杯。他们很不情愿，指指可口可乐瓶，但最终屈服了。卡西姆接受了萨拉马夫人给的香烟，以埃及风格，把它拿在小指和无名指之间。他们在谈论著名埃及歌手乌姆·库勒苏姆，两人都把她视为偶像。萨拉马夫人也给了哈桑一根烟，但他带着不舒服的表情拒绝了，就像有的人拒绝一道菜不是因为不想要，而是因为在陌生人面前吃觉得尴尬。“我道歉，但我得走了”，然后卡西姆说。卡西姆刚说完，哈桑就学他，也站了起来。“我妻子在等我”，年长的技工解释道。“妻子！”萨拉马夫人用阿拉伯语开玩笑说。“可是，没有妻子，你们男人会在哪里？”我父亲把他们送到门厅。“记住我的话，你们有一天会有钱的。”“愿真主听到你的话！”卡西姆回答。

到那时我才意识到卡西姆是谁。他是拉蒂法的儿子。

一小会儿后，妮科尔夫人突然想起来她得走了。“这么快？”我祖母问。“很不幸，是的。”“这个时候去找谁？”萨拉马夫人问。“我的女裁缝。”“哦。你的女裁缝”，她的楼上邻居重复道。“我的女裁缝”，妮科尔夫人微笑道，嗓音中带着几分叹息，好像在暗示我们都有各自要承担的麻烦，而她的是激情。“啊，妮科尔夫人——”我祖母说。“*大家晚安*[1]”，妮科尔夫人简短地说，从茶几上拿起她的钥匙和香烟盒。“她是对的，可怜的女人，”妮科尔夫人一离开房间，我祖母就补充

[1] 原文为法语。

道，“她这么美，又有一个那样的丈夫——”

我祖母曾经听到妮科尔夫人试图逃离她丈夫的殴打，尖叫着，“*停手，停手，卑鄙小人*[1]”，而他喊道，“*你这个婊子养的*[2]”，两个人在金属楼梯上互相攻击，像一口汤锅撞在一口煎锅上。“但她也打他，你不用担心”，我祖母继续说。

我父亲把妮科尔夫人送到门口。然后，她一离开，他就说他也得出去见客户。

“在晚上这个时间？”我母亲问。

“我很快就回来。”

“然后把我一个人留在这些我几乎无法理解的人中间？不能等到明天吗？”

“不能。”又一阵凝重的沉默。

“听着，我没时间争论，如果你想要的话，跟我一起来亲眼看看。”

受到挫败，我母亲说她会待在家里。

“他要去哪里？”乌戈先生一看到我父亲穿上雨衣就问道。

“我不知道”，我母亲说。我听到萨拉马夫人说了点关于耐心和坚韧的话。我母亲说她宁愿从窗户跳出去，也不想继续这样生活。

每当母亲威胁说要从窗户跳出去，我总是在每次她靠近窗户时盯着她。夜里躺在床上时，我会竖起一只耳朵，追踪她在房子里的动作。有时我会下床，踮脚穿过走廊，再从窗帘后暗中监视她在沙发上

[1] 原文为法语。
[2] 原文为阿拉伯语。

读小说，或者在俯瞰索莫哈烟雾弥漫的田野的露台上独自喝咖啡，或者坐在一个售货员旁边——一个珠宝商，或是晚间过来展示货物的各种古董商中的一个。有时，在夜里爬下床，我会撞见她偷偷拨电话，独自在客厅里，一只手拿听筒，另一只手托话筒，不发一声。我知道她在试图寻找我父亲。但是之后，有时，我什么也听不到——然后我就知道她要么跳下了客厅阳台，要么穿过仆人门拜访隔壁的萨拉马夫人去了。在这个夜晚，我们公寓的所有窗户都好好关着。母亲小心翼翼地把皮书签放在小说里，关掉所有的灯，除了食品储藏室里的，那是为她深夜从萨拉马夫人那里归来留的。她的卧室灯开着，一如既往——为了让政府间谍认为所有人都在家。

▪

几个月后我们接受了乌戈先生的提议，在一个星期五清晨，我父亲和我穿上西装，去他位于贾巴蒂大道的膳宿公寓接他。他起床迟了，所以我们出去，在楼下无人的人行道上等待。那是亚历山大港安静透亮的一个早春清晨，那时商店还关着，城市耐心、几乎慵懒地等待晨祷。富尔的气味弥漫在空气中，那是国民蚕豆早餐。我们两个都饿了。如果乌戈先生逮到我们吃这样的贫民食物，他很可能会义愤填膺。"它总是那么脏乱"，我父亲说，我们决定放弃这个想法。从膳宿公寓敞开的门里传来另一种气味：咖啡和卢库马德斯，一种浸蜂蜜的炸面团。"我们得在路上吃点什么"，我父亲说。

乌戈先生打了一条似乎只有他一个人拥有的亮闪闪的丝领带；我

父亲后来说只有某个年纪的富裕男人才打这样的领带。他还戴了一顶博尔萨利诺帽，穿了一件熨得一丝不苟的昵夹克和一双闪耀的带金扣的鞋子。“啊哈，你们已经在这里了，”他以此和我们打招呼，“保莱特来不了。这种天气总是让她头疼。典型的亚历山大港人：热爱太阳，但要在阴凉下热爱。”

“在滨海大道外，曼达拉后面不远”，乌戈先生说着坐到副驾驶上，拿出一包埃尔玛斯香烟。他在白色烟盒背部非常轻地拍了拍，和往常一样，上面已经用品蓝色墨水潦草地写了字。

在这个无云的星期五早晨八点，滨海大道上全无车辆，我们在前往曼达拉的路上全速开过了熟悉的景象，一阵凉风吹过乌戈先生摇下的车窗。我们经过了西迪·比什尔，曼达拉前面最大的沙滩，在那里，夏日生活的迹象尚未涌现。沙滩荒芜，海岸公路的广告牌还贴着去年的海报，在遍布海滨的百叶窗紧闭、没有刷漆的联排小屋附近，见不到一个当季时四处冒头的夏日小店和小摊。餐馆还没拆掉去年的哈希拉——当桌子摆在人行道上时，用来保护顾客和海滩游客的竹棚。有些哈希拉已经发了霉，倒在地上，平躺在路中央；其他的挂在木椽上，边缘扫着人行道，像夏末被困住的风筝那样逆风飘动。

随着我们靠近曼达拉，没铺柏油的路覆盖上了结块和硬化的沙子。不久前的一场坎辛风[1]在四处留下大片的沙子。连努努的可口可乐棚都几乎被埋了，沙子填满了组成他夏季小屋四墙的瓦楞状锡板的凹槽。另一座棚屋，离他的不远，在沙子的重量下塌陷了。

---

[1] 埃及的一种灾害性天气，为多发于3月到5月的干燥南风，携带大量沙尘。

乌戈先生叫我父亲右转，然后再右转来到一座非常陡峭的小山。一个戴头巾的贝督因人和他两个穿鼻环的女儿从一个小屋里冒出来，看我们的车转动轮子开上满是沙土的路。“越过车轮印你就能看到修道院。”在我们面前的是一幢相当大且失修的别墅，围墙上排列着尖钉和铁丝网。随着我们往前开，另一个贝督因人打开一扇大门，我父亲继续上山，直到我们到达一条水平的鹅卵石路，它通往一座精心维护的凉亭，两侧是修剪整齐的田野和花床。我们最终停在一个像是古老破旧的小礼拜堂的建筑前。我们一出来，味道就绝对错不了：我们在沙漠中央，然而，从这个寒冷的海角，我们能看到熟悉的曼达拉和蒙塔扎海滩绵延数英里，伸往暗蓝的大海深处，白色短线把最近的海岸线割得支离破碎。

“*你个皮条客!*[1]”一个蓄须的高大男人一看到乌戈先生下车就喊道。他在监督园丁照料一片地上的花。他开始走向我们，带着一把树篱剪刀和一个大大的笑容，同时用一块破布擦去手指上的泥土。“*你才是鸡奸者!*”乌戈先生用半土耳其语、半希腊语反驳。他们热情地握了手，而蓄须的高大希腊人同时把剪刀拿近乌戈先生的腹股沟，假装出小小的剪切动作。然后，转身面对我父亲和我。“什么，更多*皈依者*[2]?”他开玩笑说，在乌戈先生介绍我们前早早地用他爽朗的微笑跟我们打了招呼。“和我一样的*皈依者*，如果你理解的话”，乌戈先生补充说。“我理解，我理解”，帕帕纳斯塔西乌神父说。“星期天领

[1] 原文为土耳其语。
[2] 原文为西班牙语。

圣餐，但星期五吟诵《施玛篇》。换句话说，一个*阿尔博雷科*[1]，一个杂种，一个*皮条客*"，希腊教士说。"正是！"乌戈先生窃笑道。"跟你们犹太人扯在一起，没什么是清楚的"，希腊人继续说。"来，喝点柠檬水。"然后，转向我父亲，他解释道他们的友谊说来话长，"从战前就开始了"。我没问是哪一场。他解释说*阿尔博雷科*来自"布拉克"一词。布拉克是穆罕默德的坐骑，它非马非骡，非公非母。"可怜的犹太人，你们不是任何地方的公民，却是所有地方的叛徒，连自己人也背叛。别扮那种鬼脸。乌戈，这是你们自己的先知说的，不是我。"

我们一进入他的书房，帕帕纳斯塔西乌神父说的第一句话是，"我和其他人不一样"。我父亲点头，好像在确认这从一开始就很明显。"你们知道为什么吗？"紧跟着一个漫长的停顿，几乎像是他在期待我们回答。"我会告诉你们为什么。他们首先是教士，最后才是人。但是你们知道我是什么吗？"又一个漫长的停顿。我们应该说是或不是吗？我看着房间，里面凌乱地装满圣像和旧书，必定有成百上千。一股腐坏的焚香气味充满空气。它甚至沾到了我手上和他给我的柠檬水杯里。"我告诉你们我是什么：我首先是人"，他说，抬起他的大拇指，轻轻晃了一下，"然后是士兵"，食指也抬起来，"再然后是教士"，抬起中指。"问问任何人。他也行。这些手，"他亮出一对能吓倒彼得大帝、拉斯普京[2]和伊凡雷帝，也能轻易碾碎放在他桌上的旧王家打字机键盘的巨型拳头，"这些手摸过一切也做过一切——你

---

[1] 原文为西班牙语，对于15世纪西班牙改宗犹太人的蔑称。

[2] 拉斯普京（Grigori Rasputin, 1869—1916），俄国神秘主义者，对沙皇尼古拉二世及其妻子有重大影响。

知道我的意思吗？”他转向我，如此严厉地盯着我，以至于我低声说，“是的，我知道”。“不，你不知道，”他厉声“上帝保佑，你绝对不会知道，不然你就得解释给我听。坦白说，我不知道哪个更糟，上帝还是我。”

“瓦西里，停止你的胡言乱语，我们开始吧”，乌戈先生插话。

“可我只是在聊天”，他抗议道。

“你把这男孩弄得浑身发抖，好像见到了撒旦本人——你把这叫做聊天？”

“聊天。还能是别的什么？”

“瓦西里，有时候你的言行比一个来自阿纳托利亚的希腊牧羊人好不到哪里去。你知道吗？”乌戈先生说，转向我父亲，指着打字机。“这家伙是研究法尤姆的世界权威。”

我父亲立刻得出结论，这个魁梧的教士一定是疾病控制方面的专家，尤其是因为法尤姆以其受污染的水域而出名。他开始说他听说很多农民正在因为某种和霍乱像得可怕的病而死去。那么帕帕纳斯塔西乌神父认为霍乱会很快在埃及爆发吗？

“如果它爆发了，我会关心吗？”后者咆哮道。

“不是今天的法尤姆，”乌戈先生插嘴道，“他是法尤姆的早期基督教肖像画的专家。他看一眼这些肖像，一秒钟就能告诉你它们是不是真品。他教这里的可怜孤儿们绘画，别的类型都不教。”

“说到孤儿，”我父亲说，“我在车里带了点东西给男孩们。有人能搭把手，帮我把东西卸下来吗？”

“手？那你把这些叫做什么？”教士提高嗓音说，展示两只伸出的手掌，每只都和伯罗奔尼撒半岛一样大。

我们踏出书房，我父亲打开后备厢，同时帕帕纳斯塔西乌神父卸下三个纸板箱。两个穿蓝色牛仔裤的年轻希腊人过来从后座拿更多的箱子。“这是什么？”帕帕纳斯塔西乌神父问。“给男孩们的夏季针织衬衫。丝光棉——来，摸摸”，乌戈先生说，把一件衬衫递给教士。教士把它展开，仔细查看。“但这要花很多钱”，他几乎在抗议，同时把衬衫的一部分在拳头里捏皱，以便更好地欣赏它天鹅绒般的光泽。“瓦西里，说谢谢”，乌戈先生说。“谢谢。”我父亲说这没什么。“男孩们今天下午回来时，我们会把新衬衫给他们。他们需要复活节礼物，可怜的小家伙。”当他们把纸板箱堆在入口时，我觉得很奇怪，我父亲从没给过我一件这样的衬衫。“我能给你几百件”，等我们在膳宿公寓让乌戈先生下车后，他晚些时候在车里说。

“我们需要讨论一些事情，”我父亲一边盯着教士一边对我说，“你想在车里等吗？”

我说我会待在花园里。三个男人走回了书房。

我独自站着，意识到我是教堂场地里唯一的人。我能看到帮忙卸箱子的两个年轻人正在急忙下山，在沙子里滑行和跳跃，鞋子几乎每走一步都陷进去，最终消失在一片棕榈树后。然后，悄无声息，甚至没有风声，也没有渡鸦的叫声。安静得就像在沙漠里——如亚历山大港的古希腊墓地的寂静，或者晴朗而适合去沙滩的城市星期天清晨的寂静。

我环顾四周，无法理解既然建筑物都如此破败不堪，为什么有人会费心维护这样一个美丽的花园。修道院可能是一个富裕的希腊家庭捐给穷人的私家庄园。

我走到场地边缘，在那里，一片俯瞰大海的倾颓花架创造出了一个可能曾经舒适的小角落，用来阅读或凝望延伸到西迪·比什尔最远的沙滩的海水。在左边，一个由棚屋和泥屋组成的阿拉伯小村庄安静地隐藏在晾晒中的成排衣物后。大型鸟类，可能是猎鹰，降落到附近的一块岩石上进食。

我透过一扇窗户看小礼拜堂内部，觉得我见到了一间教室。里面有靠在墙上的地图、孩子的画、圣像和一幅伯里克利的图片。我走过一条狭窄的走廊，走廊尽头肯定曾是一个非常古老的马厩，但早就被改造成了工作坊。工作坊之外是另一块土地，完全用巨型向日葵围起来，它们转动食尸鬼般的眼睛看我，盯着我小心移动的每一步。突然我被这种不舒服的感觉攫住：有人在背后凝视我。我立刻转身。

然后我看到了它们。靠在马厩的墙上，像两把倒置的巨伞，肋骨暴露，柔软的竹龙骨闪烁黄光，是我身高的两倍，比我所能想象的高得多——因为在过去不管我靠它们多近，我总是从远处望它们——那是帕拉卢斯和萨拉米尼亚，它们巨大的尾巴都在工作坊的地板上盘绕了很多圈，像挤在狭小腹腔的巨型肠子。风筝看起来完全剥光了，像未完成的划艇，在我探索的凝视下脆弱不已。制作者丢弃了去年的玻璃纸盖面，正要粘上新的。我靠近去摸肋骨，但很谨慎，记得竹子的割伤比玻璃的还严重。到那时我才发现能把其他风筝撕成碎片的捶击尖头。和我们的不同，这些不是绑在风筝主体上的废弃剃须刀片；相反，它们是风筝本身骨架的削尖的延伸部分——如莫莫后来对我解释的，区别就像一个戴假牙的老太太和一条强壮公狼的狠咬。

莫莫绝不会原谅我。我所要做的只是拿出小刀，切断竹子。我们会统治那年夏天的天空。有一会儿，我觉得自己像一个潜入无人的希腊船坞的腓尼基间谍，决心尽可能多地对敌人造成破坏，却在看见帕拉卢斯和萨拉米尼亚时失去了勇气，它们是雅典舰队的骄傲，庄严地停在对面的码头，等待小修理。

我走出建筑，听到我父亲呼唤我。

在整个沉默的返程途中，一个想法不停困扰我：当玛丽夫人发现我们计划皈依她的宗教时，她会虚荣得令人无法忍受。乌戈先生说他几乎每个星期天都得去教堂。玛丽夫人对此再喜欢不过了。

但是那天晚上，把乌戈先生放下后，我父亲把车停在我们位于克莱奥帕特拉的楼前，看了我一会儿才让我出去，然后说，"别担心，我不认为我们会和我们的希腊教士做任何事。我无法忍受每星期面对他。但是，我依然想再考虑考虑这事"，他补充，好像他计划我们一说完再见就这么做。然后，几乎像是马后炮，他说皈依新教可能更容易。"不管怎么说，这事真的不急"，他补充，而我关上门，看他开走，知道我在早餐前见不到他了。

■

和前几年一样，复活节和逾越节跟斋月同时到来。但这一年的气氛很严肃，阿卜杜和玛丽夫人之间没有争论，也没人抱怨我的举止。我曾外祖母在我们于斯波尔丁举办的小型逾越节家宴后出了事故。她在半夜醒来，伸手去床头柜的抽屉拿姜汁饼干，却发现它们不见了。

埃尔莎姨祖母拿走了它们，知道她母亲不想在逾越节期间吃加了酵母的饼干。但老妇人忘记了无酵饼，因为没在通常的位置找到最爱的零食，她下了床，在去厨房的路上被一条旧凳子绊倒。她立刻开始头上流血，而内桑舅祖父、埃尔莎姨祖母和我祖母做了好几次止血的尝试。其中一个人把磨碎的咖啡放在伤口上。大家打电话叫来了新的家庭医生扎库尔，他尽了自己所能，但老妇人再也没恢复意识。他们甚至没叫救护车。

那天上午晚些时候，每个人都在她的卧室外转来转去，内桑舅祖父终于打开玻璃门，然后在身后关上，说“她离开我们了”。很快，他们用裹尸布盖住了她，在几小时里，她就走了。玛丽夫人抱怨说这不是基督徒的做法，基督徒会爱怜你一会儿再把你送走。然后她想起来她欠老人[1]三磅。为了避免厄运，她立刻下楼，买了三条甜面包，在从面包房回来的路上把它们给了她最先找到的三个乞丐。

我们在小客厅里度过了一个阴雨绵绵的下午。没人哭，甚至没人说他们记得关于她的这个或那个。阿卜杜进来请下午的假，然后有人建议说我们最好去看电影，我们去了，七个人一起，包括玛丽夫人。

三天后，玛丽夫人被送去医院割胆囊。当她在几星期后回来时，她掉了很多斤，看起来老了，并抱怨双手的湿疹。她看我吃午餐，问我在学校过得怎么样，说她很失望地听到，没有在学习*正常的*宗教，我现在去了伊斯兰班，正如马利克先生建议的那样。“你变成穆斯林了吗?”她问。我摇头。“可是当他们问你为什么学习《古兰经》时，

[1] 原文为阿拉伯语。

你是怎么告诉他们的？”我说我告诉他们我的家人正在考虑皈依伊斯兰教。当我吃完午餐时，玛丽夫人没有站起来清空我的盘子，那是她的习惯。她也没说任何要我洗手的话。她也没催我开始做作业或让我少到厨房跟其他仆人说话。她保证有一天会带我去圣凯瑟琳教堂。然后她喝掉咖啡，谢过阿卜杜，离开了。

▪

过了一星期，在玛丽夫人打电话来道歉，说她在一个希腊家庭里找到了一个不那么费力的照顾老人的兼职后，我父母决定雇一个叫罗克珊的家庭教师，一个在西班牙学过舞蹈的波斯女孩，经历了一连串的不幸遭遇后她抵达亚历山大港，跟一个为某份国内英语报纸写文章的英国记者住在一起。她年轻，活泼，一头黑发，异常美丽，不像当我在海里游泳时跟其他保姆一起坐在阴凉下的玛丽夫人，她会跳下水，游得比谁都快。她出水时，会跑到我们的伞下，几乎把自己埋进毛巾，只剩一部分脸和起了鸡皮疙瘩的大腿露在外面。然后她梳理她染了海娜[1]的长发，点一根烟。她的皮肤在阳光下发亮，在曼达拉的夜晚她会跟我父母坐在游廊上，穿一件带白色波点的深蓝夏季连衣裙，防晒霜的气味依然留在她皮肤上，一边等待乔伊开着他的安格里亚来接她。她很少对事情认真，她说的一切或听你说的一切似乎都有一种无意识的锋芒，这些永远都能逗乐她，也经常让我觉得我比自己

[1] 海娜一般指散沫花，可用于染发与护发。

想象得要聪明的多——这正是我需要的，可以让我充满信心，坦诚面对看起来不仅了解我是谁、还了解我一直想成为谁的人。

罗克珊打破所有界限，迟到，早退，却谁也不得罪，并带着她不知疲倦的欢笑和好心情，成功让我做了和吃了我绝对想不到的东西。她在家时我不再去厨房转悠，当她告诉我她的兄弟叫大流士而父亲叫冈比西斯[1]时，我知道生活可以超越平庸，成为传奇。早晨她用一个狡猾的微笑和我打招呼，那微笑总显得我们说了什么我们同意绝不跟任何人重复的话。晚上我们会一起读普鲁塔克。夜里她坚持给我读几行哈菲兹的诗，以保证第二天是个好日子。她会先用波斯语读那些诗行，翻译意思，给出一种总是牵强却快乐的解释，然后吻我，祝我晚安。

最为她倾倒的人是达拉巴科先生，我的意大利语家教，一个胸怀大志的前外交官，他在墨索里尼当权期间逃离了土生土长的锡耶纳，又被乌戈先生从亚历山大港的私人课程圈子里挖掘出来介绍给我们。老先生说这位锡耶纳的绅士讲世上最好的意大利语。达拉巴科先生阅读每一本书以及每一本杂志。他会从市里最重要的意大利语书店借杂志，然后在上上下下坐有轨电车去不同学生家的路上看完，以完美的品相归还。像马利克先生——他不想招致前者的不快，并且在前者辅导期间被迫配合他的时间——他喜欢在辅导后享受茶和鸡尾酒，总是设法让自己受邀进入客厅，因为他喜欢有人陪伴，因为他孤独的单身生活没给他多少机会谈论他最爱的两样东西：文学和歌剧。他在那年

[1] 大流士和冈比西斯均为古波斯国王。

4 月到来，当了我五年的家教。

达拉巴科先生开始教我但丁时，我父亲敲餐厅门问他能不能坐在餐桌尽头旁听时，他特别满足。没有受邀请，罗克珊会做一样的事。当他谈论法利纳塔、乌戈利诺伯爵和布鲁涅托爵士时，或者当他讲述保罗与弗兰切斯卡[1]的故事时，她的在场一定令他古老的锡耶纳贵族血液在血管中奔腾，因为这个波斯女孩，尽管只能通过破坏她的西班牙语来讲意大利语，却似乎理解被流放的归尔甫派[2]和背井离乡的锡耶纳绅士，就像她理解哈菲兹、乔伊、我和世上所有男人那样。她理解失去一切、吃了一辈子不加盐的托斯卡纳面包后吃加盐的面包意味着什么。她也理解依赖他人获取收入、微不足道的收入是什么滋味。

Tu proverai sì come sa di sale
lo pane altrui, e come è duro calle
lo scendere e'l salir per l'altrui scale.

[你将懂得别人家的面包
是含着多么苦的味，别人家的
楼梯升降是多么艰难。][3]

达拉巴科先生在对她、对我、对他自己、对但丁说。

---

[1] 法利塔纳、乌戈利诺伯爵、布鲁涅托爵士、保罗与弗兰切斯卡均为《神曲》中的人物。
[2] 即但丁。归尔甫派（Guelf）是 12—15 世纪意大利的教宗派，但丁属于此派别，但是在派别内部政治斗争中被构陷，于 1301 年被逐出佛罗伦萨，从此再也没能回到家乡。
[3] 出自但丁《神曲 · 天堂篇》，王维克译。

“如果你一天学一篇，”他会说，“三个月内，从现在到8月，你就能把整本《神曲》背下来。”但他也可能是在对罗克珊说。

他继续告诉她，当英国人把住在埃及的所有意大利男性囚禁时，他像19世纪的意大利爱国者西尔维奥·佩利科那样度过牢狱生涯，每天记诵一篇。“你，坐牢，达拉巴科先生！我想象不出你在牢里的样子。”锡耶纳人很感动。

她说这话是在6月初的一个星期五早晨，我们正坐车去曼达拉。达拉巴科先生那天来了，晚些时候他会被载回西迪·比什尔站，然后从那里坐有轨电车去市里。

随着车子往前开，我们所有人都挤在一起，车窗敞开，达拉巴科先生解释歌剧《托斯卡》，在讨论了一些较为明显的和声后，他开始唱卡瓦拉多希最后的咏叹调，并重复了几遍，叫我唱，然后叫我来过夜的朋友科尔达伊唱，然后——他是个多么心不在焉的人啊——叫我母亲唱，最后叫罗克珊唱。每个人都笑了，包括司机哈桑，他为了证明自己不傻，亲自唱了几小节，唱歌时无意中把咏叹调阿拉伯化了。达拉巴科先生喜欢这中东风情，在教了我们来自《纳布科》的著名合唱旋律后，问哈桑会怎么唱。司机从命，罗克珊模仿埃及人对威尔第的处理，然后车里充满欢乐。达拉巴科先生向我们解释了亚历山大港的穆罕默德·阿里剧院和开罗的大歌剧院的历史。为了开罗大歌剧院，埃及总督委托威尔第创作了《阿依达》。“威尔第来过埃及？”我完全不相信地惊呼。“的的确确来过埃及”，他回答，听起来跟谢里夫小姐一样爱国。

在我们去曼达拉的路上，我们遇见了我父亲的马车夫阿布·阿里，他驾着工厂的歪轮子马车。他也朝曼达拉赶去，拖着我们所有的物品——夏季用具、装备、餐具、玩具，甚至一个新冰箱，还有那台承受了玛丽夫人的所有悲伤的巨大“根德”牌收音机，我父亲用一个更新的型号替换了它但从不忍心与之离别。一切都草率地堆在一起，用马车夫的绳子绑着；马车加上它从英国坦克上拆的轮子和几乎无法小跑的蹒跚而行的马，看起来更像一辆逃离饥荒和入侵者的吉卜赛货车，而非一辆去度夏小屋的假期载重车。哈桑朝老马车夫[1]挥手，而阿布·阿里挥舞鞭子作为回应。

乔伊开车跟在我们的车后，载着我祖母、弗洛拉姨祖母和内桑舅祖父。在为母亲服丧的埃尔莎姨祖母，在最后时刻同意过来，好让自己不被单独留在家里。但是她整个旅途都闷闷不乐，认为在服丧期间高速前往曼达拉，让我们看起来像从没见过海滩的贪婪农民。一路上，她都在不断提醒这一点。

为了证明她是对的，刚到目的地，我朋友科尔达伊和我，罗克珊和我母亲，就立刻换上泳衣，急着去游泳了，而达拉巴科先生在俯瞰大海的游廊上舒服地坐下，解释说他没带泳衣。也许他故意做出舒服的样子，以打消我们坚持叫他跟我们去海滩的念头。或许他觉得自己在游廊上接受了我母亲的柠檬水，已经充分克服了天生的害羞，不想经历另一个忍耐力的考验，去遵循对他来说完全陌生的复杂海滩仪式。

然而，我对实践这些仪式简直求之不得——从我在9月丢下它

[1] 原文为阿拉伯语。

们的地方捡起沙滩桨；在肩膀上平衡伞的重量；寻找同样的折叠沙滩毯、防晒霜或似乎永远不会消失的旧网球；记得带第二套泳衣，以防我想更换；包起那瓶旧汽油——和它自带的棉花——用来擦去总是被冲上海滩并把我们的脚染黑的柏油。

房子本身喧闹非凡，因为仆人们忙着卸车上的东西。有的前一天晚上就到了，已经布置了很大一部分。

对一个天生置身事外的男人来说，达拉巴科先生的安静游廊角落似乎是理想之地。

我同情他对游泳的不情愿，不仅因为我自己在维校体验过，还因为我在曼达拉见过很多客人，尤其是我父亲的员工，假装出对海滩的荒谬恐惧，而实际上他们所害怕的只是我们和碍我们的事。有的人选择在其他人都去游泳的时候留下，仅仅因为他们不敢跟我们要毛巾。“你们游得开心吗？”当我们从海滩回来时，他们会问。

我母亲告诉达拉巴科先生，他可以从一个装满各种尺寸泳装的衣柜里借一件。但他继续在房子里闲逛，里面闷热发霉的空气出卖了门户紧闭的冬月。他甚至对西班牙家具表现出兴趣，问我们有没有在冬天用过房子。“有时在圣诞节会用”，我母亲说。

“快来，”当在车道上瞥到乔伊的车时，罗克珊喊道，“我们要去海滩。”

“你去吧，我晚点赶上”，他回喊。

“*那么*[1]，达拉巴科先生，你要换衣服吗，换还是不换？”罗克

[1] 原文为意大利语。

珊问。

“好吧，但我不确定我会游。”

她做出不耐烦的样子，好像他也由她照管了。达拉巴科先生看着乔伊，后者在帮仆人把新的哈希拉从车顶行李架拿下来。他嫉妒年轻记者，也许恨他，愿意付出一切取代他。

“也许水还不暖和——”他开始说。

“你必须穿上泳衣”，她坚持说，把他领到一间卧室。优柔寡断的男人温顺地走了进去。他等我和科尔达伊离开房间，然后在身后关上门，缓慢地，几乎不情愿地，轻柔地拧上钥匙。我们等了将近五分钟。当罗克珊敲门催他快点时，我们听到他用紧张的声音道歉，说他在里面试过的所有泳衣里，似乎没有一件适合像他这么瘦的人。

当他终于出来时，他穿的泳衣没人记得原主人是谁，但他一定比意大利家教更厚实也更高，因为他把泳衣上部往肚子下卷了好几次。

达拉巴科先生原来是个皮包骨，他细长的腿上没长一根毛。但是让罗克珊爆发大笑的是他那两个大拇指，它们在没穿鞋时永远立着。连我母亲都注意到了它们，然后在达拉巴科先生面前转向罗克珊，问他为什么这样立着他的大拇指。“我不知道，”他带着典型的自嘲回答，“我不是故意这么做的。”“但你不是很容易摔倒吗？”他低头看去，好像他的脚趾是他一直想拒绝承认的远亲。“它们不让我心烦”，他说。

我们取道寻常的白垩土捷径走向海滩，一穿过沙子就迫不及待地跳进水里。达拉巴科先生站在海岸线上，双脚在水里，脸上一副和蔼的表情，一边看着我们蹦蹦跳跳、潜入海浪。“我跟你说过他不肯游的”，我母亲对罗克珊说。

确实，尽管他说他爱曼达拉，尽管他夏天里每星期来两三次，教我但丁和德·亚米契斯的《爱的教育》，当天剩下的时间和我们待在一起，追求了罗克珊一年，然后追求弗洛拉姨祖母，再是我母亲，但我从未见他游泳。晚上，在游廊跟我父亲和来自附近别墅的客人喝了几杯后，他就会告辞，说他必须回市里。通常，有人会把他送到西迪·比什尔有轨电车站，他在那里赶夜班车去拉姆雷，坐二等车厢，他借来的杂志整齐地叠在他的进口意大利运动夹克的左口袋。

在曼达拉第一晚的晚餐后，大家围着餐桌坐下，两盏煤油灯在我们打牌时点亮那片区域。埃尔莎姨祖母打开一罐*糖渍栗子*[1]——亚历山大港罕见的甜点。我祖母怕到时候剩下的不够客人分，跟我分吃了一块；然后，看到数量足够，又分了一块，之后再分了一块。埃尔莎责骂她，说她应该要么拿一整块要么别拿，但这个把东西切成两半、到头来还是吃掉相同数量的习惯极其令人不快。内桑舅祖父叫她冷静点。达拉巴科先生不喜欢甜食。乔伊喜欢。他要走了达拉巴科先生的*糖渍栗子*，然后伸手够罐子，用叉子戳最后一块。“*务必不要害羞*[2]”，埃尔莎姨祖母撅起嘴唇说。她珍视的财产不到五分钟就没了。把他的花呢夹克挂在椅背的乔伊，转身搜索口袋，拿出两包未拆封的香烟：“格雷斯”牌和“克雷文 A”牌。“这真是好东西”，我父亲说，他从来不敢在黑市买任何东西。“我也能来一根吗？”达拉巴科先生说。“当然了，达拉巴科先生。”“叫我马里奥”，达拉巴科先生纠正道。“马里奥”，被逗乐的英国人重复道，一边灌下更多苏格兰威士忌。几乎每

---

[1][2] 原文为法语。

个人都在抽烟。乔伊递了一根烟给阿卜杜，后者不情愿地接受了，说他会晚点抽。

不可避免的关于学校的话题马上被触及。乔伊有一个同事，算是诗人，他的希腊妻子在一所美国学校教书——城里最好的学校——几乎没有争论，大家一致同意我第二年应该去那里，上维校再也行不通了，尤其在斋月最后一星期发生的事情后。

“只要没有任何后果，你妻子那天的行为是非常勇敢的”，弗洛拉姨祖母说。

“只要没有任何后果”，我父亲重复道。

“我们那时候做得更糟”，弗洛拉姨祖母说，她在音乐学院的岁月充满各种违规行为。

“而我是个彻头彻尾的捣蛋鬼，”乔伊说，这位伊顿的老学生在他用呼吸追逐一个烟圈时向上看，“而且，天晓得，我做的事可是比在另一堂课上换运动服糟多了。”

“但那是伊斯兰课”，我父亲插话道。

在那个尤为温暖的五月天，在伊斯兰课上发生的是，我偷偷脱下我的灰裤子，穿上白色短裤。然后我脱掉衬衫，没有解领带。我的背心。我的袜子。我的手表。其他学生学样，也换起了衣服，只是，出于对他们的宗教的尊敬，他们克制自己，没有穿上网球鞋。是年轻的塔里克，更多出于虔诚而非恶意，提醒谢里夫小姐发生了什么。她从她那本《古兰经》上抬起眼睛，吃惊地看到一个几乎全部穿白衣服的班级。“他让他们换上运动服”，塔里克说。“哦，我的姐妹！”她惊呼，朝我冲来，用书狠狠扇了我的头。“哦，我的姐妹！”她尖叫。

我立刻被拖到巴达维小姐的办公室。

那天晚上，当我踢完足球赛回来时，罗克珊注意到我大腿背面有发青的斑点。否则我绝不会说的。她试图用手掌把它们擦掉，然后吓坏了，跑出去告诉我母亲，后者立刻进入我房间，要求解释。我讲述早上的事件时罗克珊忧虑的脸和我的眼泪一定感动了她，平息了她的惊骇，我一进入浴缸，她就跪在罗克珊旁边，两个女人一起给我洗澡，如此警觉而操心地使用浴巾，让我觉得自己像一个正在由两个年轻修女包扎伤口的士兵。

我父亲很苦恼，在整个晚餐期间都在试图决定是要对学校发怒还是对我发怒。

“这次他们太过分了”，我母亲说。

“不，这次*他*太过分了。他侮辱了他们的宗教，当他侮辱他们的宗教时，*我们*就侮辱了他们的宗教，而当我们侮辱他们的宗教时，我们会被逮捕，我们坐牢，我们失去一切并被逐出埃及。我不需要让我的名字一直在穆哈弗扎出现。你现在懂了吗？”

“我不想懂。”

第二天早上，当我父亲在锻炼后洗澡时，我母亲叫波利蒂先生匆忙穿上夹克，让阿卜杜告诉巴士司机我那天不去学校，然后我们所有人冲下楼，她命令我父亲的司机哈桑，带我们去维校。我们比校车早二十分钟到达那里；住校生可能还在吃早餐。我母亲叫我下车。目瞪口呆的波利蒂，他那运动员的胸膛从夹克隆起，看起来非常像一个忘记打领带的黑帮保镖，紧跟上来。

她带领我们直接去了巴达维小姐的办公室，她上次来过还记得。

她叫波利蒂在外面等。我们敲了门，里面叫我们等，当巴达维小姐终于开门时，她通过打招呼让我们知道自己的到来并非完全出乎意料。她慎重的微笑毫无道歉之意，而是显出一种镇定、官僚主义的怜悯之情，同情孩子难以管教的家长，这些孩子受罚是为了他们自己好。

我母亲不会说英语，她叫我告诉巴达维小姐，她想知道发生了什么。"你说昨天？"她问。我点头。巴达维小姐做了一个长长的演讲，详细列举了校规，控制解释的节奏，给我时间让我为母亲翻译，在我试图把她那版本的我的罪过传达给我母亲时，她一直认真盯着我。我母亲在每句话时点头，尽管我知道我讲得太语无伦次，她理解不了多少。如同我们之间经常发生的那样，我们在为了第三方而做出沟通的样子。在某一刻，我母亲打断我说，"我知道，我懂，告诉她我懂"，然后，我还没反应过来她在做什么，她就把我转过来，指着我大腿背面茄子色的鞭痕，摸着每一个说，"看看这个，和这个，还有这里这个"，带着她会在展开一条裙子叫她的裁缝好好看看这块瑕疵、那个不完美之处、他的粗心助手留下的那块污点时用的轻蔑态度。巴达维小姐拱起眉毛，像一个拒绝收回次品的店主，宣称概不退换。

我盯了它快五分钟都没反应过来。那是巴达维小姐的藤条，靠在她椅子后的一个角落里。所以这就是武器，这些打得最疼的棱纹，它们看起来如此无害。"是的，但告诉你母亲，我们不能保证我们不会再对你用藤条。告诉她。"我告诉我母亲他们不能保证他们不会再对我用藤条。我看着母亲点头。她现在会让步吗？我继续翻译校长重申的校规，再翻译我母亲随后的问题，直到我害怕她会屈服。

突然出现一个可怕的喊声。母亲扯着嗓门尖叫，用她对店主、仆人和流动商贩尖叫的方式尖叫。学校的门卫和园丁聚在外面的天井。我看着他们的脸望进窗户。我母亲指着藤条说："告诉她——她不知道这个打人会疼吗？"我说："她叫我问你不知道这个打人会疼吗。""当然会疼"，巴达维小姐回答，有点被我母亲的喊叫吓到，但依然保持着她刚开门时的那个微笑。"你愿意的话我们可以谈，"她的表情说，"但学校不会道歉。"

就是这个微笑——这个阴森、无礼、恶毒的露齿笑容，她曾带着它叫我"阿拉伯人的狗"，在她问我想要穿校服还是运动服挨藤条时，它也曾在她脸上闪过——就是这个微笑让我母亲确信，这里绝无希望，她的来访注定要失败。

她的决定如此突然，以至于巴达维小姐在事情发生后还在微笑。"不许你这样对我微笑，不许对我这么笑"，我母亲喊得如此之响，那天整个维校一定都听到了她的声音。与其说是心烦，不如说是受惊，校长把手掌拿到脸颊旁，要么是不敢相信，要么是为了掩盖开始在那里绽放的红色手印。"怎么回事，怎么回事？"她用阿拉伯语说。我母亲拿起她放在巴达维小姐桌上的包，转向我说："我们走吧。"巴达维小姐的一根发夹躺在她门前的地上。我用脚轻轻推开它。"我要去穆哈弗扎控告你"，我母亲说。

当我们走出巴达维小姐的办公室时，谢里夫小姐和吉尔伯森小姐站在外面。我母亲一见到吉尔伯森小姐，就直接看着她说，"*臭婊子*[1]"，然后往地上啐了一口。

[1] 原文为法语。

我告诉她我不想去我的书桌，也不想去清空我的储物柜。我们直接朝我们的车走去，它在方形庭院的另一边等我们。我再也没回过维校。

我们不到二十分钟就回到了家，依然因为早晨的事件而震惊不已。我父亲听到消息时差点疯了。他骂我母亲，诅咒哈桑和波利蒂先生，警告他们再也不要听从我母亲的命令。“不管怎么样，这又有什么区别，我们在这里完了”，他补充道。

一星期后我父亲减少了马利克先生的课时。“孩子在夏天需要休息”，他解释道。然而，通过让马利克先生和达拉巴科先生的课时相等，他第一次承认阿拉伯语可能没有那么重要，我们可能不会永远留在埃及。

我们从没听说维校对那件事的评论。我的成绩单极其糟糕，我的埃及国家研究课程，一门完全用阿拉伯语教授的课程，是——不出所料——零分。我父亲无法理解我怎么能做得这么差，他决定惩罚我。那个星期不能看电影。然后在一个下雨的晚上，除了去电影院无事可做时，他忘记了，违背了他的决定。

▪

在曼达拉一醒来，你做的第一件事情就是跑到窗口，看当天会有哪种海水。即使在床上，有时你听到远处的波浪，从它们的声音里就已经知道天气如何。有时海滩上孩子的尖叫声告诉你他们在观浪，因此那天的大海波涛汹涌。但也有时候，你听不到一个声音，没有男孩的喊声，没有海浪声，没有摊贩的叫卖声，什么都没有，一切都处于静止状态，好像空气中有什么东西闷死了每个声音。这时你就知道，*海水跟水面浮油一样平滑*——弗洛拉姨祖母的话——甚至没有一道涟漪。

房子散发出研磨咖啡的气味。罗克珊已经在厨房煮一小壶，一边抽着烟。她身穿泳衣。乔伊，她说，还在睡觉，大家都在睡觉，一个仆人也还没来。轻柔地，我们打开通往游廊的门，知道等待着我们的风景，一旦我们拉开松散编织的窗帘，绝对不可思议。目光所及空无一人，只有几辆停泊的车及其引擎盖在清晨的光线下闪耀，在它们之外——越过沙丘和有年头的棕榈树，以及所有沉浸于星期天的寂静中的别墅——是淡蓝色的大海，在晨光下熠熠发亮。

"真是个好天气！"罗克珊说。她慢慢走，小心不让杯子里的咖啡洒出来，朝我祖父的小而沉重的钢桌走去，桌子因为生锈，每年夏天都刷一层不同颜色的磁漆。当漆在角上剥落时，你能像数年轮那样数一层层的漆，了解它在我们家待了多少年——它也跟这里的很多东西一样，比我大得多。

我们正要在俯瞰大海的那排栏杆旁坐下，突然发现达拉巴科先生坐在角落的一张柳条椅里，细长的腿架在栏杆顶部，略微后倾。"你是什么时候醒的？"罗克珊问。"好几个小时前，"他回答，"我来看黎明。"

我从没见过黎明。

"你睡得好吗？"他问。

"嗯……好得不行"，她回答。"好得不行"，她打了个呵欠，伸展双臂。

“我太久没见过这样的早晨了，都记不得上次是什么时候了。”

罗克珊往大海望去。

“还有别人醒着吗？”她问。

“没有”，达拉巴科先生回答。

她非常缓慢地喝咖啡，双脚放在栏杆上。“你想要我给你做一杯咖啡吗？”

他说他会等其他人。

我们听到一扇门开了。我很沮丧。其他人肯定会毁掉这一刻的魔力。

但声音来自花园。一定有人打开大门，发出了穿过通往游廊的石子路的声音。然后我意识到了那是谁。我完全忘记了曼达拉这里的晨间小奇迹：无花果小贩。他总是第一个来的；然后是卖冰人；然后是蔬菜小贩；最后，水果小贩在十点左右过来。

罗克珊挑了两打无花果，叫他称一称。她给了我们一人一个。“一个”，她说，暗示“早餐前不能再吃了”。

但距离早餐还有一两个小时。我提议我们去买富尔。早晨这个时候，富尔一定很棒。“你知道在哪里买吗？”罗克珊问，她之前没来过曼达拉。我点头。富尔小贩会把车停在沙丘旁的莫尔多大道的街角，人们会带着大罐子过去。达拉巴科先生说他从没尝过曼达拉的富尔。然后他承认他从没吃过富尔。“可是你在这里住了三十年了，马里奥”，她说。“*给我点耐心吧*[1]”，他回答，意思是，“我现在又能怎么办呢！”

[1] 原文为意大利语。

我们得赶紧了，我说，因为小贩不会在同一个街角等很久。最糟糕的是沿着每个站点找他，却每次都错过。

但我着急是出于另一个原因。我不想让别人加入我们或阻止我们进行那天早晨的远足。达拉巴科先生说他要先换衣服，但我向他保证短裤绝对体面，这个点周围没人。罗克珊穿上一件衬衫，把下摆系在腰上。她一只手拿着一根烟，另一只手拿着一口空的大罐子。

我领他们走到后花园，进入车道，那里的蜜蜂如此喧闹，以至于整个凉亭听起来像一个遥远的瀑布或一台正在开走的大蒸汽发动机。达拉巴科先生说他害怕蜜蜂。我告诉他，它们从不蜇人。你需要做的只是稳步前进并避免突然的动作。两人都相信我。

达拉巴科先生打开通往花园的旧门。我们很少用它，尽管据说这是几十年前通往别墅的唯一的大门。它也像亚历山大港很多再也无人使用的大门那样，带有一个腐蚀了的家族纹章、一个在你甩开门时不会响的门铃和一个古老的殖民风格门环。

达拉巴科先生说这些旧门环有一天会变得非常值钱。“有一天，当在欧洲找不到 19 世纪的古董时，人们会从全世界来这里买这个门环”，达拉巴科先生说。

“但它毫无价值”，罗克珊说。

“记住我的话。二十年后回来，它会价值同等重量的黄金。”

“你的富尔小贩在哪里？”罗克珊插嘴。

“是啊，富尔小贩在哪里”，达拉巴科先生附和，他可能是世上最随和的人，从来不介意被打断。

我们经过了莫莫·卡尔莫纳的房子。它依然为过冬而用木板封着。他们是搬去欧洲了还只是今年来得晚？我父亲说他们的叔叔失去了一切。也许他们也是。我记得在他们国有化他叔叔的财产的那天，莫莫不肯去海滩，他也没参与那天下午的斗风筝。希沙姆在大声朗读一份报纸上的名字，他们的资产或生意在那天被国有化了。我很高兴我父亲的名字不在名单里，但也不想那么早庆祝，问他有没有读完报纸上所有的名字。"等等，这里还有很多"，他微笑着说，一边翻过一页，上面印着整栏的被国有化的资产：萨拉马夫人的情人的、弗洛拉姨祖母的、内桑舅祖父的以及几乎所有人的。我父亲认为现在解雇他不够慎重。

我向罗克珊和达拉巴科先生指出维利舅祖父在曼达拉的旧房子。但他们似乎对它不感兴趣。然后是俄国伯爵夫人的别墅。现在是谁住在里面呢，我想。他们对那也不感兴趣。

我们穿过一条没铺路面的路，直到我们偶然遇见一个用哈希拉做围墙的花园。然后是沙丘。沙丘通往曼达拉的沙滩之一，另一边通往希腊修道院。再过去是沙漠。

我们的脚陷在沙子里，但沙子还不热，我们唯一的不舒适来自钻进我们凉鞋的干竹刨花。我们甩脚赶走它们。

在前方，我辨认出富尔小贩的货车的形状。我们向他挥手和尖叫，让他等我们。他挥手回应。当我们终于赶到他的货车前时，罗克珊把罐子递给他。他装满罐子，祝我们度过一个神圣的星期天。我们表情困惑地盯着他：为什么一个穆斯林会祝我们度过一个神圣的星期天？他一定读懂了我们的惊讶，因为，在偷偷四处张望后，他拉起袖子，展示手腕内侧，上面文了一个大十字架。"我是科普特人。"目前的政权不同情科普特人。

尽管达拉巴科先生是无神论者，罗克珊是琐罗亚斯德教徒，而我是犹太人，但作为回敬，我们三人都祝他度过一个神圣的星期天。达拉巴科先生坚持要付钱。这是他感谢我们招待他过周末的方式。我试图告诉他，请让罗克珊付钱，但他说绝对不行，他会付钱，尤其是因为他什么都没带，连泳衣都没带。罗克珊争论。然后他申辩。我们让他付了钱。

在回去的路上，为了换话题，达拉巴科先生说十字架文身让他想起了尤利西斯的伤疤，他的女佣尤丽克莱亚在主人离开二十年后回到伊萨卡时认出了它。

罗克珊不知道尤利西斯是谁，但这个老兵度过的流放岁月让她感到悲伤。“二十年”，她不停重复。“二十年，这很了不起”，她说，好像尤利西斯是一个当代人，他悬而未决的命运依然令人担忧。

“二十年不算什么”，锡耶纳绅士回答，他从30年代末就没回过意大利。“我离开意大利时，你都没出生呢，罗克珊”，他说，好像这就是他衡量时间的方式。

“我觉得你有点爱上我了，达拉巴科先生。”

“我也这么觉得”，他说。两人都爆发出大笑，他们笑得越多，她就溅出越多富尔，然后我们一起笑得越多。“我真笨，”她说，“带了罐子却没带盖子。”

我抬头看早晨的清澈强光。空气闻起来清新、新鲜，好像没被人类呼吸过，在一个注定变得热得无法忍受的夏日开始时，它总是这个味道。连沙丘都显得干净，晒足了强光，因此在抬头看天空后，我们不得不低头看，让周围的沙子的颜色抚慰我们，甚至无法看向前方的别墅。我只能抬起眼睛，那里就是大海。

太阳从绚丽的海面上探出头脸，升上铜色的天空。

这是达拉巴科先生在用希腊语引述荷马，然后翻译成意大利语。这，我突然意识到，一定是古希腊的阳光，半透明的爱琴海早晨的阳光，闪烁的石英在那里延伸数英里，直到触及海洋，而海洋与初夏的天空相接，天空则触碰每一棵树、每一座山丘和山丘外的每一幢房子。今天，我需要的也只是附近有水、一片清澈的天空以及逼我向下看的强烈阳光，无论我在世上何处，我的思维突然间就会不可避免地飘向那位最熠熠生辉的古代作者，却只记起我在那天早上的曼达拉第一次遇见他时的情形，当时我们慢慢往回走，沿着沙丘溅洒富尔。达拉巴科先生告诉我们，尤利西斯的同伴们，在吃了禁止食用的莲[1]后，失去了所有回伊萨卡的欲望，拒绝继续流浪。二十年后，他说，尤利西斯是唯一活着回去的人。

“又是你的尤利西斯！”罗克珊大声喊。

“人们这么说，”达拉巴科先生继续说，“但丁教我们，在回到伊萨卡后，他继续探索其他国度。很多人同意。但我觉得对的人是亚历山大港的卡瓦菲斯。他说尤利西斯犹豫不决，无法决定要回到妻子身边还是作为神跟女神卡吕普索在她的岛上生活。最后，他选择了长生

[1] 古希腊人所说的“莲”（Lotus），并非东方的水生荷花，而是一种令人知足忘忧的似枣花果，国内有译成“落拓枣”和“忘忧果”的。

不死，再也没回去。正如女神恳求的，”达拉巴科先生开始背诵，

> 为何唾弃我的家园，当流浪是你的归宿？
> 你想回去的伊萨卡，你将以失去来拥有。
> 你将走在她的海滨却渴望踏上这片土地，
> 亲吻佩涅罗珀却希望抱着你的妻子，
> 触摸她的肌肤却渴望我的。
> 你的家园如今在时间的残砖碎瓦中，
> 你如此被塑造，总是向往失去之物。

男人选择情妇和永生而抛妻弃子、不顾家园的故事激怒了罗克珊。达拉巴科先生仅仅拱起眉头，耸了耸肩，好像在说他没资格和诗人争论。我叫他再背一些荷马的诗。他背了。

我此生第一次确切知道自己在这个夏天想做什么，以及之后每个夏天想做什么。我问达拉巴科先生愿不愿意教我希腊语。乐意之至，他说，但只能在意大利语课之后——尽管如此，它可能要花很多年。“可是，谁知道呢”，在我们打开通往花园的旧门时，他带着微笑说。

达拉巴科先生教了我五年希腊语，缓慢地，孜孜不倦地，按照多年前一位贫穷的西西里教师在锡耶纳教他的方式。在我们离开埃及后，他用信函继续给我上希腊语课，选择段落，而我总是有点匆忙并带着一种负罪感和责任感翻译它们。十天后，有时候再久一点，我会收到他在我那页纸周围的详细得让人沮丧的凌乱评论，纸现在散发

出他最喜欢的咖啡馆的烟臭味，他喜欢在那里胡乱涂写——*潦草写字*[1]。他会在我的大部分希腊词汇上方标数字，就像弗洛拉姨祖母在她学生的成绩单上写数字那样，来说明最佳词序。当他无法决定哪个词语最好时，他会列出他想到的每个希腊语同义词。多年后我在位于马萨诸塞州的房间里阅读他的信，想象上年纪的达拉巴科先生用小小的字迹写八页长的要点，那时他坐在阿西尼奥斯的一张小桌子旁抽烟，俯瞰老海港，它以优诺斯都斯港的名字为人所知，意思是安全返回之港。在那里，他会把希腊语文本翻译成意大利语，让我译回希腊语，尽管他知道我知道我的希腊语正变得越来越糟，这些翻译练习不过成了保持联系的复杂借口。他会描述城市、大海、每年夏天出现的邋遢开罗人、罗克珊和她丈夫乔伊，后者变得如此之胖之秃，人们都认不出他来了。他用永不改变的格式结束每封信，“我现在必须去写东西了”，指的是其他信，那些寄给他在意大利的律师的信，事关要求意大利政府返还法西斯分子在战前强占的资产的长期诉讼。给他一笔抚恤金他就会和解，他曾经这么说。在回信里，我描述我的学业、女人、闷热的日子、一个意大利朋友和我在牛津街吃的黄瓜希腊羊乳酪三明治，那时我们在等待一个从未真正来临的海滩季节。“*我们需要海滩*”，我提醒他。

“你跨越了海格力斯之柱，”他回信说，“现在一切皆有可能！”我是他唯一认识的去了美国的人类。“但是，*唉！*[2]——千万别当老师，因为那样你就会吃别人的面包、踏别人的楼梯。”

[1][2] 原文为意大利语。

我们的通信停止了。起初我以为只是达拉巴科先生决定，是时候停止用这些愚蠢的练习烦我了。可是他之后没有回复我的第二封信。或者第三封。或者我的圣诞节问候——那一年的或第二年的。然后我也停止了写信。也许我已经知道但不想知道。我本可以打电话，但我从来没打。或许我半心半意地期待自己最终会收到一封满怀歉意的信，署名的男人在近十年里都用相同的话结束他的信：*我得去写信了*[1]。

多年后，我收到一个用结实、可辨认的第三世界的纸包起来的小包裹。它走的是船运，把包裹系在一起的细绳上打满了结、盖满了铅印。我不认识字迹。我打开它，发现一本包在蜡纸里的装订廉价的小书。《亚历山大港人》，马里奥·达拉巴科编：古今亚历山大港作家选集。有些诗我从没见过；其他的很熟悉；论尤利西斯的诗是达拉巴科先生的，不是卡瓦菲斯的。不知道该感谢谁，我给印刷厂寄了一张支票。

几个月后我收到了另一个包裹，稍大一些，包在相同的钴蓝纸里，第一次我没认出它。用手掌摸索盒子里皱巴巴的报纸，我期待找到更多卷《亚历山大港人》。相反，我摸到了某个冰冷的东西，像一个等待与我的手掌相接触的手掌。那是一个旧铜门环。“当我们听说他们在重建曼达拉时，我们立刻冲到别墅，是马里奥本人把它拆下来的。他把它当作镇纸。他会想让你拥有它的。他一年前安详地走了。记住我，爱你的罗克希。”门环再也没离开我。它今天还立在我的书桌上。

[1] 原文为阿拉伯语和意大利语的混合。

第六章

最后的逾越节家宴

我父亲放下听筒，看着餐厅里的我们说，“开始了”。没人需要被告知他是什么意思。大家都知道，这些电话会在夜里每个时段打过来——威胁、下流、辱骂性的来电，一个自称代表政府机关的无法辨认的声音问各种问题，关于我们的下落、我们的客人、我们的习惯，提醒我们，我们微不足道，我们没有权利并且很快会被赶出去，就像我们之前的法国人和英国人那样。

在那之前，我们幸免于这些来电的骚扰。现在，1964 年秋，它们开始了。那声音似乎了解我们的一切。确实，它认识我们在国外的亲戚，阅读我们的所有邮件，叫得出我在美国学校的很多朋友和老师的名字，我在四年前离开维校后转去那里。它什么都知道。它甚至知道那天的石头事件。“我打赌你们今晚会享用鹌鹑，”它说，“*祝你们*

胃口好[1]。”“一个坏兆头”，我祖母说。

埃尔莎姨祖母说她讨厌星期三。坏事总是发生在星期三。

我父亲说他也有预感，但那声音说的石头事件是什么意思？

此时弗洛拉姨祖母决定告诉他。那天早些时候，我们加入了挤满滨海大道的人群，等着看一眼纳赛尔总统，在太阳下站了几小时，每次有类似车队的声音经过蒙塔扎宫的转角处就欢呼和挥手。然后我们看见了他，高高地坐在他的凯迪拉克里，挥舞着一只扁平、张开的手掌，和照片里的他一模一样。人们开始欢呼，男男女女跳跃鼓掌，挥舞小纸旗。一个坐在轮椅里的女孩，待在人行道边上，几乎碰到路沿，拿着一个系绿色丝带的纸卷。现在总统已经过去了，而她依然拿着纸卷，看起来很伤心并且在哭泣。她没能把她写的话扔进他的车里。和我们一起来的阿卜杜之前就注意到了她，说她可能想让总统出钱给她做手术或买一辆新轮椅。她哥哥，同样心烦意乱——也许在怪自己没能把她推得离车队足够近——忙着告诉她没关系，他们下次再试。“我不想这样生活”，她哀号，羞愧地掩面，而他把她推往曼达拉的一块我们不认识的地方。

在我们回家的路上，一块石头击中了弗洛拉姨祖母的腿。“外国人滚出去！”有人用阿拉伯语喊道。我们从没见到具体是谁扔的，但她一尖叫，一群年轻人就立刻开始散开。石头击中了她的脚踝，但没擦破皮，没出血。“只要我能走路——”她不停说，用手揉小腿。然后，想起包里那瓶古龙水，她往淤青上慷慨地涂了一些，在一瘸一拐

[1] 原文为法语。

走路时偶尔按摩腿。

那天下午我们刚到家就遇到了另一场骚动，这次是在我们的花园，里面的每个人都在尖叫，包括努努，他听到突然的噪音，持弯刀走出他的小屋。努努喊的最多，其次是穆罕默德和我母亲，每个人都在花园里奔跑，连我祖母也是，她现在扯着嗓子大喊。我问戈马，努努的帮手和娈童，怎么回事。戈马上气不接下气地喊道，“*夸利亚!*”

鹌鹑!

每年秋天，鹌鹑会从远至西伯利亚的地方降落到埃及，它们一见到陆地，就会筋疲力尽地从天空掉下来，毫不夸张。那天下午，一只鸟儿掉到我们的花园里，就掉在我祖母旁边，她正在跟阿莱特·若昂尼德和她女儿喝茶，她们要离开埃及了，过来道别。出于本能，我祖母拿起她绣了一年多的精致刺绣，扔到筋疲力尽的鹌鹑身上。鸟儿尽管比老妇人灵敏，但累得无力飞走了。它继续在我们的花园里蹦跳，直到另外两只鸟加入它，它们一定之前就掉下来了，只是我祖母不知道。这比她能想象的任何事都好得多，老妇人开始喊叫。大家都冲过来救她，直到他们见到鸟儿，然后加入了捕鸟派对。

从毗邻的花园到更远处的莫尔多大道，我们能听到相似的尖叫声，随着家里或街上的每个人丢下手头的任何事，去抓这些每年从天而降的精美吗哪[1]。

然而，尽管它们在那天带来了极大的欢乐——给阿卜杜，尽管他得从头做晚餐；给弗洛拉姨祖母，她几乎忘记了她的伤并下定决

[1] 吗哪是《圣经》中的一种天降食物。

心不让我父亲知道；以及给我祖母，对她来说鹌鹑季节撞上了腌制水果的时候——尽管如此，这种无与伦比的埃及美食挣扎求生、试图躲避我们的狂热捕捉的景象总是宣布秋天的到来和我们在曼达拉的夏天的终结。

没人在鹌鹑季节后待在曼达拉。到10月初，街道空无一人，只有少数埃及人，大多是贝督因人，留在他们全年居住的地方。成群的流浪狗——有的很小，足以被夏季居民收养然后又在季末被丢下——会从四处冒出来，搜寻食物，有时跑到我们家门口，总是吠叫，尤其在夜里。到那时，海滩完全空了，可口可乐棚都关了，在夜里当我们看完电影开车回去时，我们家的灯是街上唯一亮着的，一缕微弱的四十瓦光亮从我们的厨房向外呼唤，阿卜杜在那里等我们，听着收音机里的阿拉伯歌曲。尽管有时，他会在夜里回市区，那时就没有灯光等待我们回来，曼达拉会变成一座鬼城。当我父亲关掉车载收音机、再关掉发动机时，你能听到的全部就是我们在车里的活动声，我们走在通向家门的鹅卵石路上的脚步声，以及房子后面，努努的窝棚附近的转角传来的海浪声。

一进入房子，我的第一个冲动总是打开入口的灯，然后冲过闷热的走廊，点亮一个又一个房间——游廊、厨房、客厅，甚至我卧室里的收音机，希望让整幢房子充满生气，给我自己和我父母一种房子里还有夏季客人而且他们马上会走出房间的幻觉。你甚至能心怀客人即将到来的幻觉。

半夜，我们的匿名呼叫者问我们是不是去了电影院。我父亲告诉了他我们看的电影的名字。

那年我们在曼达拉待到入秋后很久。我们总是待得太久。那是我母亲拒绝承认夏天结束的方式。但那年的拖延还有另一个理由。离开曼达拉后，我们决定不回克莱奥帕特拉，而是搬去斯波尔丁，这样家族里的每个人就可以住在一起了。我母亲负责卖掉克莱奥帕特拉的所有家具。

几星期后，我最后一次见到克莱奥帕特拉的公寓，那时我母亲叫我跟她一起过去，挑选留给阿卜杜和阿齐扎的衣服。我们的所有家具现在都盖着床单，百叶窗紧闭，给我们在 10 月间通常阳光明媚的公寓增添了一种昏暗、阴森的气氛，而旧床单，我记得阿卜杜在那年 6 月初我们去曼达拉前的最后一刻把它们匆忙盖在沙发和扶手椅上，看起来像疲惫、衰老、泄气的幽灵。“全都会被卖掉”，我母亲说，带着一种很容易被误解为愤怒的活泼、忙碌姿态，但这正是她表现热情的方式。她喜爱新奇和改变，此刻和五年前搬进这里时一样兴奋。

我从没见过买走我们所有家具的人，也没目睹交易或我们的卧室和餐厅家具真正摆在克莱奥帕特拉的人行道上。阿齐扎说阿卜杜是唯一哭了的人。我有天放学后回来，发现地方空了。“也许我们不应该搬家”，我父亲说。在地毯和家具卖掉后，他的声音听起来不一样了。

我问他会不会扔掉地上所有那些书。不，他回答。我们会把它们带去斯波尔丁。与此同时，他在翻阅看起来像二十到三十本绿色厚笔记本的东西，偶尔撕下他想保存的几页。我问他在做什么。“这些是我年轻时写的笔记本。”他要扔掉它们吗？“不全扔，但这里有些东西我宁愿它们消失。”“你那时写过反对政府的东西吗？”我问。“不，不涉及政治。其他东西，”他说，无法隐藏一个淡淡的微笑，“有一天你会懂的。”我试图告诉他，我足够大了，能懂了。但我知道他会说这句话：“你这么觉得而已。”他说他依然记得三十年前他们离开君士坦丁堡那天目睹他父母搬空的家。正如他父亲这样见过他自己父亲的家。我们更早的祖先也是如此。那么，有一天，我也会这么做，尽管他不希望我遇上这事——“但一切都在自我重复”。我试图抗议，说我憎恨这种宿命论，说我不受塞法迪迷信的影响。“你这么觉得而已”，他说。

我看着公寓，不敢相信没有家具的它大了这么多。

我试图记起五年前我第一次见到它的情形。我祖母和我在里面迷了路，在门和走廊中间弄错方向，看工人们打磨地板和砌墙，弄出额外的房间给一个叫玛丽夫人的人住。我记得斋月里的厨房谈话，新油漆、重新上色的家具和母亲的茉莉花的气味，以及每次她觉得她会失去我父亲时威胁要从那跳下去的窗户。我记得米米和萨拉马夫人。她们搬去了以色列。法雷斯先生住在佛罗里达；埃比勒·哈米德腰部以下瘫痪了；妮科尔夫人的丈夫皈依了伊斯兰教，最终因为她不符合妻子身份的行为而跟她断绝了关系。法齐娅为一个待她很差的埃及家庭工作。马利克先生现在是马赛的一名二级教师，正在等待退休金。而阿卜杜的儿子，如此体贴的艾哈迈德，在被一个游击巡逻队抓住并砍头后，从也门被运回来。

然后，毫无预警，弗洛拉姨祖母也接到了一通电话。在她接的电话里，那声音通知她，她有两星期时间离开埃及。她离开了，和其他家族朋友一样，在那年秋天，就在我们搬到斯波尔丁几天后。我们知道会轮到我们的。

■

埃尔莎姨祖母过去常说坏事成三。如果你打破了两个盘子，当第三个从你手中跌落时，没人会很吃惊。如果你割破了自己两次，你知道第三次割伤已经盘旋在空中，等待尖利物品和皮肤的完美配合。如果你被责骂了两次，如果你两场考试没及格，或打输了两个赌，你只能蜷缩几天，努力在第三次打击到来时显得不太沮丧。然而，当它真的到来时，你绝不能说这是三者中的最后一个。你必须假装可能会有第四次，或许你数错了，或者有人刚刚改变了这个持续千年的规则以迷惑你。这叫做老练。它意味着你不自以为是，并且绝不敢拿命运神秘莫测的诡计开玩笑。

当然，我们总能感到我们的午夜呼叫者完全了解我们对这些事情是怎么想的。他会在那天夜里打两通电话然后不打第三通，知道我们不等到他的第三通电话是不会去睡觉的。或者他会打三通，让我们松一口气，正当每个人都准备就寝时，再次打电话。“他在吗？”那声音会问，指我父亲。“不，我们不想跟他说话。只是问问。”“你们今晚的客人是谁？”“你们今天买了什么？”“你们去了哪里？”如此等等。

骚扰电话开始打断我们的所有夜晚——通过它们的存在以及缺席——提醒我们愉快的家庭之夜可以在祖母挂断电话后立刻轻易恶化成激烈的争执。“可是为什么你非得接。我不是告诉你别接吗？”我父亲会抱怨。“你为什么不告诉他我在哪里？”他会补充。“因为我不觉得这关他的事”，他母亲会回答。“可是你为什么坚持对他们这么粗鲁？为什么激怒他们？”他会朝她喊回去。“因为我想这么做。下次你接。”

深夜呼叫者会趁我父亲不在家时打电话，他知道这一点，这是他策略的一部分。有时候，觉得是我父亲甚至是一个朋友在晚上来电，我会拿起听筒，而陌生人的声音，貌似无害甚至谄媚，会开始讲一些我知道我应该对其一无所知的事情。在其他时候，是一个刺耳的街头小贩的声音厉声喊出我搞不懂目的、更不知道如何回答的问题。他总是用同样的话结尾："告诉他我们明天会再打电话。"

一天过去了。又过了一天。有时是三天。然后连续两个电话。没人会接。"也许是你父亲"，我祖母会说。不是他。然后有一个星期没有来电。

也许，*有二必有三*[1]的法则根本不成立。可是，就在你快要放弃它时，它又重新显现出了规律性的迹象——持续的时间刚刚好，也就是说，足够再骗你一次。

此刻，就在埃及政府国有化我父亲所有资产的前一星期，埃尔莎姨祖母有了奇怪的预感。*一种奇怪的焦虑*[2]，就在这里，她不停重复，指着自己的胸口。"这里，还有这里，有时甚至在这里"，她会犹豫地说，好像她无法在胸口定位这奇怪感觉的事实把它变得更可信了。"当我有这些感觉时，总会发生什么事。"在肯尼迪总统遇刺前夕，她有过这些感觉。之前的1914年有。1939年当然也有。埃夫里基安夫人，埃尔莎姨祖母在1922年警告她离开士麦那[3]，依然称她为一个*先知*[4]。"先知个头！"我祖母在她背后大喊。

---

[1][2][4]　原文为法语。

[3]　1922年9月，土耳其军队占领士麦那，对当地的希腊人和亚美尼亚人进行屠杀，随后放火烧毁其居住区，造成重大伤亡。

"她吞了一个廉价气压计，它在她的老胸腔里咯咯响。不管让她发痒的是什么，你可以肯定那只是她的良心。"

我祖母暗指姐妹间的一次争吵，事关在维利舅祖父突然逃离埃及后谁能得到他珍贵的19世纪气压计。维利舅祖父喜欢猎鸭，因此，自然地，姐妹们也争吵谁继承他的来复枪。一天，来复枪、气压计和他的高尔夫球杆消失了。"*仆人*[1]干的"，埃尔莎姨祖母宣称。"*仆人*个头！"我祖母回答。"她吞了它们，就像有一天她会吞掉我们拥有的一切那样。""我们现在没必要担心这个，"我父亲插话，"埃及政府已经想到了。"

我父亲失去了一切的消息在1965年早春的一个星期六黎明到来。送信人是卡西姆，现在他是工厂的夜间领班。他按响我们的门铃，是我父亲开的门。看到他的老板如此心烦意乱地猜测他不合时宜的到访的原因，年轻领班立刻爆发出一阵歇斯底里的哭泣。"那么他们夺走了她？"我父亲问，指工厂。"他们夺走了她。""什么时候？""昨天晚上。他们不让我给你打电话，所以我只得过来。"两个男人安静地站在门厅，然后转移到厨房，我父亲试图用茶临时拼凑点什么出来。他们坐在厨房餐桌边，敦促彼此不要丧失信心，直到两个男人都崩溃了，开始在彼此的怀里啜泣。"我发现他们哭得跟小孩一样"是埃尔莎姨祖母那天反复说的话。"跟小孩一样。"

哭声也吵醒了我祖母，尽管她声称自己由于"烦恼"夜里从来不睡，但实际上睡眠很好。她拖着脚一路走到厨房，发现刚从仆人

[1] 原文为法语。

入口进来的阿卜杜也加入了落泪的行列。“这不好，”她厉声说，“你们会把内桑弄醒的。现在发生了什么？”“他们夺走了她。”“夺走了谁？”“就是工厂啊，夫人，还能是谁？”他说道，用的是洋泾浜语里的工厂一词，*法布里卡*。

我祖母从不啜泣。她发怒、跺脚、踢打，然后脸色发红。埃尔莎姨祖母说对了，她姐姐出于狂怒而哭喊——像铁血宰相俾斯麦——而不是出于悲伤。她的眼睑会肿胀变红，而后她会拿手帕一角擦去眼泪。这是一个慌张而持续的戳刺动作，好像在暴怒中，她下定决心让自己承受更多痛苦。这是她第九次见到她生命中的男人失去一切了；先是她的祖父，再是她父亲、她丈夫、她五个兄弟，现在轮到了她儿子。

沉默了片刻，她说“好了”，把糖混在一杯水里，递给我父亲。人们认为这可以镇定神经。“我在喝茶，谢谢”，他说。但是依然在啜泣的阿卜杜说他需要它。与此同时，埃尔莎姨祖母不停重复：“瞧？我就知道，我就知道。我不是告诉你们了吗？不是吗？”“你闭嘴吧！”她姐姐喊道，突然把一个装着昨晚的自制酸奶的大碗沿厨房台面猛推，力气大得让它在墙上炸开。“谁在乎？”她喊道，预料到了她妹妹的责备。“在这样的时候谁会在乎，谁在乎？”她开始捡碎片，而仍在啜泣的阿卜杜求她别操心，他自己会捡。

正是这个争吵的噪音最终在那个星期六早晨吵醒了我。我看得出来有什么事不对劲。正如每次有人死去时那样，每个人的本能反应总是对我隐藏坏消息。逝者的名字被小心翼翼移出日常对话，或者，当名字被提及时，在场的人会发出一声叹息，这意味着某种模糊、显然超出我理解范围的东西，同时在受苦者的名字前加上形容词“*可怜*

的"[1]，像一个在某人死去时授予的仪式性称谓。"*可怜的*"被用在离去者、失败者和受背叛者身上。"*可怜的*阿尔贝"，我去世的外祖父；"*可怜的*洛特"，我去世的舅祖母；"*可怜的*英格兰"，她失去了所有的殖民地；"*可怜的我们*"，大家都这么说！"*可怜的我*"，我母亲说起我父亲。"*可怜的工厂*"那天挂在每个人的嘴上。他们上一次用那个短语是工厂的主锅炉爆炸时，事故对建筑造成了严重破坏，差点让我父亲崩溃。

我发现我父亲跟卡西姆和哈桑坐在客厅里，他低声对他们作出指示。当他看见我时，他有点茫然地点头，一个他不想被打扰的信号。我拿起报纸——我正在尝试养成这个大人的习惯——独自坐到餐厅。我在美国学校听说，美国的所有年轻人每天早上第一件事就是看报纸，配着咖啡。咖啡也在我的清单上。你啜饮一口，思考当天要做的事，然后想起来继续看报纸。这天早晨没有酸奶。相反，鸡蛋培根和融化在吐司上的黄油的气味从厨房飘来。我在电影里和学校里见过美式早餐，并告知阿卜杜我每个星期六要吃鸡蛋培根。

早春的太阳照射在餐厅的棕色餐桌上，成片的光线从椅背洒到褪色的红地毯上。我祖母和我一样；我们喜欢百叶窗日夜开着的明亮房间，喜欢有风的夏日里，晒干的床单或阳光冲刷的房间、阳台的干净而有益健康的气味；喜欢那潜伏而顽固的连绵阳光，它在无法忍受的夏日涌入百叶窗紧闭的房间的门缝；就连晒了过多太阳造成的轻微偏头痛我们也喜欢。透过窗户，正如在清澈的星期六早晨总能看到的，

---

[1] 原文为法语。

远处坐落着小片毫无涟漪的青绿色，唤起亚历山大港所有男生都了解的对海水的渴望，它诱惑你去想夏日海滩上漫长炎热的时光。再过两个月，我想。

当我祖母走进餐厅时，她试图掩饰她哭过。“没什么”，她回答我未问出口的问题。“完全没事。这是你的橙汁。”她拖着她越来越令人悲伤的拇趾囊肿朝我走来，吻我的后脑勺，然后捏我的后颈。“*可怜的小家伙*[1]”，她说，手指穿过我的头发。“就不能多等一会儿吗，不能吗?”她不停咕哝，对自己点头。然后，意识到我将重问问题，她说，“没什么，没什么”，之后慢慢走出餐厅。我沉默地吃掉我的鸡蛋。然后我母亲走进来，坐在我对面。她也看起来很苦恼。没人吃东西。所以他们吵架了。但我没听到她喊叫。

“听着，”她说，“他们夺走了一切。”

就像听到某人死了，我觉得隔膜下沉，耳背发痒。我推开我的盘子。我没见到母亲站起来，她却已经在把糖搅拌到一杯水里，说着“现在把它喝掉”。这意味着我的神经受到了震荡。这么说来，我是个男人了。

■

尽管如此，我并未完全理解失去财富有什么可怕的。我们认识的几个失去财富的人继续过着正常的日常生活，拥有和过去同样数量的

---

[1] 原文为法语。

房子、车和仆人。他们的儿子和女儿去相同的餐馆，看相同数量的电影，花相同的钱，和以往一模一样。然而，在他们身上隐约可见倒下者、被驱逐者的痕迹——甚至耻辱，伴随它的是一种必定会出卖他们的奇怪气味：那是皮革的气味。“你闻到屠宰场的气味了吗”是我父亲的说法，他在拜访完即将离开埃及的朋友后不怀好意地低声说。每个失去一切的家庭都知道迟早要离开埃及，在一个通常上了锁并难以被客人发现的房间里，放着三十到四十个行李箱，母亲们和姨母们把家族财产不停打包进去，节奏缓慢而一丝不苟，总是希望事情到最后会自行恢复正常。直到最后一刻，她们还抱有希望——她们每个人的丈夫总是发誓自己认识身居高位的人，在时机来临时可以贿赂对方。我父亲开始吹嘘同样的关系。

然后我明白了。当人们来拜访我们时，他们也会嗅出那种可笑的皮革气味，一边在我们背后轻声说*屠宰场*，一边在我们家四下转悠，想知道我们到底把所有行李箱塞在了哪里。*屠宰场*的阶段肯定很快就会开始，随之而来的是加重的家庭争吵。哪家店卖的哪种行李箱更便宜？这个问题会把我们家撕裂。我们应该为去欧洲买什么物件？手套、袜子、毯子、鞋子？不，雨衣。不，帽子。更多争吵。我们应该扔下什么？埃尔莎姨祖母想带走一切。很正常，我祖母说，谁想把一切都扔下。我们应该告诉任何人吗？不应该。应该。为什么？更多尖叫。最后，注定会让每个人勃然大怒的问题：我们要去哪里定居？“可是我们都不懂他们那边讲的语言。”“怎么，你来这里之前懂阿拉伯语吗？”“不懂。”“所以？”“可是那里非常冷。”“这里又太热。你自己这么说的。”

与此同时，我们获得了缓刑，像一个刑期暂时被减免的困惑囚徒，或一个返程无法解释地延期的滞留旅客，我们获允自由移动，随心所欲行事，我们的生活被悬置，不真实的追求占了上风。众所周知，倒下者花钱更多，忧虑更少。有些人甚至开始享受埃及，尤其是现在他们可以挥霍了，知道他们不能把政府下定决心从他们手里夺取的东西带出国。其他人利用缓期执行，整天什么都不做，除了漫无目的地游荡和在咖啡馆徘徊，他们想装出被判死刑的贵族的沉着尊严。

那天早上当我最终和我父亲说话时，他说事情来得毫不意外。他上床睡觉时就知道第二天早上等着他的是什么，他谁也没告诉，连母亲也没有。然后我鼓起勇气，问现在会发生什么。工厂依然需要他，他说。但那会过去，然后无可避免之事会降临。什么？他们会叫我们离开。一切都必须抛下。与此同时，到处都塞了一点存款，尽管严格来说我们一无所有。他们可能会让我们卖掉家具。但车辆不再是我们的了。我父亲会要回旧债。要债肯定不愉快。我想知道谁欠他钱。他告诉我他们的名字。我很吃惊。他们的儿子总是有定做的新鞋。“多久，你觉得？”我终于问出口，像一个恳求医生说情况终究没有那么绝望的病人。他耸耸肩。“几星期，也许一个月。”然后，停顿了一会儿，他补充道：“不管怎么说，对我们来说它完了。”

它意味着我们的日常生活、一个时代、一个叫伊萨克的年轻人在1905年对埃及的没把握的初次到访、我们的朋友们、海滩、我了解的一切、奥姆·拉马丹、罗克珊、阿卜杜、番石榴、西洋双陆棋的棋子报复性地敲在棋盘上的响声、夏末早上的炸茄子、下雨的工作日晚上的以色列电台的声音以及亚历山大港星期天的倦怠，那时你做的全部就是从一家电影院走到另一家，一路汇集越来越多朋友，直到形成一伙人，在路上闲逛，总有人建议跳上有轨电车，坐在二等车厢的顶层，一路经过圣斯特凡诺到维多利亚再返回。现在它看起来不真实且短暂易逝，好像我们一直活在谎言中，突然被拆穿了。

“在此期间我应该做什么？”我问，强调声音中的苦恼，因为我不能假装生活会照常继续。“做？想做什么就做什么——”我父亲开始说，已经让我尽情想象退学，在那年春天的每个早上去博物馆，然后在亚历山大港市中心熙熙攘攘的街道游荡，追随我的每次心血来潮。但我祖母打断他，“绝不，不行”，她越来越不安地说。“他必须上学。我不能接受。”“再说吧，”我父亲说，“再说吧。”她正要继续，他突然说，“别抬高嗓音，不要挑这个时候，现在不行”。随着她走出房间，我听到她的句子的结尾，“——叫他儿子当二流子，非要选这个。谁见过这样的事？谁？谁？谁？”

这时前门咔嚓响了一声，内桑舅祖父走了进来。他最近放弃了在破晓时分离开房子然后沿滨海大道散很长的步的习惯，现在看见他，每个人都目瞪口呆。整个早晨我们都在低声说话，因为我们确定他在房间里睡觉。我们甚至没讨论要不要对他隐瞒坏消息。

真相是，在九十二岁的年纪，内桑舅祖父即将死于胃癌。他会在床上待好几个小时，蜷缩成一个类似胎儿的姿势，他说这样最不痛——就这样，身体对折，抱着自己，他有时会睡着。只有一次我发现他处于那个姿势。他们在整理他的房间，当我经过他敞开的房门时，我瞥到他躺在床上，穿着条纹睡衣，抱着胸口，好像那是他拥有的最宝贵之物。他看起来蜡黄瘦小。之前的星期五晚上，在读安息日祈祷词时，他看起来茫然且筋疲力尽。当我父亲说——他在祈祷前总是这么说——“*弄短点*[1]，内桑”时，他没笑。他什么也没吃。他的妹妹们为他准备了一个特殊的粉色果冻布丁，当他继续朗读时它在一个玻璃高脚杯里盯着他。他缩短了祈祷词。但是在吃饭时间，他把勺子戳进晃动的布丁，玩了一下，尝了尝，然后，感到我们都盯着他看，他说吃不下。那时我才意识到，他的深色便服和亮闪闪的紫色宽领带下隐约露出他的睡衣那褪色的蓝色条纹的轮廓。他想去睡觉。没人接手祈祷。我父亲和我都不懂希伯来语，都拒绝和祈祷词扯上关系，用法语也不行。“这太悲伤了，”埃尔莎姨祖母说，“曾经这个房间里都是人，也都是蜡烛。餐桌都没有足够的折叠面板让每个人都坐下。这房子现在太大了。内桑也身体不好。”

我记得在那些拥挤的*塔菲阿尔努尔*之夜的房间，几代人挤在一起，最老的和最小的相差一个世纪——我们这么多人，现在一个不剩。他们收起了好瓷器和花哨的银器；晚餐只有一道主菜；吃饭时总有人听收音机；而且，因为埃尔莎姨祖母管家庭开销，连餐厅油灯的亮度都暗淡了，所以一道暗橙色的微弱光线照在我们的脸上和饭菜上，投射下我们在埃及最后一年的阴影。我母亲把曾经光辉灿烂的餐厅吊灯比作垂死之人的夜灯。

旧家具看起来更旧更邋遢了，公寓里有整块区域可能在伊索塔—弗拉西尼岁月后再也没人待过。仆人楼梯变得如此之脏，我再也不靠

[1] 原文为意大利语。

近那里了。几乎所有家具都失修，很多被拼凑起来或丢在一旁，等待一个拥有木匠儿子的耐心、技巧和专注的天赐来客，他可能最终会除去把我们餐厅里这么多藤椅绑在一起的胶带，实施期待已久的奇迹。“沙子总是最后赢家”，埃尔莎姨祖母说，引用她弟弟维利的话，同时手指拂过在那年一场尤为猛烈的坎辛风后积在棕色家具上的灰尘。再也没人清扫任何东西了。公寓散发出丁香的气味，不是因为他们总在蛋糕里用它，而是因为剩下的三兄妹用它给牙止疼。

内桑的手术定在逾越节的两星期前。作为预防措施，他被说服把所有资产转移给埃尔莎姨祖母。“你看着”，我祖母说，恼怒于他们认为她不适合承担这个责任，因为她在几个夏天前曾轻度中风。“记住我的话”，她说，接着打手势模仿食物从嘴落下食道进入胃袋的过程。“她会全部吞掉。”事实上，内桑的钱再也没人见过或听说过。

奇怪的是，内桑舅祖父那天夜里突然觉得好点了，决定像往常一样在黎明出去散步。每个人看到他出来走动都很吃惊，因而没有斥责他在这个状况下还散步，他们反而开始用问题烦他。“但我什么事都没有，”他不停说，“我觉得非常好。”“但你可能会摔跤，或者生病。可能会出事。”“那我就会死，一切就结束了。”当你老了，他以前常对我说，你就不关心死亡了。你甚至不为自己将死而遗憾。

他接着点了一根烟，还要了一杯咖啡。被他惊人的恢复刺激，埃尔莎姨祖母一直焦躁不安。“我知道这是个*赎罪的献祭*。”*赎罪的献祭*，在犹太传说中是得到意外收获前必不可少的灾难。你在学校成绩糟糕，但是同一天下午，你爱的某人侥幸没有被车撞到；你丢了一块珍贵的珠宝，但之后你遇见了一个你认为已彻底消失的非常老的相识。*赎罪的献祭*允许你体验坏运气，但是心里理解——它必须是一个模糊、不确定的理解，而不是一个清晰的交易——对于你接受的每次打击，你都避开了一个糟糕得多的事。

我祖母一听说这消息，就立刻朝她妹妹抛去一个怨恨的眼神。“看看她，这条有害的毒蛇，”她低声对我说，“看看她迫不及待地想告诉他工厂的事的样子。她会不停透露一个又一个暗示，直到他发现真相。”“绝不会，”埃尔莎低声抗议，“人就不能高高兴兴的，不用每次都被质疑动机吗？跟你一起生活有时就像坐牢。”

咖啡一端进来，内桑就拿起他那杯，示意我父亲和我跟他去客厅，然后在身后关上磨砂玻璃门。“他们夺走了她，不是吗？”他问。我父亲点头。“你怎么知道的？”“难道我是傻子吗？”他插话道，“我要做的只是看一眼你们所有人阴沉的脸。”然后，他微笑着说，“这个*赎罪的献祭*让你们破费颇多啊，不是吗？”“但是别担心，我没有真的变好。我只是想最后看一次滨海大道。”再然后，依然微笑着，他指向门，那里能看到两姐妹蜷伏的轮廓贴在玻璃上。他一靠近门口，她们就走开了。

一星期后内桑死了。在他手术后的夜里，缝合线裂开了，血开始渗入他的床垫，浸透了下面的地板。在病房陪他过夜的埃尔莎姨祖母从沉睡中醒来时，他已经不在了。

“我想知道第三个打击会是什么”，我祖母在几天后说。“猜它不需要很多暗示”是我父亲的回答。

内桑死讯到来的早上，我被来自公寓另一端的一个持续不断的像猫头鹰叫的奇怪啼声吵醒。它可能已经响了好几个小时。我记得试图在梦里驱散它。最终，我溜下床去看那是什么。门厅里有两个护士，还有在啜泣的埃尔莎姨祖母。她坐在沙发上，依然戴着帽子，紧握手提包。她一定刚进公寓就跌坐在了沙发上。她面前有一个空玻璃杯，之前装的无疑是糖水。我抚摸她的胳膊，试图安慰她。她似乎没感觉到，但是当我停止时，她呜咽着说了点听不见的话，像是在请求。“别走，别走”，她重复道，但我不知道她指的是我还是她哥哥。然后啼声再次响起，她开始用拉迪诺语说话，用仪式般的语调总是重复相同的我听不懂的五六个词。阿卜杜努力让她再喝一些；她不停拒绝，转向他，重复她一直对我说的相同话语。他用拉迪诺语回答她，说夫人是对的，她是对的，他当然还剩好多寿命，但命运做了别的决定。我向他投去疑问的眼神，想知道她在说什么，在我们回厨房的路上，他用阿拉伯语解释，“她不停说他才九十二岁，才九十二岁”，于是我们两人都爆发出大笑，重复说“才九十二岁”，好像这是莫里哀笔下最好笑的*人物台词*[1]。这个笑话传到了泽纳布那里，穿过仆人门，他们把它传到楼上的仆人、楼下的仆人、下面的门房、马路对面的杂货商耳中，以及天知道别的什么地方。

我祖母的反应好不到哪里去。见到她妹妹半晕眩地坐在沙发上，她立刻大发脾气。两姐妹彼此拥抱，那时眼泪已平息的埃尔莎姨祖母再次开始啜泣。“看看你让我做了什么，”她不停重复，“我不想再哭了，我不想哭了。”

这景象如此动人，我本来也会跟她们一起哭的，要不是我咬着舌

[1] 原文为法语。

头强迫自己去想别的事情，想好笑的事，任何事。但就像受到一个任性的逻辑指引，我的想法不管多离奇古怪，似乎下定决心把我带回可怜的内桑舅祖父身上，直到两个星期前，他还会坐在家庭室里忙着回忆他的希伯来口语知识，因为他想死在以色列。没有可以躲进去遗忘的地方。我试图在我的房间里阅读但做不到。没人想说话。连仆人都异常安静。我会去厨房，跟阿卜杜坐在一起，试图从“*才九十二岁*”里再挤出一滴幽默。但现在连这都显得无趣了。

内桑舅祖父借给我一本19世纪版的切斯特菲尔德勋爵家书。他觉得我应该读这些信；所有年轻人都应该读，他说。几天后，埃尔莎姨祖母敲我的门要书。它会跟他的其余物品放在一起，她说。我不知道她是怎么发现书在我这里的。但几天晚上后，当她不在家时，我开了她卧室门的锁，搜寻她的财产，下定决心打劫她。我不仅拿回了切斯特菲尔德，还从她的集邮册里偷了几张最稀有的邮票。多年后，当我在巴黎拜访她时，我帮她把邮票整理在一本新集邮册里，她才终于发现她最有价值的样本不见了。“这些阿拉伯人狠狠敲了我一笔”，她抱怨，而我向我祖母投去一个同谋的眼神，她那时发现了我在她妹妹卧室的探险。然而，这次，我祖母回我一个空洞的凝视。她忘了。

■

那天晚上，我溜进内桑舅祖父的卧室。我坐在他的床上，看向窗外，捕捉城市灯光的闪烁，记起他如何谈论伦敦和巴黎，然后说所有绅士——他想象自己也是其中之一——每天晚上会喝一杯苏格兰威士忌。“有一天它会杀死我的，”他作出预言，“但我真的喜欢在晚餐时间前坐在这里，观察城市，思考一会儿事情。”现在，我也会做同样的事，思考事情，用他的措辞来说，思考离开，思考所有我将无法再见的人，思考这座城市，它和那一刻的我如此密不可分，但它将陷入时间，变得比梦境还陌生。这也和死亡类似。死去意味着别人会来你的房间坐下想你。它意味着别人会来到你的房间，却根本不知道房间曾经属于你。一点一点，他们会移除你的所有痕迹。连你的气味也会消失。然后他们甚至会忘记你死了。

我开窗让城市噪音进来。它来了——尽管遥远而无动于衷，就像不知道楼上有人生病的路人们的笑声。摆脱这种死气沉沉的忧郁的唯一方式是再次出去，或者在某处找一个隐蔽的角落，阅读阿尔诺表叔的黄书。

那天晚上我们都去看了深夜场的新法国电影《寂寞的心灵》。那是我第一次在那个时间去电影院，我立刻被这个不熟悉的成人世界，被它的魅力和神秘，中场休息时的低语，比我大两三岁的跟女孩坐在后排的打扮时髦的年轻男子，以及香水、貂皮和香烟的奇怪传说弄得眼花缭乱。这传说笼罩着女人，像一个难以捉摸的预兆，预示了拥挤客厅里的爱情和欢笑，她们坐在里面跟爱她们的男人聊天，正如家里来客人而我已上床睡觉时，男男女女在我父母的客厅聊天。

晚些时候我们去了城里一家昂贵的餐馆，当我问我们是否吃得起时，我父亲看起来被逗乐了，说了点类似“别担心，情况没糟到那种地步”的话。我们和朋友在一起，然后我祖母和埃尔莎姨祖母来了，没人谈起内桑，我们胃口大开地吃饭。之后，按照偶尔的习惯，我们沿滨海大道行驶，在听法语广播时都一言不发，直到我们停车，下来好好闻一闻大海的气息，在海浪向前推进的水花前线撞上防波堤时，听它们的喘鸣。

那天晚上，午夜呼叫者打来了电话。每个人都在家吗？是的，每个人都在家。我们去了哪里？我们在哀悼，拜托，让我们清静清静。你们去了哪里，他坚持问。“我诅咒生出你和你母亲的宗教的洞口”，我父亲说，然后挂断了电话。

▪

第二天，打完网球回来，迎接我的是厨房传来的响亮嚎叫。我母亲和我祖母在扯着嗓子吵架，而一般在星期天下午休息的阿卜杜，正忙着努力安抚两人。

“把你该死的西梅干拿去”，我母亲大喊。“你才该死，忘恩负义的家伙”，我祖母反驳，声音因为情绪而嘶哑。“你以为我准备把它做给谁吃？给我吗？”剩下的句子语无伦次，由土耳其语、拉迪诺语和希腊语的随机碎片组成。

由于担心她姐姐，不顾自己想要保持不偏不倚的愿望，埃尔莎姨祖母试图让我祖母平静，用拉迪诺语低声说了点什么，这让我母亲大发雷霆。“总是说悄悄话，你们两个，转动你们狡猾、圆溜溜、奸诈的犹太眼睛，悄悄说你们鬼鬼祟祟的拉迪诺小秘密，像来自君士坦丁堡犹太区的两只白鼬，总是站在彼此那边，她”——指我祖母——“和你一起对付她丈夫，直到她像狗那样杀掉他，他死得像条狗，甚至不让她在他死时去病房探望。”“你知道什么，什么？你这个阿勒颇来的没用女裁缝”，现在是埃尔莎在喊，公开加入争吵。“内桑的尸体还没冷透，你这么说话不羞耻吗？”“内桑这个，内桑那个，”我母亲嗤笑道，“他可算摆脱你俩了。你们要知道他多恨你们就好了。把他变成自己卧室里的酒鬼，你们干的好事。哈，别让我再说了。你们害死了他，你俩，就像你们害死自己的丈夫那样。现在轮到谁了？是我吗，你们觉得？”

就在那时我见到我祖母，她显然再也不能忍受这些话了，做了一件我从没在家族里见过的事：她扇了自己一耳光。“这是因为我允许儿子娶她。而这”——她扇了另一边脸，更用力——“是因为我求他对她保持忠诚”。“别这么做，”我母亲尖叫，“别这么做。”她抓住她的双臂。她快速看了阿卜杜一眼，意思是“给她拿把椅子”。

事情立刻开始平息。“你想中风，好让他责备我一辈子吗？折腾够了！”与此同时，我祖母跌坐在走廊电话旁的椅子里，双手抱头。“我不能这么继续了，不能这么继续了。我不想活了，让我死。”“死？”我母亲惊呼，“她会活得比我们都久。坐下，阿卜杜，给夫人倒点水。”

最终阿卜杜和我分开了三人组，而我清楚了吵架是怎么开始的。母亲和儿媳在哈罗塞特的食谱上起了争执，那是逾越节时吃的用水果和葡萄酒做的厚重蜜饯。我母亲想用葡萄干和椰枣，因为*她的*母亲用葡萄干和椰枣，但我祖母想用橙子、葡萄干和西梅干，因为这是她有记忆以来家族中一直使用的食谱。“*被诅咒的逾越节*[1]！”我祖母喊道。糖水被立刻送进三人各自的房间。“你母亲应该被关起来，这日子没法过”，埃尔莎说。当我去看我母亲怎么样时，我犯了错，把埃尔莎姨祖母的话告诉了她，于是她站起来重重走进埃尔莎的房间，准备再吵一架。“可是我说那话没别的意思”，她恳求道，开始啜泣。“啊，没完没了了。可怜的内桑，可怜的内桑，”她悲叹，然后改变主意，“幸运的内桑，幸运的内桑。”

在那一刻，门铃响了。我确信这是一个来抱怨噪音的邻居。相反，站在门口的是两个身穿三件套西装的埃及绅士。“我们能进来吗？”一个问道。“你们是谁？”“我们是警察。”“等一下，”我说，“我得告诉里面的人。”然后，没有道歉，在他们面前关上了门。我立刻冲进去告诉我祖母，她告诉埃尔莎姨祖母，埃尔莎叫阿卜杜告诉绅士们在外面等；她很快就去见他们。埃尔莎姨祖母锁上了卧室门，然后去洗脸，再平静地走到门厅。“我们能进去吗？”他们重复道。“我是德国公民，”她慷慨陈词，好像她跟一个三流声乐家把这些台词练习了很多很多个月，“不允许你们进入这栋房子。”“我们想跟一家之长说话。”“他不在”，她回答。“他在哪里？”“我不知道。”“*他*是谁？”两人中的一个指着我问道。“他是个孩子。他什么也不知道”，埃尔莎姨祖母说，几天前她才说过我是个*年轻的小绅士*[2]。

尽管刚往哭过的脸上洒了点水，但埃尔莎姨祖母的眼镜上沾着一层白膜，可能是干掉的眼泪，让她看起来寒碜可怜，一点也不像她此

[1][2]　原文为法语。

时试图假装的*贵妇*[1]。“*关门*[2]”，埃尔莎姨祖母用拉迪诺语对我说，指通往公寓其他部分的门。这是她第一次用拉迪诺语对我说话，我假装没听到，站在那里瞪着两个警察，而我祖母，她不想干预她妹妹对付男人，不停在长长的走廊里踱来踱去，鬼鬼祟祟地偷窥门厅，然后只是转身沿走廊返回，掐自己的脸颊——我们家族里的焦虑动作——同时对自己重复“*我真倒霉，我真倒霉*[3]”。

与此同时，在公寓另一头，我母亲甚至还没意识到警察的到访，正在大声哭泣，而不太懂阿拉伯语口语的埃尔莎一直竖着耳朵，为屋里的噪音道歉。“她疯了”，她对其中一个警察说，指我的母亲。“*疯疯癫癫*[4]”，她微笑道，食指在头颅旁转动，“*疯疯癫癫*。”警察离开，留下一个给我父亲的传唤令。“我把他们赶走了”，她说。

另一场灾难在不到一小时后发生。阿卜杜走了，去享受休息日仅剩的时间。我母亲去洗脸，离开厕所后，直接去了房间，在身后砰地关上门。我祖母讨厌突然的噪音，她皱了皱眉但什么也没说。过了一会儿，我计划去客厅独自读书，在路上我感到脚底下湿湿的。是水。我立刻意识到，母亲再次忘记关水龙头，水淹没了厕所、厨房和走廊区域。我冲过去告诉她这桩最新的小事故，当我们走出她的房间时，我看到我祖母站在黑暗的走廊，看着天花板，试图查明这些水都是从哪来的。

我母亲冲到厨房，拿来她能找到的所有麻袋，立刻把它们扔在地板上，叫我帮忙卷起地毯，远离漫出的水。然后她拿来一个大水桶，

---

[1][4]　原文为法语。
[2][3]　原文为拉迪诺语。

四肢着地，试图用破布把水吸走，把带着阿卜杜的地板蜡的刺鼻气味的碎布拧了又拧。“我忘记关水龙头了”，她哀叹，再次开始哭泣。“因为我是聋子，因为我是疯子，又聋又疯，又聋又疯”，她随着啜泣的节奏重复说。我祖母现在也四肢着地，忙着把旧毛巾里的水拧到水桶里，前臂被抹布不停滴下来的浅灰液体弄脏。“没关系，你没听到水声，没关系”，她不停说，也崩溃了，在拧毛巾时抬头看，最终大喊，“*多么不幸啊，多么不幸啊*[1]”，指漫出的水，埃及，耳聋，在九十岁时不得不像小女佣那样蹲在地板上，因为我们在星期天不再有仆人了。

那天傍晚，呼叫者打来电话。“你今天下午为什么不在家?”那声音问道。“愿你在六十层地狱腐烂”，我父亲回答。

■

“现在我要你坐下，当个大男孩，”那天晚上读完传唤令后，我父亲说，“仔细听着。”我想哭。他注意到了，盯着我看了一会儿，然后，握着我的手说：“哭吧。”我感到一个颤抖从下唇迅速传到下巴。我与之搏斗，咬着舌头，然后摇头表示我不会哭。“不容易，我知道。但这是我要你做的事。因为显然他们明天要逮捕我，”他说，“最重要的是帮你母亲卖掉一切，让每个人都尽可能多地打包东西，给所有人买票。比你想象得要容易。万一我被扣留了，我要你不管怎样都离

[1] 原文为法语。

开。我会晚点赶上。你必须给维利舅祖父传个消息，给欧洲的伊萨克舅祖父也传一个。”我说我会记住的。“好，但我还想让每个口信都加密，免得你忘记。最多花一小时。”他叫我给他拿一本我想带去欧洲并且可能在船上读的书。有两本：《白痴》和基托的《希腊人》。“把基托拿来，”他说，“我们会假装把所有难词都画线，所以就算海关人员决定检查书，他们也会觉得你画出它们是出于词汇的理由。”他认真研读了书的第一页，划出*色雷斯人*、*奢侈的*、*野蛮人*、*斯基提亚人*、*传道书*。“可是我已经知道它们的意思了。”“*你*知道什么不重要。重要的是*他们*怎么想。*传道书*（*Ecclesiastes*）是个好词。总是用你画出来的第五个词的第五个字母——这里是 e，然后抛弃其余的。这是一种吕底亚调式的密码[1]，你看出来了吗？”那天晚上他还教我伪造他的签名。然后，就像电影里做的那样，我们烧掉了我用来练习的那页纸。

到凌晨两点，我们写下了五句话，大家都已经上床睡觉了。有人调暗了玄关的油灯，关掉了房子里的所有电灯。父亲给了我一根香烟。他拉上窗帘，这样外面就没人看得见我们在做什么，接着猛地敞开窗户。然后，让一阵春风吹过餐厅后，他站在窗边，面对黑夜，下巴支在掌心，手肘靠在窗台。“这是个小城市，但我不愿失去她，”他终于说，“你还能在哪里看到这样的星星？”接着，沉默了几秒后，他问：“你为明天做好准备了吗？”我点头。我看着他的脸，心想：他们可能会折磨他，我也许再也见不到他了。我强迫自己相信它——也许

[1] 吕底亚调式的音阶终止法是 4567123，1 在其中是第五个数字，可以和取第五个单词的第五个字母联系起来。

这会给他带来好运。

“那么，晚安。”“晚安”，我说。我问他是不是也要上床睡觉。“不，还不。你去吧。我要坐在这里思考一会儿。”他在很多年前说过同样的话，那时我们去探望他父亲的墓，他安静地把下巴支在一只手里，手肘靠在巨大的大理石板上。我问他关于公墓、关于死亡、关于当我们没有在想死者时他们做什么的问题。他耐心地回答了每个问题，说死亡就像一场安静的睡眠，但非常漫长，有着漫长而宁静的梦。当我开始觉得不安，问我们能不能离开时，他回答，“不，还不。我要站在这里思考一会儿”。在离开前，我们都俯身吻了石板。

■

第二天早上，我六点醒来。我的跑腿清单很长。先去旅行社，再去领事馆，再去给遍布世界的亲戚发电报，再去找负责贿赂所有海关人员的代理人，再跟罗森塔尔先生说几句话，他是珠宝商，他的姐夫住在日内瓦。“如果他假装没听懂你的话，别担心”，我父亲说。在那之后，我要见我们的律师，等待进一步的指示。

别人告诉我，我父亲在黎明离开了房子。母亲负责买行李箱。我祖母看了我一眼，嘟哝了几句关于我的衣服的话，尤其是那些“布满铜扣的蓝色长裤”。“什么扣子？”我问。“这些”，她说，指着我的蓝色牛仔裤。我刚把她的橙汁大口吞下，就冲出房子，跳上有轨电车，前往市区——这样的事我从没做过，因为美国学校在反方向。突然间，我成了一个去上班的大人，这种新奇感让我极为兴奋。

在那个春天的工作日早晨，亚历山大港有着惯常的斑驳天空。凛冽含盐的气息从海岸吹来，主干道上的交易骚动溢入小巷，在那里，人群、摊位和横冲直撞的饰品贩子凌乱地挤满黄绿条纹遮阳棚下的集市。然后，正如在某个时刻总会发生的，在阳光马上就要倾泻到石板路上时，万物安静了一会儿，一阵凉爽的微风扫过街道，一道净化过的空灵光线洒满城市，明亮却不耀眼，那是你可以凝视的光线。

在领事馆等待更新护照没花多久时间：柜台的人认识我母亲。至于旅行代理人，他似乎已经获悉了我们的计划。他的问题是："你想去那不勒斯还是巴里？从巴里你可以去希腊；从那不勒斯可以去马赛。"我脑海中浮现一座俯瞰爱琴海的废弃希腊庙宇的画面。"那不勒斯，"我说，"但先别定日期。""我懂"，他谨慎地说。我告诉他，如果他打某个号码，资金会被支付给他。实际上，钱就在我口袋里，但我得到的指示是除非绝对必要，否则不去使用。

电报花了很久很久。电报大楼陈旧、黑暗且肮脏，逐渐褪色成一堆殖民辉煌的干瘪砖瓦遗迹。电报亭里的职员抱怨有太多电报打往太多大洲上的太多国家。他猜疑地打量我，叫我走开。我坚持。他威胁要打我。我鼓起勇气，告诉职员我们是新闻里的某某人的朋友。他立刻做出那种在中东会被当作敬重的假殷勤，旁人学都学不来。

我真的很自豪。到十点半，只剩一趟跑腿，然后就是罗森塔尔先生了。佛朗哥·莫尔科，负责贿赂海关官员的代理人，自己就是一个臭名昭著的骗子，他占所有人便宜，靠的正是抗议说自己不够狡猾，做不到占人便宜。"我总是对我自己做的事很坦诚，夫人。"他无礼而粗暴，如果他在你家里见到什么讨他喜欢的东西，他会当你的面把它拿起来装进口袋。如果你从他那里把东西拿走，放回原处——我母亲就是这么做的——那他就会晚些时候从海关库房偷，同样在你眼皮子底下。佛朗哥·莫尔科住在一个类似掏空内脏的车库里，有一张临时拼凑的简易床，一个破破烂烂的水池，和一堆散落在地板上的肮脏变速箱。他想谈判。我不知道怎么谈判。我告诉他我父亲的指示。“你们犹太人，”他窃笑道，“在这个游戏里不可能打败你们。”我脸红了。一出去，我就想吐出他请我喝的茶。

尽管如此，我依然认为我是整个家族的拯救者。错综复杂的场景从我脑海闪过，在那些场景里，我重锤警察局长的桌子，威胁各种恶劣的报复，除非我父亲立刻被释放。“立刻！现在！马上！”我大喊，手掌猛拍警长的桌子。按照埃尔莎姨祖母的说法，你越把这样的人当作仆人对待，他们的举止就越像仆人。“给我拿杯水，我很热。”我正忙着策划各种神秘任务，突然听到有人喊我的名字。是我父亲。

他从理发师那里回来，正迈着从容的步伐，朝证券交易所大楼旁他最喜欢的咖啡馆走去。“你为什么没坐牢？”我问，几乎没掩饰我的失望。“坐牢！”他惊呼，好像在说，“究竟是谁给了你这样的愚蠢想法？”“他们只是想要问我几个问题。告发，总是这些虚假告发。我叫你做的事你都做了吗？”“除了罗森塔尔先生那边都做了。”“很好。剩下的交给我吧。顺便问一下，莫尔科同意了吗？”我告诉他是的。“太棒了。”然后他记起来，“你拿着钱吗？”“对。”“那过来吧。我给你买咖啡。你喝咖啡的，不是吗？记得从桌子下把钱给我。”一个年轻女人从我们面前经过，父亲转过去。“看见没？那就是我说的完美脚踝。”

在咖啡馆，我父亲把我介绍给所有人。他们都是在上午十一点左右见面的商人、银行家和工业家。他们要么失去了他们拥有的一切，要么即将失去。“他甚至读完了普鲁塔克的《希腊罗马名人传》”，我父亲夸耀道。“太棒了”，其中一个说，从口音可以听出他是希腊人。“那你一定记得地米斯托克利了。”“他当然记得”，我父亲说，他看到我脸红了。“那么，让我跟你解释，地米斯托克利是怎么打赢萨拉米斯战役的，因为，亲爱的，他们在学校不会教你。”帕诺斯先生拿出一支派克钢笔，在他的报纸角落画出海军阵型。“你觉得这些都是谁教我的？”他问，呆滞的眼睛里闪烁着自鸣得意的光，一直用手亲昵地抚摸我的头发。“你知道是谁吗？我，”他说，“我教的，完全自学。因为我想当希腊海军上将。然后我发现没有希腊海军，于是我在阿拉曼加入了红十字会。”

每个人都爆发出大笑，可能不理解为什么的帕诺斯先生，也加入了他们。“我还有一个濒死的德国士兵给我的鲁格尔手枪。它还剩三发子弹，现在我知道它们是给谁的了：一发给纳赛尔总统。一发给我妻子，因为，天知道，这是她应得的。还有一发给我。*有二必有三*。”又爆发出一阵笑声。“别这么大声”，希腊人插话。但我继续开怀大笑。当我擦眼睛时，我瞥到一个男人用手肘推我父亲的胳膊。我不应该看到这个手势，但我看着我父亲转身，然后心神不宁地看向身后的桌子。是那个拥有美丽脚踝的女人。“你不是要告诉我什么事吗？”我父亲问，在桌子下轻拍我的膝盖。“我只是想说今天上午去游泳池。”“当然可以，”他说，接过我偷偷递给他的钱，“你为什么不现在去呢？”

■

两天后第三个打击降临了。

我父亲在早上打电话过来。“他们再也不要我们了”，他用英语说。我没听懂。“他们不想要我们在埃及了。”但我们一直知道这点，我想。然后他脱口而出：我们被正式逐出埃及了，有一星期时间整理东西。“屠宰场？”我问。“屠宰场”，他回答。

*屠宰场*到来时，人们做的第一件事是打疫苗。没有哪个国家允许我们跨过边界，除非我们有文件证明自己妥善接种了大量第三世界疾病的疫苗。

我父亲叫我带祖母去政府疫苗办公室。办公室靠近海港。她不愿让一个埃及勤杂工给自己打疫苗——“甚至不是医生”，她说，我告诉她我们之后会在阿西尼奥斯歇一会儿，喝茶吃甜品。“别弄疼我”，她告诉抓着她手臂的秃顶女人。“可我没有弄疼你”，女人用阿拉伯语抗议。“你没弄疼我？你*就在*弄疼我！”女人命令她别动。然后轮到我。她让我想起用指甲刮我头皮找虱子的巴达维小姐。到时候他们真的会让我们在海关办公桌前脱衣服，搜我们的身来羞辱我们吗？

考验过后，我们走下政府大楼的楼梯时我祖母依然在咕哝，当我试图让她闭嘴时她的声音响亮地回荡。她说她想给我买领带。

出了大楼，我立刻招呼了一辆双轮马车，扶我祖母上去，然后听她给出一个位于穆罕默德・阿里广场的模糊地址。我们刚坐下，她就取出一小瓶酒精，像她那些一离开教堂就擦去所有洗礼圣水痕迹的马拉诺[1]祖先，把酒精洒在注射处——为了*杀死*疫苗，她说，以及随之而来的所有细菌！

那是美好的一天，当我们沿路前进时，我祖母突然轻拍我的大腿，像她多年前在我们去鲁什迪的路上做的那样，然后说，“绝对是个去海滩的好日子”。我脱下毛衣，开始觉得羊毛法兰绒碰到大腿很不舒服且令人讨厌。该穿短裤了。仅仅想到轻薄的棉布就无法忍受羊毛。我们从一条黑暗的街道抄近路，然后穿过一个广场，上了滨海大道，不到十分钟，就和穆罕默德·阿里——建立埃及末代王朝的阿尔巴尼亚人——的雕像面对面了。

我们经过一连串看起来像临时拼凑的仓库和工作坊的破旧商店，直到我们走到一家极其凌乱的小店前。“西迪·达乌德”，我祖母喊道。没人答应。她拿出一个硬币，用它敲了好几下玻璃门。“西迪·达乌德在这里”，一个疲惫的人影终于出声了，从黑暗中冒出来。他立刻认出了她，称呼她为他“最喜欢的*肖姐*”。

西迪·达乌德是一个肥胖的独眼埃及人，穿传统服饰——白色埃及长袍，外面是一件大得过分的灰色双排扣夹克。我祖母跟他讲阿拉伯语，说她想给我买一些好领带。“领带？我有领带”，他说，指着一个巨大的旧衣柜，柜门完全拆掉了；里面塞满了纸袋和肮脏的纸板箱。“哪种领带？”“给我看看”，她说。“给我看看，她说，”他一边踱步一边小声说，“所以我会给她看。”

他端来一条凳子，不断呻吟和抖索地爬上去，够到衣柜顶，拿下

[1] 马拉诺（Marrano）是中世纪时在西班牙和葡萄牙被迫改信基督教但暗地依然信犹太教的犹太人。

来一个四角用生锈的金属加固的纸板箱。“这些是最好的”，他边说边把领带一条条拿出来。“你在城里别的地方绝对买不到这些，开罗也没有，埃及别的地方更没有。”他把一条领带从长护套里取出来。它是深蓝色的，带有复杂的浅蓝和淡橙花纹。他把它拿在手里，走到商店入口附近，好让我在阳光下看得更仔细。他用双手把它捧到我面前，就像厨师在把清蒸鱼端上桌前将其放在托盘里展示那样。“让我看看”，我祖母说，好像她即将翻面检查鱼鳃。我立刻辨认出了这条领带：它拥有乌戈先生的领带的光泽。

这是件令人惊叹的作品。我祖母看了看剑环和小剑上的商标名，评论说它样式不错。“我给你看另一条”，他说，甚至没等我对第一条做出评价。第二条是浅紫红色的，印着跟第一条相同的花纹。“把它拿到门口，”他告诉我，“我太老了，不能整天走来走去。”这条比第一条漂亮，当我同时端详两条时，我想。过了一会儿，我祖母到门口加入我，把紫红色那条拿在手里仔细检查，脑袋左右倾斜，好像在寻找隐藏的瑕疵，如果她看得足够用力，几乎总能找到。然后，她把布料放在大拇指和食指之间，摩擦它们以检测丝的质量，这让售货员气恼。“给我看更好的。”“比这个更好的？”他回答，“没了[1]！”他给我们看了其他领带，但没有哪条比得上第一条。我说我对深蓝色的很满意；它跟我的运动夹克很搭。“别跟贫民似的搭配衣服”，我祖母说。埃及人从另一个盒子里拆出两根领带。一个绿底，一个浅蓝。“你喜欢它们吗？”她问。我都喜欢，我说。“他都喜欢”，她重复道，声音

[1] 原文为阿拉伯语。

里带着宠溺的讽刺。

“这是黑市”，我们一离开商店，她就对我说，珍贵的包裹紧握在我手里，而我在阳光下眯起眼，在拥挤的穆罕默德·阿里广场搜寻另一辆马车。我们在西迪·达乌德的店里待了半小时，大概看了一百条领带才选中这四条。我从没见过一家商店，之前或此后——甚至包括多年后我祖母带我去的位于圣奥诺雷市郊路的店——拥有西迪·达乌德的小茅屋里那么多的领带。我瞥到一辆空的双轮马车，从广场对面喊驾车者。听到我的声音并立刻在驾车位上站起的车夫[1]，示意他得转过广场，打手势叫我们等他。

十五分钟后，我们到达阿西尼奥斯。老西班牙人不见了。接替他给我们点单的是一个板着脸的希腊人，他装成一个有礼貌的服务员，但不太成功。我们坐在一个非常安静的角落，在一扇挂着白色亚麻厚窗帘的窗户旁边，谈论预定在几天后开幕的法国戏剧。“太遗憾了，”她说，“情况刚开始变好，我们就要离开了。”法兰西喜剧院在缺席至少十年后，终于回到埃及。斯卡拉大剧院也会再来，在开罗的老剧院上演《奥泰罗》。达尔维什夫人，我们的裁缝，跟我祖母谈起一个喜剧院的年轻演员，他敲她的门说这是他小时候住过的地方；她让他进去，请他喝咖啡，年轻人放声大哭，然后说了再见。“所有这些驱逐的话会不会只是虚张声势？”我祖母不假思索地说，却最终回答，“我不这么认为。”

吃过第二轮芒果冰激凌后，她说：“现在我们去给你买一本好书，

[1] 原文为阿拉伯语。

然后我们可能在博物馆待一会儿。”她说“好书”，意思是难买或者她认可的书。它会是我的十四岁生日礼物。我们离开餐馆，正准备喊另一辆马车，我祖母突然叫我迅速左转。“我们假装我们要在弗吕基格蛋糕店吃甜点。”我没意识到为什么我们要*假装*，直到那天后很久我听到我父亲冲我祖母大喊：“你做的事会害我们都进监狱的，自作聪明！”确实，在我们进入阿西尼奥斯后——以及可能在之前——她成功甩掉了一直跟踪我们的人。当我们在二手书店里时，我对此一无所知。在其中一堆书上，我找到了我正好想要的。“你确定你会把这些都读了吗？”她问。

她心不在焉地给书付了钱，没有回应售货员的问候。她突然意识到可能有第二个间谍一直跟着我们。“我们走吧”，她说，试图保持礼貌。“为什么？”“没有原因。”我们跳上一辆出租车，叫司机送我们去拉姆雷站。在路上我们经过了一连串熟悉的商店和餐馆，一片树苗靠在一面阳光灿烂的墙上，楼房外是午后海洋一角的风景。

我们一到斯波尔丁，我就告诉祖母我要直接去滨海大道。“不，你要跟我回家。”我正要争论。“照我说的做，拜托了。可能会有麻烦。”站在月台上的是我们熟悉的尾随者。一听到“*麻烦*”这个词，我肯定当场僵住了，因为她立刻补充说，“现在别表现得这么害怕！”

原来，我祖母多年来一直在把钱偷运出这个国家，那天也这么做了。我永远不会知道她的联系人是西迪·达乌德，还是二手书店的老板，或是我们那天雇佣的许多马车夫中的一个。当我多年后在巴黎问她时，她主动说的只有“你需要钢铁般的意志”。

■

不顾疯狂的打包和最后一刻的家具变卖，母亲、祖母和埃尔莎姨祖母决定应该在启程前夕办一场逾越节家宴。为了这个场合，我们会从客厅拿进两个巨大的枝形烛台，也决定使用旧的雕花蜡烛。没必要把它们白白送人。埃尔莎姨祖母想要打扫房子，按照犹太人准备逾越节时的传统做法，去掉所有的面包痕迹。但因为到处都是行李箱，一切混乱不堪，没人乐意承担这个任务，这个想法被放弃了。“那为什么要办逾越节家宴?”她带着愤恨的讽刺说。“我们要办你就知足吧”，我父亲回答。我看着她发怒。“如果这是你的态度，那我们就不办了，看我在不在乎。”“别为一个愚蠢的逾越节家宴生气了，埃尔莎。拜托!”

我母亲和我祖母开始恳求父亲，大半个下午都作为繁忙的使节往返于埃尔莎姨祖母的房间和他的书房之间。终于，他说他得出去，但会回家吃晚餐。这是他让步的方式。阿卜杜完全知道要为逾越节家宴准备什么，无需进一步的诱导，他立刻开始煮鸡蛋，准备奶酪土豆甜面球。

与此同时，埃尔莎姨祖母开始乞求我那天晚上帮忙读《哈加达》。每次我拒绝，她都会提醒我，这是这间餐厅最后一次见证逾越节家宴，我应该为了纪念内桑舅祖父而读。“他的座位会一直是空的，除非有人读。”我再次拒绝。“你耻于当犹太人吗？是不是这样？那么我们是哪种犹太人呢?”她不停问。“不想庆祝离开埃及的那种，因为这是他们最不想做的事”，我说。“可是这太幼稚了。我们从来没在逾越节不办家宴。你母亲会很失望的。这是你想要的吗?”“我想要的是不参与。我不想跨越红海。我不想明年在耶路撒冷。在我看来，这一切只是对重复的崇拜，仅此而已。”然后我气冲冲地走出房间，对我的*妙语*[1]极为满意。“但这是我们在埃及的最后一晚”，她说，好像这会改变我的主意。

然而，尽管如此抵制，我决定打上一条新领带，穿上运动夹克和一双新做的尖头黑鞋。大约七点半时我母亲在客厅加入我，穿着深蓝色连衣裙，戴了她最喜欢的珠宝。在隔壁房间，我能听到两姐妹给餐桌加上最后的装饰，藏起用不到的银器，阿卜杜刚擦亮它们。然后我祖母走进来，做了个鬼脸，意思是埃尔莎姨祖母真是难以相处。“总是她要的，从来不是别人要的。”她坐下，茫然地检查她的裙子，摊平褶子，然后开始在花生碗里搜索，直到她找到一颗烤杏仁。我们往外看，在窗户上捕捉到自己的倒影。再加三个人物，我想，我们就能演皮兰德娄[2]的剧目了。

埃尔莎姨祖母走进来，身穿至少可追溯到三代人以前的紫色蕾丝。她似乎注意到了我决定打领带。“比那些上面有扣子的裤子好多了”，她说，意味深长地看了一眼她姐姐。我们决定喝苦艾酒，埃尔莎姨祖母说她要抽烟。我母亲也抽了。然后，慢慢地，正如在这样的聚会中总会发生的，姐妹们开始回忆。埃尔莎姨祖母对我们说起二战前她在卢尔德开的小圣像店。她向基督徒朝圣者卖了为数众多的宗

[1] 原文为法语。
[2] 皮兰德娄（Luigi Pirandello, 1867—1936），意大利剧作家、小说家，此处暗指其代表作《六个寻找剧作家的角色》。

教物品，没人会猜到她是犹太人。但是，在逾越节，不知道去哪里买不含酵母的面包，她去了一个当地面包师那里，询问他在店里用的面粉的各种特质，声称她丈夫得了严重溃疡，需要特别的面包。那人说他不懂她要的是什么，而心烦意乱的埃尔莎继续问起一种非常轻的面包，也许甚至是不含酵母的面包，如果这样的东西存在的话。那人回答一定有传染病在卢尔德周围蔓延，因为很多人得了类似的胃部紊乱，在过去几天里来他店里问了相同的问题。“很多？”她问。“很多，很多”，他微笑着回答，然后低声说，“*逾越节快乐*[1]”，卖给了她不含酵母的面包。

“*如果不是真的，那你编得挺好*[2]”，我父亲说，他刚走进来。“所以，我们准备好了吗？”“是的，我们在等你，”我母亲说，“你想喝点苏格兰威士忌吗？”“不，已经喝了点。”

然后，我们朝餐厅走去，我看到父亲的右颊覆盖着粉色、黑红色的条纹，像指甲抓痕。当我祖母看到他的脸时，立刻捏了捏自己的脸颊，但什么也没说。我母亲也朝他的方向偷偷瞥了几眼，但一言不发。

“所以你现在想让我们做什么？”父亲问埃尔莎姨祖母，温和地讥笑她在这些场合采用的仪式性神态。

“我想要你朗读”，她说，指着内桑舅祖父的座位。我母亲站起来，告诉他从哪里开始，她越看他的脸就越痛苦，并沉默地摇头。他开始用法语朗诵，不带讽刺，不带夸张动作，甚至很温顺。但是他

[1] 原文为法语。
[2] 原文为意大利语。

一旦觉得适应了文本，就开始磕磕巴巴，大声读出教诲，然后纠正自己，或者无意跳过几行，最后发现自己把同一行读了两遍。在某一刻，我祖母想简化他的任务，说“跳过那部分”。他又读了一些，她再次打断。“那段也跳过。”

“不，”埃尔莎说，“要么我们全读，要么不读。”争论即将爆发。“我们现在需要内桑，可他在哪里呢”，埃尔莎带着悲伤的语气说，那种语气解释了她在卢尔德的成功。“尽他可能地远离你”，父亲低声咕哝，这立刻让我咯咯笑起来。母亲瞥到我试图压制笑声，开始微笑；她完全知道父亲说了什么，尽管她没听到。父亲也被这咯咯笑感染，他尽最大努力去压抑，直到祖母看到他，搞得自己无法控制地大笑。没人知道该做什么，读什么，或在什么时候停止。“我们算哪门子犹太人”，埃尔莎姨祖母说，她也开始大笑，双眼泛起泪花。“那我们开饭吧？”父亲问。“好主意”，我说。“可是我们才刚开始呢”，埃尔莎姨祖母抗议，逐渐恢复镇定。“这是最后一次了。你怎么能这样？我们再也不会聚在一起了，我能感觉到。”她快掉眼泪了，但我祖母警告她，如果我们继续这样下去，她也会开始哭的。“这是最后一年了”，埃尔莎说，伸手触摸我的手。“我能记起在这个房间里举办了那么多次逾越节家宴，整整五十年，年复一年。我跟你说，”她转向我父亲，“要是在五十年前我知道事情会这样结束，要是我知道我会是这个房间里最后的人之一，每个人不是入土就是离开，那么，我真不如死去，不如当时就死掉，免得像这样被抛下。”“冷静点，埃尔西卡，”父亲说，“否则我们都要哀悼了。”

在那时，阿卜杜走进来，靠近我父亲，说电话上有人找他。“告诉那人我们在祈祷”，我父亲说。“但是先生——”他看起来不安，开始轻声说话。“怎么了？”“她说她想道歉。”没人说任何话。“告诉她现在不行。”“好的。”

我们听到阿卜杜沿走廊而去的匆忙脚步声，听他拿起听筒，含糊地说了点什么。然后，我们听到他如释重负地挂断电话，走回厨房。这意味着她没坚持也没争吵。这意味着他今晚会和我们在一起。“那我们开饭吧？”我母亲说。“好主意”，我重复。“吃吧，我饿死了”，埃尔莎姨祖母说。“你娶了一个天使”，我祖母悄声对我父亲说。

晚餐后，每个人都移步小客厅，按照在特殊聚会时的习惯，埃尔莎姨祖母叫我父亲播放她非常喜爱的唱片。那是一张非常老的布什四重奏的唱片，埃尔莎姨祖母总把它放在房间里，害怕有人会弄坏它。我那天早些时候注意到它躺在收音机旁。这意味着她早就在计划音乐了。“来”，她说，小心翼翼地用患关节炎的手指从发白的护封里抽出扭曲的唱片。那是贝多芬的《感恩之歌》。大家坐定，慢板乐章开始了。

78 转老唱片嘶嘶作响，静电声大过音乐声，但似乎没人注意，因为我祖母开始轻柔地哼唱，嗓音里带着一种凄切而遥远的哀鸣，我父亲闭上眼睛，埃尔莎姨祖母开始在入迷的惊叹中摇头晃脑，如同她在品尝从黑市买来的瑞士巧克力时偶尔会做的那样，好像在说“怎么会有人创造出如此美妙的东西？”

而这，我想，就是我的整个世界：两个老人在沉默的恍惚中扭动，我父亲大概希望他在别处，而我母亲的思绪，在她翻阅一本法国时尚杂志时，无处不在又无处着落，但主要系于她丈夫身上，他知道她那天晚上什么都不会说，可能会让事情安静地过去，再也不提起。

我向我母亲示意我要出门散步。她点头。什么都没说，我父亲把手放进口袋，然后偷偷塞给我几张钞票。

在外面，德尔塔大道上满是人。那是斋月的第一个夜晚，宣布斋戒结束的枪炮在三个小时前就响过了。街上热闹喧哗得不同寻常，人们成群地聚在一起，站着挡住了交通，让一切变得更加喧闹和热烈。节日糕点和炸甜点的气味飘散在空气中。我抬头看我们的楼；在我们那层，除了阿卜杜房间的灯和客厅的灯，其他的都灭了。这么暗的灯光，跟挂在灯柱和树上的花哨彩灯相比如此稀疏——好像我们家的电被破坏了，随时会停。那是一种旧大陆的老人居所的灯光。

随着我靠近海滨，夜晚的空气变得更凉、更咸，摆脱了灯光和哄闹人群的喧嚣。车流变得稀疏，每当车辆停下来等信号灯，一切都静止了：那时，只有海浪能被听到，它们在黑暗中发出闷响，沿幽暗的滨海大道往空气中喷洒悬挂在夜晚的薄雾，浸湿街灯、指示牌和彼得鲁饭店礼炮旁的遥远泛光灯，给俯瞰城市海岸线的鹅卵石墙铺上一层湿冷的薄膜。一辆无人的巴士悄悄地沿路溅起水花，在闪闪发光的人行道上留下一串浑浊的光点。从某处断断续续地传来微弱的欢快音乐，也许来自那些学生们过去常在夜晚聚集的一个舞厅。或许只是附近海滩某处的一台调低声音的收音机，海滩上废弃的渔网散发出海藻和鱼的刺鼻气味。

在街角，从人行道上的一个货摊传来新鲜面团的气味和天使面[1]

[1] 天使面，一种细长条的意大利面。

在一个大铜盘上油炸的气味——每年斋月全城的惯事。人们会把煎薄饼对折，然后在里面塞杏仁、糖浆和葡萄干。小贩瞥到我打量整齐地铺在一个黑色托盘上的蛋糕。他微笑说，“*随便吃吧*[1]”。

我想到埃尔莎姨祖母斥责的双眼。“可现在是逾越节”，我想象她说。我祖母也会反对——吃阿拉伯人在街上炸的食物，太离谱了。那个埃及人不要任何钱。“送你的”，他说，把美食包在一片撕碎的报纸里递给我。

我祝他度过愉快的夜晚，拿着湿乎乎的薄煎饼去了海滨。在那里，我把自己拽上石墙，背对城市坐下，面对大海，拿着我即将狼吞虎咽的美食。阿卜杜会把这称为一个真正的*好心情*[2]，伴随着这个词的是一个手势——把一个摊平的手掌放在头侧——表示幸福圆满和对日常乐趣的延长且文雅的享用。所有埃及人说到这个词都会做这个动作。

面对黑夜，我望向远处的星星，心想那边是西班牙，然后是法国，右边是意大利，笔直往前，是梭伦和伯里克利的国度。世界永恒无垠，我想到所有遭遇海难、无家可归的水手，他们迷失到这个国度，多年来一直修理损坏的船只，祈祷来一阵风，却在时间到来时变得心软和不愿。

我盯着海面最远处摇曳的小渔船，夜里它总在那儿，然后观察一群孩子在下面的海滩蹦蹦跳跳，挥舞小小的斋月灯笼，女孩们穿着花哨的粉色配紫红色的裙子，紧紧牵着手，同时再次没入黑暗，后面跟

[1][2]　原文为阿拉伯语。

着另一群儿童狂欢者，他们聚在沙丘后的码头岸边，有的甚至从下往上朝我招手。我用一个街头伙伴熟悉的手势向他们挥手，然后擦掉弄湿脸庞的轻盈水沫。

在触摸海堤潮湿、粗糙的表面时，突然间我知道了我会永远记得这个夜晚，在以后的很多年里我会记得坐在这里，听海水拍打滨海人行道下的巨岩，看孩子们排成一个弯曲、摇晃的队列前往海滨，而自己被困惑的渴望席卷。我想明晚再来，后晚也来，大后晚也一样。我感受到了，让离别变得如此痛苦的是知道这样的夜晚再也不会有了，知道我再也不会在晚上沿海岸公路吃湿乎乎的蛋糕了，今年或任何一年都不可能了，也不会感受到那个时刻令人困惑又突如其来的美妙。在那一刻，哪怕只有一瞬间，我发现自己在渴望一个我从不知道我深爱的城市。

我发誓，从现在起正好一年后，我会在夜里坐在外面，无论我在哪里，在欧洲某处还是在美国。我会把脸转向埃及，像穆斯林祈祷时脸朝麦加那样，回忆这个夜晚，以及我是如何想到这些事情和发这个誓的。你开始听起来像埃尔莎和她愚蠢的逾越节家宴了，我模仿父亲的幽默对自己说。

回家的路上，我思考其他人在做什么。我想走进去，发现小客厅依然亮着，贝多芬依然在播放，阿卜杜依然在清理餐厅。在关前门时，我突然听到有人说，“我们就在等你呢，我们打算去王家电影院”。“可是我们已经看过那部电影了”，我会说。“有什么区别。我们会再看一次。”

我们还来不及争吵，就都冲下楼，我父亲会在一辆不再真正属于我们的车里等我们，然后，感到 4 月深夜的轻寒，我们会关上车窗挤成一团，像往常那样因为谁坐哪里而斗嘴。我们摩擦双手，把收音机扭到法语广播，然后加速开往滨海大道，想着所有一切都和往常相同，想着什么都没真正改变，想着斋戒后在滨海大道享受第一次漫步的人们，或者在王家电影院卖票的女人，或者在影院外的小巷里观察我们的车的男人，或者大厅另一头的我们的邻居，或者在午夜看完电影时必定会迎接我们的蒙蒙细雨，绝不会知道，也不会猜到，这是我们在亚历山大港的最后一夜。

图书在版编目(CIP)数据

出埃及:我的回忆/(美)安德烈·艾席蒙
(André Aciman)著;徐芳园译. —上海:上海人民
出版社,2021
书名原文:Out of Egypt
ISBN 978-7-208-17026-1

Ⅰ.①出… Ⅱ.①安… ②徐… Ⅲ.①回忆录—美国
—现代 Ⅳ.①I712.55

中国版本图书馆 CIP 数据核字(2021)第 070399 号

责任编辑 赵 伟
特约编辑 范 晶
封扉设计 胡斌工作室

出埃及
——我的回忆
[美]安德烈·艾席蒙 著
徐芳园 译

出 版 上海人民出版社
(200001 上海福建中路 193 号)
发 行 上海人民出版社发行中心
印 刷 常熟市新骅印刷有限公司
开 本 890×1240 1/32
印 张 11.25
插 页 2
字 数 241,000
版 次 2021 年 8 月第 1 版
印 次 2021 年 8 月第 1 次印刷
ISBN 978-7-208-17026-1/K·3070
定 价 58.00 元